煙與鏡

SMOKE AND MIRRORS

Short Fictions and Illusions

林嘉倫 譯

尼爾 蓋曼

短篇精選 I

Neil Gaiman

獻給愛倫・戴洛特和史帝夫・瓊斯

然而有怪獸的地方就有奇蹟。

——歐格登・納許《龍並不常見》

煙與鏡

目錄

抽絲剝繭：十四行迴旋詩 011
序 013
尼可拉斯…… 051
金魚池和其它故事 053
白色之路 104
刀后 126
改變 144
貓頭鷹的女兒 156
舒哥的老教區 159
病毒 175
尋找夢中情人 179
又是世界末日 194

灣狼 217
批發價賣給你 231
活在摩考克世界的男孩 245
冷色 264
掃夢人 285
異物 287
吸血鬼詩 308
老鼠 311
海變 324
世界盡頭一遊 331
沙漠之風 339
回味 343
嬰兒蛋糕 354
謀殺神祕事件 357
白雪、魔鏡、毒蘋果 398

編輯體例說明

一、尼爾・蓋曼短篇精選共有《煙與鏡》、《M，專屬魔法》、《易碎物》三本作品，其中《煙與鏡》與《M，專屬魔法》有四篇重複收錄的篇章，分別為〈巨魔橋〉、〈別問傑克〉、〈騎士精神〉與〈代價〉。《易碎物》與《M，專屬魔法》亦有四篇重複收錄的篇章，分別為〈十月當主席〉、〈指南〉、〈在派對上怎麼跟女孩搭訕〉與〈太陽鳥〉。

因《M，專屬魔法》的編選架構出自作者特殊用意，為完整保留其意，且避免重複性過高，徵得版權所有人同意，上述八篇不輯入中文版《煙與鏡》與《易碎物》。而原《煙與鏡》與《易碎物》序文中分別為此八篇故事所撰的說明文字，亦徵得版權所有人同意，改附於《M，專屬魔法》書中該八篇作品之前。

二、本書中注解皆為譯者或原編輯所注，僅在此特別感謝譯者之用心。

抽絲剝繭：十四行迴旋詩

「我是說，一個人就是無法不長大。」她說道。

「**一個人**或許不行，」蛋頭先生說道，「但**兩個人**就可以。只要有適當地協助，妳就可以在七歲時停止長人。」

——路易斯．卡羅《愛麗絲鏡中奇遇》

是機會、是運氣、也是宿命，
紙牌和星宿早已注定。
時辰一到，
無論愛恨尊卑，都得把命拋。
親愛的，你想預知未來？
我會告訴你所亟欲知道的，請等待。
是機會、是運氣、也是宿命，
紙牌和星宿早已注定。
親愛的，夜深之際我將降臨，

無影無蹤，帶來一陣寒意。
你一入睡，我就下手，
你的未來就是如此，別閃躲。
是機會、是運氣、也是宿命。

序

寫作就是在夢中飛翔。
當你記得，當你有能力，當你文思泉湧。
一切便如此簡單。

——作者筆記，一九九二年二月

他們用的是鏡子，這當然是老生常談了，卻千真萬確。自一百多年前開始，當維多利亞時代的人大量製造出清晰可靠的鏡子後，魔術師就不斷運用鏡子，而且鏡子通常會以四十五度角擺放。約翰．那維．麥斯克林[1]在一八六二年開始使用鏡子，他巧妙地在衣櫥裡擺放了一面鏡子，衣櫥中隱蔽起來的部分因此比顯露出的還要多。

鏡子是種奇妙的東西，它似乎能吐露真言，把生命據實反映在我們面前；不過，只要把鏡子擺放在適當的位置，它就會使出瞞天過海的本領，讓你相信東西憑空消失了，讓你認為

1 約翰．那維．麥斯克林（John Nevil Maskelyne, 1839-1917），英國著名魔術師，其發崛與贊助新秀，鼓勵演出者之間的合作，對十九世紀的魔術發展有重大影響。同時也是投幣式廁所的發明者。

裝滿鴿子、旗子、蜘蛛的箱子空無一物，讓你覺得躲在舞臺側廳和凹槽的人是舞臺上飄浮的鬼魂。鏡子只要擺放的角度對了，就會變成一具魔法框架，讓你見到所有你想像得到的東西，或許也可以讓你見到一些意想不到的玩意。（煙霧則是用來讓物體的邊緣變得模糊。）

不管什麼樣的故事，都是一面鏡子，我們用故事來向自己說明這個世界的運作方式及哪些運行方式不可行。故事就像鏡子一樣，幫助我們為來日做好準備，讓我們的心思不再沉迷於黑暗中的事物。

幻想（所有小說都是某種類型的幻想）是面鏡子，更確切地說，幻想是一面扭曲的鏡子，也是一面有所隱瞞的鏡子，並且以四十五度角面對現實世界，儘管如此，它仍然是一面鏡子。我們可以用這面鏡子來告訴自己某些少了鏡子就看不到的東西。（卻斯德頓[2]曾說過，童話故事比真實世界還要真實，這並不是因為童話故事告訴我們世界上有龍，而是因為童話故事說我們可以打敗龍。）

今天起就是冬天，天空轉灰，雪也開始落下，天黑後才會停。我坐在黑暗中，看著雪片落下，雪片在亮處和暗處來回飄盪，發出陣陣閃光，而我想知道：故事到底從何而來。

當你靠著編故事討生活時，就會對這種問題感到納悶。我始終無法說服自己，無法讓自己相信——捏造故事是種適合成人的職業，不過現在為時已晚，我似乎已經有個我喜歡的職業，而且還不需要一大早起床。（小時候，大人都會告訴我不要捏造故事，他們警告我說，如果捏造故事，就會發生不幸。不過就我目前的經歷而言，捏造故事似乎讓我有很多機會出國旅行，而且還無須一大早起床。）

本書中大多數故事都是為了特定文選所寫，目的是取悅好幾位請我為這些文選寫故事的編輯。（「這故事是為一本聖杯文選所寫的」、「……性的故事」、「……成人版的童話故事」、「……性和恐懼的故事」、「……復仇的故事」、「……迷信的故事」、「……更多性的故事」。）其中有幾則故事是寫來取悅自己，或者更確切地說，那幾則故事是為了把我腦子裡的想法或意象表達出來，紮紮實實化為紙上的文字，這也是就我所知寫作最好的理由：釋放惡魔，讓惡魔起飛。有些故事是無意中寫出來的：任憑我的想像力和好奇心發揮。

我曾經為朋友編了則故事，打算當作他們的結婚禮物，故事是關於一對情侶收到一則故事作為結婚禮物，那並不是一則讓人心安的故事。我編好那則故事後，反而認為他們大概比較想收到烤吐司機，於是我就送了他們一臺烤吐司機，在今天之前都沒提筆把那則故事寫下來。那則故事就這麼擱在我的腦海裡，希望哪天有位即將結婚的人會欣賞它。

我忽然想到（若你想知道的話，我這篇引言是用深藍色墨水的自來水筆寫在黑色封皮的筆記本上），雖然本書大多數故事多少都跟愛有關，但快樂的故事並不多，沒有足夠感人肺腑的故事來平衡你在書中所讀到的其它故事，而且有人根本不看序，在這些人中，有些人可能終究要結婚。對於那些確實會看序的人，以下就是我當初未寫下的故事。（現在故事寫

2 卻斯特頓（G. K. Chesterton, 1874-1936），英國推理作家，「布朗神父」為其筆下最具代表性的神探。

了，如果我不喜歡，大可以隨時把這個段落刪掉，如此一來，你將永遠不知道我暫且擱下序，開始動筆寫故事了。）

結婚禮物

在貝琳達和高登經歷了婚禮的所有歡樂和麻煩、瘋狂和魔法後（更不用說貝琳達父親的餐後致詞有多麼令人難為情，居然還有家人相片的投影片秀）、當他們的蜜月旅行在形式上已經結束後（心理上卻尚未結束），晒黑的皮膚尚未在英國的秋日裡褪色，他們開始拆開收到的結婚禮物，寫感謝函回覆給送禮的人，向每件毛巾、烤吐司機、果汁機、麵包機、餐具、陶器、自動泡茶組以及窗簾的餽贈者致上謝意。

「好了，」高登說，「大型禮物的感謝函都寫好了，還有什麼呢？」

「還有裝在信封裡的禮物，」貝琳達說，「希望是支票。」

有幾個信封裡裝的是支票，其餘大多是禮券，甚至連高登的瑪麗姑姑也送給他們十英鎊的圖書禮券。高登告訴貝琳達，雖然瑪麗姑姑窮得跟教堂中的老鼠一樣，卻很好心，從他有記憶以來，她在他每年生日時都會送他一張圖書禮券。在那堆信封的最底下，有只棕色的大型商用信封。

「那是什麼？」貝琳達問道。

高登把信封封口打開，抽出一張信紙，顏色跟放了兩天的奶油一樣，上下兩端都呈鋸齒狀，只有一面有打字，而且信中的字都是用手動打字機打出來的。高登已經有好幾年沒見過那種打字機了。他慢慢讀著那封信。

「那是什麼？」貝琳達問，「誰送的？」

「我不知道，」高登說，「某個仍然擁有打字機的人，這上面並未署名。」

「那是一封信嗎？」

「不算是。」他搔了搔他鼻子的一側，又再讀了一次那封信。

「嗯。」她的聲音聽起來惱怒（不過她並非真的動怒，她很快樂。她早上起床時，會看看自己是否跟前一晚就寢時一樣快樂；是否跟高登在半夜碰到她身體而吵醒她時一樣快樂；是否跟她半夜叫醒高登時一樣快樂。沒錯，她還是感到同樣快樂）。「嗯，那是什麼？」

「看起來像是在描述我們的婚禮，」他說道，「寫得非常好，妳看看。」他把信拿給她。

她接下那張紙。

十月初的一個清爽日子裡，高登・羅伯・強森和貝琳達・凱倫・亞賓頓立下誓言，終其一生將彼此相愛，相互扶持，相互尊重。新娘滿臉笑容又漂亮，新郎雖然緊張，但是顯得相當驕傲，也相當歡愉。

這就是那段文字的開頭，接著繼續描寫婚禮的儀式和接待情形，內容描寫得相當清楚、簡單、有趣。

「真窩心！」她說，「信封上寫什麼呢？」

「高登和貝琳達的婚禮。」他讀道。

「沒有名字？沒有標示任何寄件者的姓名嗎？」

「沒有。」

「嗯，那的確相當窩心，也非常體貼，」她說，「不論是誰送的。」

她瞧了瞧信封裡面，看看他們是否遺漏了什麼，看看是否有張字條指明是她（或他、或他們）哪位朋友送的，可是裡面什麼都沒有，於是他們稍稍鬆了一口氣，因為可以少寫一封感謝函。她把那張奶油色信紙放回信封裡，再把信封放到文件箱裡；箱子裡還放著一份婚禮的菜單、請帖、婚禮相片的目錄，還有來自新娘捧花的一朵白玫瑰。

高登是建築師，貝琳達是獸醫。對他們來說，他們做的事不是工作，倒還比較像是種使命。他們都二十幾歲，之前都沒結過婚，也從未跟任何人有過論及婚嫁的經驗。他們第一次見面，是高登帶著十三歲的黃金獵犬小金到貝琳達的診所施行安樂死。那時小金的口鼻部位呈現灰色，已經半身不遂。小金自高登小時候就一直長伴左右，所以高登堅持在小金結束生命時也要陪著牠。當他哭泣時，貝琳達握著他的手，然後她拋開了她的專業素養，忽然緊緊抱住他，好似這麼做能把痛苦、悲慟、哀傷擠出來一樣。他們其中一人問另外一人，那天晚上是否可以一起到附近的酒吧喝一杯，事後他們都忘記到底是誰提議的。

在他們婚姻的前兩年間，最值得一提也最重要的事情就是：他們都過得相當快樂。雖然他們三不五時會起口角，偶爾還會為小事發生激烈爭執，但是最後兩人都會淚流滿面，以和解收場，他們會做愛、吻去對方的淚水，在對方耳裡輕聲道出由衷的歉意。在第二年年尾，也就是貝琳達停止服用避孕藥六個月後，她懷孕了。

高登送給她一只鑲了小紅寶石的手鐲，他把空房間改裝成育嬰室，還親自貼上壁紙，圖樣是童話故事中的角色，有小波碧[3]、蛋頭先生[4]、逃跑的湯匙和盤子[5]等，不斷重複出現在壁紙上。

貝琳達用手提式嬰兒床帶著女兒小梅蘭尼從醫院回家，貝琳達的母親到他們家跟他們同住一個星期，晚上睡在客廳的沙發上。

貝琳達的母親過來住的第三天，貝琳達拿出檔案箱，向她母親展示她的婚禮紀念品，自己也順便好好回味一番；貝琳達和高登的婚禮似乎已經過了很久。她們看到已經枯了的那朵白玫瑰，都露出了微笑，婚禮的菜單和請帖也讓她們發出咯咯的笑聲。箱子的底部有只棕色大信封。

「高登和貝琳達的婚禮。」貝琳達的母親讀道。

「裡面描寫的是我們婚禮，」貝琳達說，「寫得非常窩心，甚至還提到了爸爸的幻燈片

3 出自鵝媽媽童謠〈Little Bo Peep〉，童謠大意是小波碧的羊走失了，後來又失而復得。

4 出自鵝媽媽童謠〈Humpty Dumpty〉，童謠敘述蛋頭先生從牆上跳下來摔成碎片，國王集結人馬，盡了全力，也無法把他拼回原狀。

5 出自鵝媽媽童謠〈Hey Diddle Diddle〉，童謠敘述小貓拉著小提琴，母牛跳過月亮，小狗看得哈哈大笑，湯匙與盤子一同逃跑。

秀。」

貝琳達打開信封，拿出那張奶油色的紙，她讀了紙上打出來的內容後，臉色大變，然後她把那張紙放回去，一句話也沒說。

「親愛的，我不能看一下嗎？」她的母親問。

「我想是高登在開玩笑，」貝琳達說，「而且不是什麼有品味的玩笑。」

貝琳達那天夜裡坐在床上餵梅蘭尼母奶，高登則凝視著他的老婆和他剛出生的女兒，臉上露出呆呆的笑容。這時貝琳達對高登說：「親愛的，你為什麼要寫出那種東西呢？」

「什麼東西？」

「就是那封信啊，關於婚禮的事情，你知道的。」

「我不知道。」

「那根本不好玩。」

他嘆了一口氣：「妳到底在說什麼？」

貝琳達指了指那個檔案箱。她已把檔案箱拿上樓，放在她的梳妝臺上。高登打開箱子，拿出信封。「那個信封裡一直都是那樣寫的吧？」他問道，「我以為裡面寫的是我們婚禮的事。」然後他拿出那張鋸齒邊緣的紙，讀了上面寫的內容，眉頭皺了起來。「這不是我寫的。」他把那張紙翻到背面，瞪著空白的那面看，好像在期待另一面還寫些什麼似的。

「不是你寫的嗎？」她問，「真的不是你？」高登搖搖頭。貝琳達從嬰兒下巴上揩去一滴奶水。「我相信你，」她說，「我以為是你寫的，但並不是。」

「不是我寫的。」

「再給我看一次。」她說。他把那張紙遞給她。「真是怪異，我是說，這上面寫的根本不好笑，而且也不是真正發生的事。」

那張紙上描述的是高登和貝琳達前兩年的生活。根據那張紙上打字的內容，這兩年並不怎麼好過，在他們結婚六個月後，貝琳達被一隻北京狗咬傷了臉頰，傷勢嚴重到必須用縫的才能把臉頰拼在一塊，還留下醜陋的疤痕。更慘的是，她的顏面神經也受到損害，她開始酗酒，或許是為了麻醉痛楚吧。她懷疑高登對她的臉心生反感，那張紙還說，生孩子是兩人維持感情的情急之計。

「為什麼他們要這麼寫？」她問。

「他們？」

「就是寫出這種可怕內容的人。」她用一根手指摸摸她的臉頰，上面毫無瑕疵，沒有疤痕。她是個年輕貌美的女人，不過這時候看起來很疲倦，也很脆弱。

「妳怎麼知道是『他們』寫的？」

「我不知道。」她一邊說一邊把嬰兒的嘴換到左邊的乳房上。「要做這種事似乎要有『共謀』才行，先寫出那種東西，再拿來跟舊的那張掉包，最後就等我們其中一個人拿出來讀……小梅蘭尼乖，就是這樣，真是乖巧的女孩……」

「要不要把它丟了？」

「好……不要，我不知道，我覺得……」她撫摸嬰兒的額頭。「還是留著吧，」她說，

「可能需要留起來當作證據，我在想這是不是艾爾搞的鬼。」艾爾是高登最小的弟弟。

高登把那張紙放回信封裡，再把信封放回檔案箱裡，最後再把檔案箱推到床底下，之後他們多少也有點忘了那個箱子的存在。

接下來幾個月，他們都睡不好，除了晚上要起來餵梅蘭尼，梅蘭尼還會不斷哭鬧，因為她的腹部會絞痛。那個檔案箱就這麼留在床底下。後來有人要請高登到北方幾百英里外的普雷斯頓工作，由於貝琳達已經離職，也沒有立刻重返職場的打算，所以她覺得搬到普雷斯頓是個相當不錯的點子。於是他們就搬家了。

他們在一條鋪了石板的街上找到一間連棟的房屋，那棟房子又高、又老、又深。貝琳達有時候會到當地的獸醫診所代班，替小動物和家庭寵物看病。當梅蘭尼十八個月大時，貝琳達又生下一個兒子，他們替他取名為凱文，以紀念高登已故的祖父。

高登任職的建築師事務所把高登升為完全合夥人。當凱文開始讀幼稚園時，貝琳達便重新回到工作崗位上。

那個檔案箱他們還留著，就放在頂樓的空房間裡，箱子上堆了一疊搖搖欲墜的《建築師期刊》和《建築評論》。貝琳達偶爾會想到那個檔案箱以及裡面裝的東西。有一天，高登出差到蘇格蘭擔任一間祖傳房屋的重建顧問，必須在那裡過夜，當晚，貝琳達決定去看看那只箱子。

兩個孩子都睡了，貝琳達沿著樓梯，爬到屋子裡未裝潢的區域。她把雜誌移開，打開箱子，箱子上（未被雜誌蓋住的部分）已經積了兩年的灰塵，都沒有人動過。信封上依舊寫著

「高登和貝琳達的婚禮」，貝琳達壓根不知道信封上是否曾經出現過其它字眼。

她把那張紙從信封內拿出來，看完後，把那張紙收起來。她坐在原地，感到相當震驚，同時也覺得很不舒服。

工整的字跡寫道，他們的第二個孩子凱文根本從未出生，而且早在懷孕五個月時就流產了。從那時候起，貝琳達就染上了悽慘可怕的憂鬱症，而且症狀不時會發作。那張紙還說高登很少回家，因為他跟公司裡的一位資深合夥人發生可怕的婚外情，高登外遇的對象比他大十歲，是位容貌搶眼卻神經質的女人。貝琳達酗酒的習慣更加嚴重，而且喜愛用高高的衣領和圍巾遮掩臉頰上蜘蛛網似的疤痕。她和高登很少說話，只會為了瑣碎細故吵架，兩人都害怕他們的爭執會愈演愈烈，因為他們都知道，唯一值得他們爭論的事太過嚴重，說出來就會摧毀他們的生活。

貝琳達並沒有告訴高登「高登和貝琳達的婚禮」的最新發展，然而過了幾個月後，貝琳達的母親生病，貝琳達到南部照顧她母親一週時，高登自己也去看了那張紙的內容。

高登從信封內拿出的那張紙，內容就跟貝琳達之前所讀到的發展差不多，只不過到了這個時候，他跟老闆的那段婚外情已悽慘收場，工作更大有可能不保。

雖然高登相當喜歡他的老闆，但他就是無法想像自己跟她發生感情。他很喜愛自己的工作，不過他希望能做點比目前工作更有挑戰的事。

過了一週，貝琳達的母親病情好轉，貝琳達便回家了。她的丈夫和孩子們一見到她，都鬆了一口氣，也感到相當開心。

到了聖誕夜，高登才跟貝琳達提起信封的事。

「妳也看了那個東西，對不對？」那晚稍早，他們已偷偷溜到孩子的房間裡，在懸掛著的聖誕長襪裡裝滿禮物。當高登走過屋裡走道時，心情相當愉悅。當他站在孩子們的床邊時，心情也相當愉悅，不過那種愉悅感帶了點深沉的憂傷，因為他知道這種完全幸福的時刻不可能長久，沒有人能讓時間停留。

貝琳達知道高登在說什麼。「對，」她說，「我也看了。」

「妳覺得怎樣？」

「嗯，」她說，「我覺得應該不是有人在開玩笑，甚至也不算是什麼惡意玩笑。」

「那麼……」他說，「要不然是什麼？」

他們坐在位於房屋前區的客廳，光線昏暗，只有灰燼上燃燒著的木材為房間灑下閃爍的橘黃色亮光。

「我覺得這真的是件結婚禮物，」她告訴他，「這不是我們所過的婚姻生活，所有壞事都發生在那張紙上，沒發生在我們的現實生活中。我們並沒有過那種生活，只是在紙上讀讀而已。我們知道我們的婚姻有可能變成那個樣子，也知道實際上並沒有。」

「妳是說……這是種魔法嗎？」他原本不想說得太大聲，但那時是聖誕夜，萬籟俱寂。

「我不相信魔法，」她平淡地說道，「這是一件結婚禮物，而我們應該好好保存這件禮物。」

到了拆禮物日，她把信封從檔案箱移到收藏珠寶的抽屜裡，這個抽屜她隨時都會上鎖。於是，這個信封就靜靜地躺在她的項鍊和耳環、手鐲和胸針下方。

春天過去，夏天來臨；冬天過去，春天來臨。

高登工作得相當勞累。白天他要為客戶工作、畫設計圖、聯絡建商和承包商。到了晚上，他會熬夜為自己的理想努力，設計博物館、美術館、公共大樓，以便參加競賽。他的設計有時候會獲得讚賞，並刊登在建築期刊上。

貝琳達則開始照料更多大型動物，而且還樂在其中；她會到農夫家裡檢查並醫治馬、羊、牛。有時候她還會帶孩子一起出外會診。

有一回，貝琳達在一個小牧場試著為一隻懷孕的山羊做檢查，卻發現那隻山羊根本不想被抓起來，更不用說還要接受檢查。這時候她的手機響了，她從抓山羊的混戰中退下，留下山羊在牧場的另一頭怒目相視。她用拇指把手機掀開。「喂？」

「妳猜發生了什麼事？」

「你好，親愛的。嗯……你中樂透了啊？」

「不是，不過很接近。我為英國文化遺產博物館所做的建築設計進了決選名單，不過我要面對的競爭對手都很厲害。不管怎樣，我進決選名單了！」

「真是太棒了！」

「我已經問過福布萊特太太了，她今晚會叫桑雅替我們照顧小孩。我們好好慶祝一下。」

「太好了，我愛你，」她說，「我現在必須去應付那隻山羊了。」

那頓慶祝晚餐相當精緻，同時他們也喝下多得不得了的香檳。當他們晚上回到房間時，貝琳達一邊取下耳環，一邊說：「我們要不要去看看『結婚禮物』怎麼寫呢？」

高登躺在床上，身上只穿著襪子，面色凝重地看著貝琳達。「不要，我才不要。在這麼特別的夜裡，為什麼要自討沒趣呢？」

她把耳環放到她的珠寶抽屜，並把抽屜鎖了起來。然後她把襪子脫掉。「我想你說得沒錯，反正我想像得到那張紙會怎麼寫。我是個酒鬼，有憂鬱症，而你是個一事無成的落魄傢伙，而且我們還……嗯……我是**真的**有點醉了，不過那不是我想說的。那個信封就放在抽屜的底部，就跟《格雷的畫像》中[6]，放在閣樓的那張肖像一樣。」

「『而且他們還是靠他手上的戒指才認出他來』，沒錯，我記得，我們在學校讀過。」

「我怕的就是那種事。」她邊說邊穿上一件棉質睡衣。「我怕那張紙上寫的是我們真實的婚姻生活，而我們現在所擁有的只是張漂亮的畫而已。我很怕那張紙是真的，我們是假的，我是說……」她說這話時相當專注，表現出微醉的人都會有的那種執著。「你難道沒想過，這種生活太過美好，不可能是真的？」

他點點頭。「有時候。今晚當然也會這麼想。」

她打了個寒顫。「或許我**就是**個酒鬼，臉上還有狗咬的傷疤、你跟任何會動的東西都可以搞到床上去，而凱文從未出生，而且……而且還有其它可怕的事情。」

他站了起來，走到她身邊，把她摟住。「但是那都不是真的，」他提醒她，「我們的生活才是真的，妳是真的，我是真的。那張婚禮的東西只是則故事，只不過是幾個字而已。」

他吻了她，並緊緊抱住她，那天晚上他們再也沒說什麼話。

六個月後，英國文化遺產博物館的設計競賽結果揭曉，高登的設計贏得了設計大獎，不過卻遭《泰晤士報》嘲諷，認為他的設計「現代感過於強烈」，但好幾家期刊又批評他的設計太過時。一位評審在接受《週日電訊報》的訪問時表示，高登的設計「有點揉雜了每一位競賽者的特色，也就是說，是每個評審的折衷妥協之選。」

他們搬到倫敦，因為貝琳達不願讓高登把普雷斯頓的房子賣了，所以他們把房子租給一位畫家和他的家人。博物館的案子讓高登工作得相當賣力，也相當快樂。凱文這時候已經六歲，梅蘭尼八歲。梅蘭尼覺得倫敦挺嚇人的，凱文卻愛死了倫敦，這兩個孩子剛到倫敦時，都因為離開原有的朋友和學校而感到難過。貝琳達在康登的一家小動物診所找到兼職工作，每週工作三個下午。她很想念以前照顧的牛隻。

他們待在倫敦的時間，從一開始的數個月變成好幾年。儘管高登有時候會有預算的問題，不過他卻愈來愈興奮，因為博物館的興建破土日就快到了。

有天晚上，貝琳達在下半夜時醒來，臥室窗外的路燈照進鈉黃色的燈光，她看著熟睡中的丈夫，他的髮際線愈來愈高，後腦杓的頭髮也愈來愈稀疏，貝琳達想知道嫁給一個禿頭的男人會是什麼樣的情形，最後她覺得應該會跟她這一路走來的婚姻生活差不多，幸福得不得了，美好得不得了。

她心裡納悶著信封裡的**他們**發生了什麼事，她感覺得到那個信封的存在，就安安穩穩地鎖在他們臥室的角落，像是揮之不去的陰霾。忽然間，她對困在信封內那張紙的貝琳達和高

6《格雷的畫像》（*The Picture of Dorian Gray*），英國作家王爾德的小說。

登感到抱歉；他們相互怨懟，沒有一樣東西看得順眼。

高登開始打呼，她溫柔地吻了他的臉頰，說：「噓……」他稍微動了一下，安靜下來，但是他並沒有醒。她依偎在他身邊，很快又睡著了。

隔天，高登吃完午餐，正在跟一位托斯卡尼大理石的進口商聊天之際，忽然露出錯愕的表情，一隻手伸到胸前說著：「我實在感到非常抱歉。」然後雙膝一跪，就倒在地上了。有人打電話叫救護車來，但是當救護車抵達時，高登已經死了，得年三十六歲。

驗屍官在勘驗死因後，宣布驗屍結果：高登有先天性心臟衰弱的毛病，隨時都可能暴斃。

高登死後的三天裡，貝琳達一點感覺也沒有，完完全全沒有感覺。她安慰她的孩子；她的朋友和高登的朋友、她的家人和高登的家人都來安慰她，她也會從容得體地接受他們的慰問，就像收下她不想要的禮物一樣。她會傾聽其他人為高登哭泣，不過她自己從未哭過；她會說出合宜的場面話，卻一點感覺也沒有。

十一歲的梅蘭尼似乎還滿能接受現實的；凱文則丟下他的書本和電腦遊戲，坐在自己的房間裡，凝視著窗外，不想說話。

葬禮結束隔天，貝琳達的父母帶著兩個小孩一起回鄉下，貝琳達拒絕跟他們走，她說她有太多事要處理。

葬禮過後第四天，正當她在打理自己和高登同睡過的雙人床時，她哭了出來，哀慟的啜泣撕裂她的身體，她劇烈扭曲抽搐，淚水從臉上落到床罩上，鼻涕從鼻子裡不停流瀉。忽然間，她跌坐到地上，像是線被剪斷了的牽線木偶。她哭了將近一個小時，因為她知道，她再也見不到他了。

稍後，她把臉擦一擦，打開珠寶抽屜的鎖，拿出信封並打開它。她拿出那張奶油色的紙，眼睛掃過紙上的整齊字跡。紙上的貝琳達酒醉駕車把車子撞毀，她就快要保不住她的駕照了。她和高登已經好幾天沒說話。他則將近十八個月沒有工作，幾乎每天就在索耳福的家中閒晃。貝琳達的工作是他們唯一的金錢來源。沒人管得住梅蘭尼，貝琳達在打掃梅蘭尼的房間時，發現一處藏了五英鎊和十英鎊紙鈔的地方，他們問梅蘭尼這些錢從哪來的，十一歲的梅蘭尼卻只是縮在房內，緊閉雙唇，瞪著他們看，不願說明這些錢的來處。高登和貝琳達都沒再深究，因為他們害怕自己可能發現的真相。索耳福的房屋又髒又潮濕，天花板上的水泥漆大塊大塊碎落，他們三個人的支氣管都因此出了毛病，咳個不停。

貝琳達為他們感到難過。

她把那張紙放回信封裡，她想知道憎恨高登會是什麼滋味，被高登憎恨會是什麼滋味。她想知道生命裡沒有凱文會是什麼滋味，看不到他畫飛機，看不到他用五音不全的聲音演唱流行歌曲是什麼滋味。她想知道梅蘭尼（另一個梅蘭尼，那位只求上帝憐憫的梅蘭尼，不是**她的**梅蘭尼）是從哪裡得到那些錢的，當她想到她的梅蘭尼似乎只對芭蕾舞和愛妮・布萊頓[7]的書有興趣，就一陣寬心。

她實在非常思念高登，那種感覺就像有種尖銳的東西往她的胸口錘打，或許是一根大尖

7 愛妮・布萊頓（Enid Blyton, 1897-1968），著名英國兒童文學作家。

叉，或許是一根冰柱，一根寒冷、寂寞的冰柱，深知她在這個世界上再也無法見到高登了。

接著她帶著信封到樓下客廳，壁爐的炭火還在燃燒，因為高登喜愛在壁爐裡生火，他說過火能帶給房間生命。她不喜歡炭火，不過這天晚上她基於平日的習慣，還是把火生了起來，同時也是因為不生火的話，就表示她已毅然向自己承認，他再也不會回家了。

貝琳達望著爐火好一陣子，心裡想著她這一生所擁有的，還有這一生所放棄的；愛一個已經不存在的人比較悲慘，還是恨一個依然存在的人比較悲慘。

最後，她近乎隨興地把信封丟到木炭上，她看著信封捲曲、變焦黑、著火，她看著黃色的火焰在藍色的火焰中起舞。

不久，那份結婚禮物只剩下黑色的灰燼，在上升的氣流中跳舞飛升而去，穿過煙囪，飛向夜裡，就像小孩寫給聖誕老人的信。

貝琳達坐回椅子，閉起眼睛，等著臉頰冒出疤痕。

——這就是我朋友結婚時，我沒有寫下來送給他們的故事。不過當然，這並**不是**我沒有寫下來的故事，甚至也不是我剛開始下筆時打算寫的故事。我原本打算寫的故事短了許多，更像一篇寓言故事，結局也不同。（我已經不知道原本的結局是什麼了。我有設想好某種結局，但是故事一旦開始，真正的結局終究會出現。）

本書中大多數故事都有這種相似性：故事最後的結局，都不是我剛開始寫故事時安排的結局。有時候，我要到無話可寫時才會知道故事已經結束。

抽絲剝繭：十四行迴旋詩

若是有編輯叫我隨便寫一篇「你想寫的東西，真正想寫的東西，不管是什麼都行，只要是你想要的都行」，他們很少會得到回覆。

既然如此，於是羅倫斯・史梅寫信給我，要我寫首詩作為他那本預知未來故事選集的序，他希望那首詩具有重複的詩文，像是法國的田園短詩或是潘頓詩體[8]，以便呼應人類終究要面對的未來。

於是我寫給他一首十四行迴旋詩，內容關於預知未來的樂趣和危險，詩的前面再加上《愛麗絲鏡中奇遇》中最沉悶的笑話作為序言。不知怎地看起來倒非常適合當作本書的開端。

尼可拉斯……

每年聖誕節我都會收到畫家寄來的卡片，他們都自己在卡片上作畫，媒材不一。那些卡片都很美，見證了他們創意的靈感。

每年聖誕節，我都會覺得自己很渺小、難為情、沒有才幹。

於是有一年我寫了這篇東西，這是為聖誕節所寫的。大衛・麥金以優雅的字跡為我謄錄

8 潘頓詩體（Panto■m），法國和英國的一種詩體，源自馬來詩體，由隔行同韻的四行詩節組成。

在卡片上，我把卡片寄給我所有想到的人。

這篇故事不多不少共一百個英文字（若包含標題則有一百零二個英文字），它首次刊登於一本百字短篇故事集《泥濘二》。我一直想要再寫一篇適合放在聖誕節卡片的故事，但是每年總要到十二月十五日才會想起來，所以我都得再延到下一年。

金魚池和其它故事

寫作技巧深深吸引我。這則故事自一九九一年開始寫，當時寫了三頁，後來我覺得太貼近原始資料，於是擱筆不動。到了一九九四年，我決定把這則故事寫完，用來放在珍妮・伯林納和大衛・考柏菲編輯的文選集裡。我寫這則故事時，用的是撞爛的掌上型電腦，寫作的過程相當混亂，在飛機上寫、在汽車裡寫、在飯店房間寫，完全沒有按照順序，隨意記下角色的對話和虛構的會議，直到我非常確定所有東西都寫下來了。然後我把手邊的內容依序排好，效果還挺棒的，這讓我又驚又喜。

故事的某些部分是真的。

三聯畫：吃掉了（電影場景）、白色之路、刀后

多年前，我在幾個月的時間裡寫下了三首敘事詩，都是關於暴力、男人和女人以及愛的

故事。三首中的第一篇是一部色情恐怖片的故事大綱，韻腳是相當嚴格的抑揚格五音步，我稱這篇故事為〈吃掉了（電影場景）〉，這篇故事相當極端（恐怕並未收錄在本書中）；第二篇叫做〈白色之路〉，重新敘述好幾則古老的英國傳說，這篇故事就跟其取材的原著差不多極端；最後一篇則是關於我外婆、外公和舞臺魔術的故事，這篇比較不那麼極端，但是〈我希望〉就跟前兩篇一樣讓人心神不寧，我對這三篇故事都很得意。出版業變幻莫測，因此這幾篇故事事實上相隔好幾年出版，而每一篇都被選入最佳年度文選集裡（三篇都選入美國的《年度最佳奇幻恐怖故事集》〔*Year's Best Fantasy and Horror*〕，一篇被選入英國的《年度最佳恐怖故事集》〔*Year's Best Horror*〕，還有一篇則讓我有點意外，因為有本國際年度情色故事選想收錄）。

白色之路

曾經有兩則故事嚇得我心神不寧好幾年，我小時候看了這些故事後，深深為之吸引，也為之作嘔。其中一則是「艦隊街的惡魔理髮師」史溫尼．陶德[9]的故事；另一則是英國版藍鬍子狐克斯先生的故事。

---

9 史溫尼．陶德（Sweeney Todd），英國十九世紀的傳說人物，他用剃刀殺人後，將犧牲者製成肉餅。一說真有其人。曾被改編為百老匯驚悚音樂劇，雖因血腥畫面引發爭議，但備受觀眾歡迎。

這則重新敘述的故事取材自《企鵝英國傳說故事集》（*The Penguin Book of English Folktales*，尼爾・菲立普編）中「狐克斯先生的故事」的改編版及其後的注解，另外還參考了另一個故事版本，叫做「佛斯特先生」，我在這則故事中發現了白色之路的意象，還有女孩的追求者如何沿著白色之路做記號回到他恐怖的家。

在狐克斯先生的故事中，那段「不會發生那種事，不會發生那種事，上帝禁止那種事」像念經般反覆出現，夾雜在狐克斯先生的未婚妻重述夢中所見的恐怖情景之間。到了最後，她把一隻血淋淋的手指或手掌丟到桌上，那是她從他家拿出來的，證明了她所言句句屬實，故事就此戛然而止。

這篇故事也跟所有中國和日本怪談一樣，到了故事結尾才發現，一切肇因都是狐狸。

刀后

這則故事就跟我的圖像小說《龐奇先生》一樣，非常接近事實，我偶爾需要向我的一些親戚解釋，這件事並未真的發生。嗯，反正也不是像故事寫的那樣。

改變

麗莎・特透有天打電話給我，要我寫篇故事，讓她收錄在她編輯的性別文選故事集中。

我一直都很喜歡把科幻小說當作一種媒介，小時候我深信自己長大後會成為科幻小說家，但此事從未成真。將近十年前，我腦中浮現出這則故事的想法，當時的構想是一系列相互關連的短篇故事，再由這些故事構成一部探索性別反思世界的小說，不過我從未寫過那種故事。麗莎打電話給我後，我忽然想到，可以採取我曾經幻想過的那個世界，用愛德華多・葛里諾[10]在《火之記憶》三部曲中敘述美國歷史的方式，訴說那個世界裡的故事。

我一完成這則故事就拿給一位朋友看，她說讀起來像是一篇小說的綱要。我只能恭喜她有敏銳的洞察力，不過，麗莎・特透喜歡這篇故事，我也是。

貓頭鷹的女兒

十七世紀的收藏家暨歷史學家約翰・奧布里[11]，是我最喜愛的作家。他的寫作揉雜了強烈的可信度和淵博的學識、軼事、憶舊、推測。閱讀奧布里的作品，會讓人立即感覺到，好像有個真實人物穿越好幾個世紀自過去來到現代跟你說話——一位極為可愛且有趣的人。另

10 愛德華多・葛里諾（Eduardo Galeano, 1940-2015），烏拉圭新聞記者，其作品超越文類限制，將紀錄、小說、新聞報導、政治分析融為一爐，自許為歷史學家，在國際左派評論圈頗負盛名。

11 約翰・奧布里（John Aubrey, 1626-1697），英國皇家學會會員，為同時代人物撰寫的傳記小品《小傳集》（*Brief Lives*）為其代表作。

外，我也喜歡他的拼字方式。我試著以幾種不同方式寫下這篇故事，但總是不滿意。然後我忽然想到，可以採用奧布里的風格。

舒哥的老教區

從倫敦出發到格拉斯哥的過夜火車設有臥鋪，大約早上五點就會抵達目的地。下了火車後，我走進車站旅館。我打算穿越飯店大廳，走到接待櫃臺訂個房間，補個眠。接著，當大家都起床之後，我計畫在接下來幾天裡，參加在飯店裡舉行的科幻小說會議。名義上，我代表一份全國性報紙到那裡出席採訪會議。

那天，當我走過飯店大廳到接待櫃臺時，經過一個酒吧，裡面除了一臉茫然的酒保和一位叫約翰．杰洛德的英國書迷之外，空無一人。由於約翰．杰洛德是會議裡的書迷貴賓，所以能夠無限享用酒吧裡的飲料，這時別人都在睡覺，他卻在這裡無限暢飲。

於是我停下腳步，跟約翰說話，而我也因此一直沒能走到接待櫃臺。我們接下來的四十八小時都在聊天，說笑話和故事，而且在隔天凌晨，當酒吧又開始空了的時候，我們都興致勃勃地想展現自己能記住多少《紅男綠女》[12]的內容，好擊敗對方。在這酒吧的某個角落，我曾經跟已故的里察．伊凡斯聊天。他是英國的科幻小說編輯，這次談話在六年後會形成《無有鄉》。

我已經不記得為什麼會開始與約翰用彼得．庫克和達德利．摩爾[13]的聲音談論克蘇魯[14]

神話；我也不知道為什麼會開始教約翰關於霍華．菲力普．洛夫克萊夫特的散文風格。我懷疑是缺乏睡眠所致。

約翰．杰洛德現在已經是相當有聲望的編輯，也是英國出版界的中流砥柱。這則故事中有些片段來自於我們在酒吧裡的對話，也就是我和約翰用彼得和達德利的聲音演出霍華．菲力普．洛夫克萊夫特小說中的生物。麥克．艾席利就是那位誘拐我把這些片段寫成故事的編輯。

12《紅男綠女》（*Guys and Dolls*），五〇年代的百老匯經典音樂喜劇，曾由米高梅電影公司改編為電影，由馬龍．白蘭度主演。九〇年代的復排亦轟動一時。

13 彼得．庫克（Peter Cook, 1937-1995），英國諷刺作家兼喜劇演員；Dudley Moore（1935-2002），生於英國，為傑出的爵士樂手與作曲家，一九六八年至好萊塢發展，以喜劇演員的身分聲名大噪。二人於六〇年代初成立喜劇劇團Beyond The Fringe，在BBC演出的爆笑短劇*Not Only... But Also*極受歡迎。

14 克蘇魯神話（Cthulhu Mythos），美國奇幻與恐怖小說家霍華．菲力普．洛夫克萊夫特（H.P. Lovecraft, 1890-1937）所創造的小說世界，後由他人整理完善並共同創作的架空神話體系，至今仍有新作。

病毒

這篇故事是為了大衛．巴瑞特的《數位之夢》所寫，那是一本電腦小說選集。我現在不大玩電腦遊戲，之前玩的時候，我注意到腦子裡的某些部分被遊戲所占據，睡覺時一閉上眼，眼皮後面就會出現掉下來的積木或是又跑又跳的小人形。多數時間我都會輸，即使在腦子裡玩也照輸不誤。本篇故事便是由此而來。

尋找夢中情人

這篇故事是一九八五年一月，《閣樓》雜誌委託我為他們二十週年紀念版所寫的。在那之前好幾年，我只是位倫敦街頭上的年輕記者，靠著為《閣樓》和《無賴》雜誌訪問名人維生。這兩本是英國的「黃色」雜誌，遠不如美國的那麼露骨。仔細想想，那其實算是種教育。

我曾經訪問過一位模特兒，問她是否覺得自己受剝削。「我嗎？」她說。她的名字是瑪麗。「我的酬勞可高得很，親愛的。這比在布萊德福餅乾工廠值夜班好多了。我告訴你誰才受剝削，就是那些買雜誌的小夥子，每個月盯著我的照片自慰，他們才受剝削。」我想本故事來自於這段對話。

我寫下這故事時，自己覺得很滿意：這是我第一次寫出讀起來有我個人風格的故事，而不像是在寫別人的故事。我正慢慢朝某種寫作風格邁進。為了替故事找資料，我坐在《閣樓》的英國達克蘭辦公室，翻遍二十年來的裝訂雜誌。在第一集《閣樓》裡有我的朋友迪恩・史密斯。迪恩為《無賴》雜誌擔任化妝的工作，後來我發現她曾經在一九六五年成為《閣樓》雜誌第一位年度人物。我直接偷了迪恩當初的宣傳文案給〈尋找夢中情人〉中一九六五年的夏洛特用，例如「新生的個人主義者」等用詞。我最近還聽說，適逢《閣樓》雜誌二十五週年慶，他們正在尋找迪恩。她早已經銷聲匿跡，報紙還曾大肆報導。

在觀看那二十年的《閣樓》時，我忽然想到，《閣樓》這類型的雜誌，根本就跟女人扯不上關係，完完全全只跟女人的相片有關，這就是本故事的另一個起源。

又是世界末日

我和史帝夫・瓊斯已經是十五年的朋友了，甚至還一起編了一本寫給小孩子看卻令人作嘔的詩集。所以他才會打電話給我，跟我說：「我現在在編輯一本故事集，內容設定在霍華・菲力普・洛夫克萊夫特虛構的印斯茅斯。替我寫篇故事吧！」

這篇故事來自於同時出現的好幾件事（若你不懂的話，那就是我們作者得到點子的所在）。其中一個是已故的羅傑・齊拉尼[15]的書《寂寞十月的一夜》，這本書盡情使用了各式

15 羅傑・齊拉尼（Roger Zelazny, 1937-1995），美國著名奇幻小說家，代表作為「安柏」系列（The Chronicles of Amber）與《光之王》（*Lord of Light*）。

各樣恐怖和奇幻故事的慣用角色。羅傑在我開始寫這篇故事前幾個月，給了我這本書，我愛死它了。同時間，我正在閱讀一段關於三百年前法國狼人審判的文章，讀到一位目擊者的證詞時，我突然領悟，就是這段審判的敘述激發沙奇[16]寫出奇妙的故事〈加百列——恩尼斯特〉，也激發詹姆士．布蘭其．卡貝爾[17]寫出短篇小說〈白袍〉。不過沙奇和卡貝爾的教養都太好了，寫不出嘔吐手指這種意象，這在審判中是關鍵證據。由此可見，這重責大任捨我其誰？

賴瑞．泰伯特是原本那位狼人的名字，也就是在「兩傻電影系列」中，兩傻遇到的那名狼人[18]。

灣狼

後來史帝夫．瓊斯又來找我了。「我希望你能為我寫篇你那種故事詩，而且必須是偵探故事，時間設定在不遠的未來。或許你可以再用『又是世界末日』中賴瑞．泰伯特這個角色。」

碰巧的是，我那時剛好跟別人合作寫完古英文敘事詩《貝奧武夫》的電影改編版，讓我稍感訝異的是，居然有那麼多人都沒聽清楚我在說什麼，誤以為我剛寫完一集「海灘遊俠」的劇本[19]。於是我重新敘述《貝奧武夫》的故事，把它當作是「海灘遊俠」的未來版，以便讓我朋友收錄在他的偵探故事集中。那似乎再合理不過。

聽著，我不會太苛求你從哪邊找到你的靈感。

批發價賣給你

如果本書的故事是依照時間順序排列，而不是依照奇怪、隨意、只要我喜歡的順序，這則故事應該會是本書的第一篇。一九八三年的一個晚上，我一邊聽收音機，一邊打瞌睡。當我睡著時，正聽到一則關於量販的新聞；而當我醒來時，收音機正在談論雇用殺手的事情。那就是這則故事的源頭。

在寫這篇故事之前，我讀了許多約翰．柯里爾[20]的故事。好幾年前，我重讀約翰．柯里

---

16 沙奇（Saki, 1870-1916），本名赫克特．門羅（Hector Hugh Munro），英國愛德華時代的作家，擅長以機智風趣、間或令人毛骨悚然的文筆諷刺當時的社會文化。

17 詹姆士．布蘭其．卡貝爾（James Branch Cabell, 1879-1958），美國諷刺小說家，代表作為長篇小說《朱根》（*Jurgen*），剛出版時還因內容超出二〇年代的尺度而被列為禁書。

18 兩傻系列電影皆由 Abbott 和 Costello 兩人為主角。在《兩傻大戰科學怪人》（*Abbott and Costello Meet Frankenstein*）片中，兩人曾經遇到叫做賴瑞．泰伯特（Larry Talbot）的狼人。

19 貝奧武夫（Beowulf）與海灘遊俠（Bay Watch）的押頭韻。

20 約翰．柯里爾（John Collier, 1901-1980），英國短篇小說家，其作品多半刊載於三〇至五〇年代的《紐約客》雜誌。

爾的故事時，發現這也是一篇約翰・柯里爾式的故事。雖然這故事沒有約翰・柯里爾寫得那麼好，文采也不如約翰・柯里爾，但這仍舊算是一篇約翰・柯里爾式的故事。我動筆時卻渾然不覺。

活在摩考克世界的男孩

有人要我寫篇故事，準備收錄在麥克・摩考克[21]的艾爾瑞克故事選集中，於是我選擇寫篇關於一個跟我以前很像的小男孩，以及他與小說的關係的故事。我相信我說不出艾爾瑞克的故事中有哪裡沒有別人的影子，但當我年僅十二歲時，摩考克筆下人物之真實，不下於我生命中的一切，更遠比……嗯……遠比地理課真實多了。

寫完這則故事幾個月後，我在紐奧良遇到麥可・摩考克。「在所有的選集故事中，我最喜歡你和泰德・威廉斯[22]的故事。」他這麼對我說，「但我更喜歡他的，因為故事裡有吉米・罕醉克斯[23]。」

故事名稱竊自哈冷・愛利森[24]的一篇短篇故事。

冷色

這些年來我接觸過許多不同創作形式。不時會有人問我，怎麼知道某個想法屬於哪種形式。那些想法主要都會以漫畫、電影、詩、散文、小說、短篇故事等等方式呈現。你會事先知道你要寫的是什麼。

然而，這篇故事就只是個想法而已。我想要談談詭雷、電腦、黑魔法，還有八〇年代末我所觀察到的倫敦，那個年代，大家金錢過剩，道德破產。這不是一則短篇故事，也不是一部小說，於是我嘗試以詩的形式來寫，結果還挺不錯。

為了《倫敦短篇故事休閒選集》，我又把詩改為散文，讓許多讀者感到困惑。

---

21 麥克．摩考克（Michael Moorcock 1939-），英國科幻暨奇幻小說家，艾爾瑞克系列為其代表作。艾爾瑞克是摩考克受托爾金影響而創造出的反英雄人物，與勞勃．霍華（Robert Ervin Howard）筆下的蠻王科南正好是奇幻小說中截然相反的兩種典型。亦為六〇年代科幻「新浪潮」的掌旗大將。

22 泰德．威廉斯（Tad Williams, 1957-），美國科幻暨奇幻小說家，代表作為《回憶、悲傷與荊棘》（*Memory, Sorrow, and Thorn*）。

23 吉米．罕醉克斯（Jimi Hendrix, 1942-1970），成名甚早，公認為流行音樂史上最重要的電吉他手，不幸在二十七歲便因安眠藥服用過量而亡。

24 哈冷．愛利森（Harlan Ellison, 1934-），美國六〇年代極重要的「新浪潮」科幻小說家。

掃夢人

這篇故事來自一座莉莎·史奈林的雕刻，那座雕刻是一個靠在掃把上的男人。他顯然是位工友，我想知道他是哪一種工友，這則故事便是由此而來。

異物

這篇也是早期的故事，寫於一九八四年，定稿則在一九八九年才完成（匆匆忙忙再塗上一層漆，並且填補難看的縫隙）。在一九八四年，這篇故事根本賣不出去（科幻雜誌不喜歡裡面提到的性，色情雜誌不喜歡裡面談到的疾病）。到了一九八七年，有人問我是否想要把這篇故事賣給一本情慾科幻小說選集，我婉拒了。我在一九八四年寫下一篇關於性病的故事，同一篇故事到了一九八七年，可能會代表不同的意義；故事本身可能並未改變，但周遭環境卻早已產生劇烈變遷：我這裡指的是愛滋病，而且不管是否意有所指，故事裡指的病也是愛滋病。如果要我重寫故事，當然必須把愛滋病也考慮進去，但我做不到，因為愛滋病太龐大，太神祕、太難掌握了。不過，到了一九八九年，社會文化又再次大幅變動，把這篇故事從櫃子裡拿出來、把內容整理一番，去掉表面的汙點、拿去給外頭的好心人看看，已經不會讓我那麼不自在，雖然當然還是稱不上自在。所以，當史帝夫·耐爾斯問我是否有任何未出版的作品，可以收錄在他的《無圖之字》選集中時，我給了他這篇故事。

我可以說這並不是愛滋病的故事，但是這麼說的話，我就是在說謊，至少是部分說謊。而且到了最近，不管是好是壞，愛滋病似乎變成了愛神武器庫中的一種疾病而已。

說真的，我覺得這篇故事的主題是寂寞和身分認同，或許也論及在世間走出自己的路有多快樂。

吸血鬼詩

這是我唯一成功的賽斯丁納詩（在這種詩體中，前六行每行的最後一個字，在整首詩中不斷改變順序，出現在接下來每一段每一行的最後一個字；最後一段只有三行）。這首詩最早出版於《奇幻故事》中，後來重新出版於史帝夫·瓊斯的《吸血鬼大全》。有許多年的時間，這是我唯一寫過的吸血鬼故事。

老鼠

這則故事是為彼得·科羅特編輯的迷信故事選集《碰木消災》而寫。我一直都想寫篇瑞蒙·卡佛[25]式的短篇故事。他讓寫故事看起來彷彿很簡單。寫這篇故事讓我知道那並不簡單。

---

25 瑞蒙·卡佛（Raymond Carver, 1938-1988），美國短篇小說家兼詩人，文筆淺白、意境優美。

恐怕我確實聽到了文中提到的那段收音機廣播。

海變

這篇故事寫於伯爵院一間馬廄改建的小房子頂樓。靈感來自莉莎・史奈林的一座雕像，以及小時候在普茲矛斯海灘的記憶：當海浪把圓卵石拉回海中時，海水會發出一陣沙沙聲。當時我正在寫《睡魔》的最後一部分，叫做「暴風雨」，而且也有一小部分的莎士比亞戲劇游移在這則故事中，就像當時那齣戲游移在我腦中一樣。

世界盡頭一遊 作者：堂妮・莫寧塞，十一歲又三個月

我和艾倫・摩爾（一位世界頂尖作者，也是我認識最棒的人）有天在北安普頓一起閒坐聊天，我們提到要創造出一個可以當作我們故事背景的地方。這則故事就是以那地方為背景。有一天，北安普頓的好市民會把艾倫當作魔法術士燒掉，那會是世界一大損失。

沙漠之風

有一天，我收到羅賓・安德斯寄來的一捲錄音帶，他是「沸騰之鉛」樂團的鼓手。錄音

帶中的有段訊息，告訴我他要我寫篇關於錄音帶裡其中一首曲子的東西，那首曲子叫做〈沙漠之風〉。這就是我寫的內容。

回味

這篇故事花了我四年的時間才寫完，不是因為要細細雕琢淬鍊每個形容詞，而是因為我下筆時會感到不好意思。我每每寫了一段就把故事丟在一旁，直到臉頰紅暈退去。過了四、五個月後，我會再寫下另外一段。剛開始會寫這則故事，是為了愛倫・戴特洛的情色科幻小說選集《禁地：異形的性故事》。我未能在截稿日前寫完，於是便為了那本選集的續集，繼續把故事寫下去。我勉強再寫了大概一頁多，然後又錯過了續集的截稿日。在其中某一個時間點，我打電話給愛倫・戴特洛，警告她如果我未能如期完成，我的硬碟裡有個寫了一半的情色短篇故事，叫做〈戴特洛〉，而且那則故事跟她沒關係。在我錯過了兩本選集的截稿日，而且距離寫下第一段故事四年後，我終於把故事寫完了，而愛倫・戴特洛及其同謀泰芮・溫德琳就把這篇故事收錄在她們的情色奇幻故事集《女妖》中。

故事大部分內容出自我的疑惑：為什麼小說中的人在做愛或性交時似乎都不會聊天。我並不認為這是情色故事，不過當我終於把故事寫完後，我不再感到不好意思。

嬰兒蛋糕

這是一則寓言，是為了人道對待動物協會所寫，我覺得這篇故事說到了重點。這是我寫的故事中，唯一會讓我感到不安的。去年我下樓時，發現我兒子邁可正聽著我的語音CD播放：「警告：內含粗俗語言」，我到樓下時，〈嬰兒蛋糕〉的故事正好開始。我聽到自己的聲音在念故事，卻幾乎認不出來，這讓我有點訝異。

讓大家知道一下：我穿皮衣，也吃肉，但是我跟小嬰兒相處得非常好。

謀殺神祕事件

在我想到這則故事的點子時，故事名叫〈天使之城〉，但是在我真正開始寫下故事時，正好有齣百老匯劇用了這個名字，所以在我寫完後，取了個新名字。

〈謀殺神祕事件〉是為了在《午夜塗鴉》雜誌工作的潔西．霍斯汀所寫，要收錄在她的平裝故事選集裡，這本選集正好也叫做《午夜塗鴉》。我把故事寫了又寫，改了又改，每一次草稿都寄給彼得．亞特金斯看，他給了我很多意見，他很有耐心，也很有幽默感，對我助益良多。

故事中的推理部分，我試著跟讀者公平分享訊息。文中到處都有線索，甚至故事標題也有一個。

白雪、魔鏡、毒蘋果

這則故事又是起源於尼爾・菲立普的《企鵝英國傳說故事集》。我一邊泡澡一邊讀這本書時，讀到一篇我一定早就看過一千遍的故事（我三歲時看的那本插圖版故事還在），不過那一千零一次的閱讀，就是一道咒語，讓我開始思考起故事來，從結尾想到開頭，按照錯誤的順序思考。那個想法待在我的腦子裡好幾個星期，然後，就在一架飛機上，我開始把故事緩緩寫下來。飛機降落時，故事已經完成了四分之三，於是我到飯店去，坐在房間角落的椅子上，繼續把故事寫完。

這篇故事由夢之避風港出版社發行，收錄在限量的小冊子裡。這本小冊子是為了捍衛漫畫基金會（這個組織捍衛漫畫家、出版社、零售商的憲法第一修正案權利）所出版。波碧・布萊特又把這篇故事重新出版在她的故事選集《血脈之愛第二集》中。

我喜歡把這則故事當作是病毒，一旦你讀過這則故事，你就無法再以同樣的方式閱讀原著了。

我要感謝葛雷格・開特，他的夢之避風港出版社出版了《天使降臨》，其中收錄了好幾篇本書中的故事。《大使降臨》是本小出版社製作的合集，內容包含小說、書評、新聞，以及我寫的東西；他還出版了其它故事，製成兩本廉價書籍，以贊助捍衛漫畫基金會。

我要感謝一大群編輯，他們委派、接受、重印了書中的許多故事；還有感謝所有試讀的人（你們自己心裡有數），他們必須忍受我一再把故事寄給他們（無論是面交、傳真或電子郵件），讀完故事後，還要用毫不含糊的話向我說明哪裡需要修正，我要向他們致上謝意。珍妮佛・海西以她的耐心、魅力及編輯智慧，帶領本書從想法一路走到最後的實現，我對她感激不盡。

本書中每則故事都是某件事物的反映或反省，並不會比你吐出來的煙還要具體，那些故事都是來自鏡子國度的訊息，也是瞬息萬變的雲朵裡的圖畫：煙和鏡子，那些故事就是煙和鏡子。不過我很喜歡寫這些故事，我還喜歡這麼想：這些故事也很高興供人展讀。

歡迎你們。

尼爾・蓋曼

一九九七年十二月

尼可拉斯……

……比罪惡還古老，鬍子已經白得不能再白。他想死。

來自北極洞穴的侏儒土著不會說他的語言；他們不在工廠裡工作時，便用自己嘰嘰喳喳的語言交談，進行無人能理解的神祕儀式。

一年一次，他們逼迫他進入無盡的夜裡，完全無視他的哭泣和抗議。在旅程中，他會站在世界各地的每個小孩身旁，把侏儒製造的隱形禮物放在床沿。孩子們此時正熟睡，時間凝止。

他很羨慕普羅米修斯[1]、洛基[2]、薛西弗斯[3]、猶大[4]，因為他所受到的懲罰更加嚴酷。

---

1 普羅米修斯（Prometheus）為希臘神話中的神，因為從天上偷火給人類，受宙斯懲罰，被釘在高加索山上，讓老鷹每天白晝啄食其肝，又於夜裡復原。

2 北歐神話中的惡作劇之神洛基（Loki），犯眾怒得罪諸神，被綁在巨石上，讓巨蟒不斷地在他臉上滴下毒液。

3 薛西弗斯（Sisyphus）為希臘神話中的神，他受懲罰，需推一塊石頭上山，但是這塊石頭每到山頂又會滾下山。

4 猶大（Judas），《聖經》人物，耶穌十二門徒之一。因背叛耶穌，成為千古罪人。

呵 呵 呵

金魚池和其它故事

我抵達洛杉磯時，外頭正在下雨，我覺得自己好像被一百部老電影包圍了。

身穿黑色制服的加長型豪華轎車司機已在機場等我，他舉著一張白色硬紙板，上面寫了我的名字，雖然拼法有誤，但寫得倒挺整齊。

「先生，我會直接載你去飯店。」司機說。他看起來稍微有點失望，因為我沒有任何像樣的行李可以讓他搬運，只有一只壓扁的過夜用提袋，裡面塞滿上衣、內衣褲、襪子。

「很遠嗎？」

他搖搖頭：「大概二十五、三十分鐘就到了。你來過洛杉磯嗎？」

「沒有。」

「嗯，我總是說，洛杉磯是個三十分鐘的城市，不管你要去哪裡，只要三十分鐘就到了，絕不會超過。」

他把我的提袋拽進汽車的後車箱；美國人稱呼後車箱的字眼，跟英國人的說法不一樣。

他替我打開車門，讓我爬進後座。

「那麼，你是哪裡人呢？」他問。我們這時正離開機場，進入灑滿霓虹燈光的濕滑街道。

「英國。」

「英國嗎？」

「對，你去過嗎？」

「沒去過，先生。但是我看過電影，你是演員嗎？」

「我是個作家。」

他失去繼續追問的興趣。偶爾，他會小聲咒罵其他司機。

忽然，他將車子轉了方向，變換車道。原本的車道上有四輛車子發生追撞，我們正從車禍現場旁邊經過。

「這個城市只要下點雨，大家就忽然忘記要怎麼開車。」他跟我說。我往背後的靠墊靠得更緊一點。「我聽人家說，英國老是下雨。」那句話說得斬釘截鐵，不像問句。

「會下一點。」

「豈止一點，英國天天下雨。」他笑道，「還有濃霧，非常非常濃的大霧。」

「其實不會。」

「你說啥？不會？」他問道，他感到困惑，想為自己辯解。「我看電影裡都是這樣。」

之後，我們靜默地坐在車上，行駛於好萊塢的雨中。一陣子後，他說：「你可以問問他們貝魯西死掉的那個房間。」

「不好意思，你說什麼？」

「我是說貝魯西，約翰·貝魯西[1]。死在你住的那個飯店。吸毒。你聽說過嗎？」

「喔，當然。」

「有人還拍了部跟他的死有關的電影，演他的人是個胖子，看起來根本不像他。你曉得，當時他並不是獨自一個人，另外還有兩個男人跟他在一起，但電影公司不想惹麻煩。不過，如果你是加長型豪華轎車的司機，你就會聽到那些事。」

「真的？」

「羅賓．威廉斯和勞勃．狄尼洛就是當時跟他在一起的人，他們吸了快樂藥粉後，都變得瘋瘋癲癲。」

飯店建築是白色仿哥德式莊園。我向司機道別，進飯店登記入住。我沒有詢問貝魯西死在哪個房間。

我手裡拿著過夜用的提袋，緊握一串鑰匙，走到外頭，穿過雨水，向我的小屋邁進。櫃臺人員告訴我，那串鑰匙能讓我打開好幾扇房門和大門。外頭的空氣有潮濕灰塵的味道，說來奇怪，聞起來還有點像止咳藥。那時已是黃昏，天色幾乎全暗了。

雨水四濺，積水像河流和小溪一樣在中庭奔流。雨水落在中庭一面牆上突出的小魚池裡。

我步上階梯，進入一間潮濕的小房間。一個大明星死在這裡似乎有點可憐。床看來似乎有點濕氣，雨水在空調系統上敲出令人發狂的節奏。

我看了一會兒電視，電視還真是重播的荒漠：《歡樂酒店》播完後，我不知不覺又看了

1 約翰．貝魯西（John Belushi, 1949-1982），美國諧星，死於海洛因與古柯鹼注射過量，得年僅三十三歲。

《計程車》，接著又變成黑白影集《我愛露西》——然後就糊里糊塗睡著了。

我夢到一群鼓手間歇地打鼓，才過了三十分鐘。

電話聲把我吵醒。「嘿——你好，一路上還可以吧？」

「你是哪位？」

「我是電影公司的雅各，我們約好一起吃早餐的，對吧？」

「早餐？」

「沒關係，我三十分鐘後會到你的飯店接你。我已經訂好位了，不會有問題的。你有沒有收到我的訊息？」

「我……」

「昨晚已經傳真過去了。待會見。」

雨停了。陽光既溫暖又明亮，那是好萊塢特有的光線。我走在壓碎的尤加利葉上，散步到主大樓去。前一夜止咳藥的味道，就是來自那些尤加利葉。

有人交給我裝了一紙傳真的信封。傳真上寫的是我接下來幾天的行程，還有鼓勵的話語，紙邊有隨意亂寫的字跡，像是：「這絕對會是賣座片！」和「這部片保證超讚！」傳真署名雅各．克萊，顯然他就是跟我通電話的人。在此之前，我從未跟名叫雅各．克萊的人交涉過。

有輛小型的紅色跑車停靠在飯店外，開車的人下車向我招手，於是我走了過去。他斑白的鬍子修剪過，笑容幾乎讓人覺得可靠。他的脖子上掛了一條金鍊子。他向我展示一本《人類之子》。

他是雅各，我們握了手。

「大衛在這裡嗎？大衛．甘柏？」

大衛．甘柏是我之前安排這趟旅程時，跟我通電話的對象。他並不是製作人，我不確定他到底是誰。他說他跟這件企畫案「有關係」。

「大衛已經不在電影公司了，目前可以說是我在負責這件案子，而且我跟你說，我已經做好完全準備了。嘿嘿。」

「真不錯？」

我們上了車。「要去哪裡開會？」我問。

他搖搖頭。「不是開會，」他說，「我們是去吃早餐。」我一臉困惑。他大發善心地對我解釋：「那是一種會前會。」

我們從飯店出發，開了半個小時的車抵達某個購物中心。一路上，雅各告訴我他有多麼喜歡看我的書，他有多麼高興他能跟這件案子有關係。他說我會住進那間飯店，完全是他的點子。「可以讓你有種好萊塢體驗，是在四季飯店或麥瑪松法國餐廳體驗不到的，對吧？」

他問我是否就住在約翰．貝魯西死亡的那間小屋，我告訴他我不知道，但我其實相當懷疑。

「你知道他死的時候跟誰在一起嗎？電影公司的人把這件事壓了下來。」

「不知道，跟誰在一起？」

「梅莉和達斯汀。」

「你說的是梅莉・史翠普和達斯汀・霍夫曼嗎？」

「當然。」

「你怎麼知道這件事？」

「大家都在談，好萊塢就是這樣，你懂吧？」

我點頭裝懂，但其實我不懂。

人常說書會自己創作，但那其實是個謊言，書並不會自己創作；要寫一本書，需要思考，需要研究，需要筆記，還會背痛，要付出難以置信的時間和辛勞。不過《人類之子》除外，這本書幾乎是自己寫出來的。

會有人問我們（我們指的是作家）這種惱人的問題：「你的點子是從哪裡來的？」而我的答案是：一點一滴匯集而成。一切終會水到渠成，只要有正確的材料，就會像念咒語般，忽然「砰」的一聲變出來。

這一切的開端，都是因為我偶然看到了查爾斯・曼森[2]的紀錄片（那段影片接在我朋友借給我的錄影帶片段之後，我原本沒打算要看），有段曼森的影片，那是他剛被逮捕的時候，當時大家都認為他是清白的，是政府故意找嬉皮的碴。螢幕上的曼森是個俊俏、散發魅力、以救世主自居的演說家。你可以為了他赤腳爬入地獄，你甚至可以為了他而殺人。

審判開始了。過了幾個星期後，那位演說家已消失無蹤，取而代之的是一位活像猩猩的人，站都站不穩，話也說不清楚，額頭上還刻了一個十字架。不管那位天才以前是如何出類拔萃，都已經不復存在，消失殆盡，不過他確實風光過。

紀錄片繼續播放：那是曼森的前獄友，已經服完刑期。他的眼神剛毅，解釋道：「你是說查理．曼森嗎？聽好，查理根本是個笑話，他什麼都不是，我們都取笑他，你知道嗎？他什麼也不是。」

我點點頭。之前有段時間，曼森是個魅力十足的王者。我想到上天的恩賜，那是老天給的，而且已經被收回去了。

我像著了魔般看完紀錄片剩下的部分。然後，當鏡頭停在一張黑白照片上時，旁白說了些話。我倒帶，再重播一次旁白。

我有了點子，我有了一本會自己創作的書。

旁白說的話如下：曼森跟「家族」裡的女人們所生的孩子，都被送到好幾個不同的家庭收養，法院還給了這些孩子新的姓氏，與他們的本姓曼森絕無關連。

我想到十二位二十五歲的曼森，我想到那股魅力全部同時降臨在他們身上，十二位年輕的曼森，一個又一個，神彩飛揚地從世界各地回到洛杉磯，有位曼森的女兒拚命想阻止大家聚在一起。書封底的文案還提到：「他們體認到自己可怕的宿命。」

我在情緒高昂之際，寫下《人類之子》，一個月內就寫完了，我把書交給我的經紀人

---

2 查爾斯．曼森（Charles Manson）是美國史上著名的連續殺人犯之一。曾在洛杉磯和舊金山一帶組成宗教狂熱組織「曼森家族」，一九七〇年代好萊塢名人慘案的主謀。

看，她看了之後覺得很驚訝。（她信心滿滿地說：「親愛的，這跟你其他作品大不相同。」）然後，她在一場競標（我的第一場競標）把那本書給賣掉了，賣價之高，大出我意料之外。（我的書還包括三本饒富典故、難以捉摸的精緻鬼故事集，這幾本書賣出得到的錢，還買不起用來寫這些故事的電腦。）

接著，在另一場競標之後，那本書（在出版前）被好萊塢買下，有三、四家電影公司對這本書有興趣，而我選擇與願意讓我寫劇本的公司合作。我知道那絕對不可能發生，也知道那絕對不會成功。不過，後來在一個深夜裡，我的傳真機開始吐出好幾份傳真，其中大多數都有大衛．甘柏熱切的署名。有天早上，我簽了五份跟磚頭一樣厚的合約；幾個星期後，我的經紀人向我報告他們已經將第一張支票過戶，也寄來了機票，要我到好萊塢跟他們做「初步面談」。一切感覺就像場夢。

那是張商務艙機票。就在我發現那是張商務艙機票時，知道夢想成真了。

我搭乘巨無霸噴射機飛向好萊塢，沉醉在虛幻的夢想泡泡中，小心地吃著燻鮭魚，手裡拿著剛出版的《人類之子》精裝本。

於是，我們吃了早餐。

他們告訴我，他們相當喜愛那本書。我無法把每個人的名字都記起來。男人有的蓄鬍，有的戴棒球帽，有的又蓄鬍又戴棒球帽；女人則都相當令人驚豔，各個整潔乾淨。

雅各點了我們的早餐，也替我們埋單。他說明待會兒的會議只是形式上的程序而已。

「我們喜愛的是你的書，」他說，「如果我們不想製作這部電影，怎麼會買你的書呢？如果我們不想要你為這部電影帶來的特別感受，又怎麼會聘『你』來寫劇本呢？我們要的是『你』的風格。」

我非常認真地點頭，好似「我」的文學風格，是我花了好幾個鐘頭構思的東西。

「像這樣的想法，像這樣的書，你真的很獨特。」

「是最獨特的人之一。」有位不知道叫迪娜、蒂娜，還是汀娜的女人說。

我挑起一邊眉：「那麼開會時我要做些什麼呢？」

「接納意見，」雅各說，「積極點。」

雅各開著他的小紅車載我到電影公司，大約又花了半個小時的時間。我們的車子開到安檢大門，雅各在那裡跟保全人員吵了起來。我猜想雅各剛到電影公司工作不久，公司尚未發給他永久的公司通行證。

我們進去後，他似乎也沒有永久的停車位。我仍然不了解這錯綜複雜的一切：根據他所說，在電影公司裡，停車位跟地位的關係，就像在古代中國朝廷，御賜賞物能決定個人的地位一樣。

我們駛過平坦得詭異的紐約街道。車子停在一間老舊的大銀行前面。

下車步行了十分鐘，我到了一間會議室，於是我就和雅各，以及所有一起用早餐的人在裡面等候某人來臨。我的心一陣慌亂，倒寧願不要見那個人，不要聽到他或她說的話。我拿出一本自己的書放在面前，像是某種護身符似的。

有個人走了進來。他很高，鼻子挺，下巴尖，頭髮過長。看起來好像他綁架了某個年紀比他小很多的人，偷了那人的頭髮來用。他是澳洲人，這點讓我感到驚訝。

他坐下來。

他看著我。

「快說。」他說。

我看看那些跟我一起吃早餐的人，但是沒有人在看我。我的眼睛對不到任何人的眼神。於是我開始說話——我提到那本書，書的劇情、故事的結尾、洛杉磯夜店的最後大決戰、那位善良的曼森女孩把其他人都給炸掉，或是她自認為已經把其他人都炸掉。我還提到，我想讓同一位演員分飾所有曼森男孩。

「你相信這種東西嗎？」這是某人的第一個問題。

這個問題算簡單，至少有二十幾位英國記者已經問過我一樣問題。

「我相不相信有某種超自然力迷惑了查爾斯・曼森一陣子，甚至後來還迷惑了他的眾多子女？不相信。我相不相信發生了某種怪事？我想我得相信。或許這純粹是因為在那一小段時間裡，他的瘋狂反映出外在世界的瘋狂。我也不知道。」

「嗯，這個曼森小子，可以讓基努・李維演嗎？」

我心想：老天，不行。雅各向我使了個眼色，拚命點頭。「有何不可？」我說。反正故事只是想像的，絲毫沒有一點真實成分。

「我們正要跟他的人簽約。」某人邊說，邊若有所思地點頭。

他們派我去處理劇本，以便讓他們審核。這裡所指的「他們」，我想就是那位澳洲來的某人，不過我不能完全確定。

在我離開之前，有人給了我七百美元，要我簽名收下，讓我在未來兩週裡支付每日開銷。

我花了兩週時間處理劇本。我不斷試著把書忘掉，重新為故事設計架構，以符合電影需求。工作進行得相當順利，我坐在小房間裡，用電影公司送來的筆記型電腦打字，用電影公司送過來的噴墨列表機列印。我都在房間裡用餐。

每天下午，我會到日落大道上稍微散步一下，最遠會走到那間「幾乎不打烊」書店，在那裡買份報紙。然後回來坐在飯店外的中庭裡，花半個小時看報紙。在享用了該有的陽光和空氣後，我會再度回到陰暗的房間，把我的書變成另一種東西。

有位飯店員工每天都會到中庭來，是個黑人，年紀相當大了。他走路相當緩慢，幾乎到了令人難以忍受的地步，他會在中庭裡澆花，檢查魚池的魚。當他經過時，會對我笑笑，我則會對他點點頭。

到了第三天，我起身走到他身旁，那時他正站在魚池邊，用手把垃圾撈出來，垃圾包括了好幾枚硬幣和一只香菸盒。

「你好。」我說。

「先森好。」老先生說。

我想叫他別稱呼我先生，但是我想不到要用什麼方法跟他說，才不會冒犯到他。「魚真漂亮。」

他點頭笑了一下。「觀賞用鯉魚，大老遠從中國來的。」

我們看那些魚在小魚池中游泳。

「我想知道他們會不會覺得無聊。」

他搖搖頭。「我的孫子是魚類學家，你知道魚類學家是在做什麼的嗎？」

「研究魚啊。」

「沒錯，他說魚的記憶大概只有三十秒而已，所以當牠們在魚池裡游泳時，隨時都會感到驚奇，心裡想著：『我之前沒來過這裡』，如果遇到已經認識一百年的魚，牠們會說：『陌生魚，你是誰？』」

「你可以幫我問你孫子一個問題嗎？」那位老先生點點頭。「我曾經讀到，鯉魚沒有固定壽命，牠們不像我們一樣會變老。牠們之所以死去，是因為被人類、掠食者或是疾病所殺死，但是牠們不會因老化而死。理論上來說，牠們可以永遠活下去，對不對？」

他點點頭：「我會問他，那是個好問題。這三條魚，喔，就是這一條，我叫牠阿鬼，牠只有四、五歲；不過另外兩條，在我剛來這裡工作時，就已經從中國來到這裡了。」

「那是什麼時候？」

「西元一九二四年，你覺得我看起來多老？」

我看不出來，他有可能是用老木雕出來的人，超過五十歲，比麥修撒拉[3]還要年輕。我這麼跟他說。

「我是一九〇六年出生的，不騙你。」

「你在洛杉磯這裡出生的嗎？」

他搖搖頭。「我出生時，洛杉磯充其量只是柳丁園而已，跟紐約差了十萬八千里。」他在水面上撒了些魚飼料，那三條魚游了上來，鬼魅般蒼白的銀色鯉魚正瞪著我們看，或者該說看起來好像在瞪著我們看，牠們圓形的嘴巴不停地開開合合，彷彿在用某種靜寂的神祕語言對我們說話。

我指指他之前提到的那條。「那麼牠就是阿鬼囉？」

「牠就是阿鬼，沒錯。在荷花下面的那條，就是尾巴露出來的那條，看到沒？那條叫基頓，名字取自巴斯特・基頓[4]。兩條比較老的鯉魚來到這裡時，基頓正好就住在我們飯店裡。最後這條叫公主。」

這幾隻銀白鯉魚當中，公主最容易辨識。她是蒼白的奶油色，而且背上有好幾塊鮮豔的緋紅色斑點，使得她跟另外兩條有所不同。

---

3 麥修撒拉（Methuselah）為《聖經》中的人物，活了一百八十九歲。

4 巴斯特・基頓（Euster Keaton, 1895-1966），出身雜耍演員家庭，後成為美國默片喜劇大師。以「冷面笑匠」稱著，臉部少有表情，擅長以肢體動作表現喜劇，代表作為《將軍號》（*The General*）。其喜劇充滿積極樂觀的氣氛，深能代表美國拓荒精神。

「她真可愛。」

「她的確可愛，可愛極了。」

他深深吸了一口氣，接著就開始咳嗽，咳得氣喘吁吁，單薄的身形搖晃不已。我這才第一次看出他已經九十歲了。

「你還好嗎？」

他點點頭。「很好，很好，很好。這把老骨頭了。」他說，「老骨頭了。」

我們彼此握了手後，我便回到陰暗的房間繼續處理劇本。

我印出完整的劇本，傳真給電影公司的雅各。

隔天他到飯店的小屋來，神情看起來相當不悅。

「什麼爛東西嘛。我們拍了部電影，而女主角是○○○。」他說出一位知名女演員，好幾年前她曾經演過幾部成功的電影。「絕對賣座，對吧？只是她已經不年輕了，卻堅持要有自己的裸露鏡頭，相信我，那種畫面可不是誰都有胃口看。

「劇情是這樣的，有一位攝影師，他會說服女人為他脫掉衣服，然後他再上那些女人，可是沒人相信他會這麼做。於是，那位『想讓全世界看她光屁股』的小姐所飾演的警察局長體認到，唯一能逮捕他的辦法，就是讓她假裝成上鉤的女人，於是她就跟他上床。不過有個意外的轉折是……」

「她愛上他了？」

「對，沒錯。然後她了解到，女人永遠都會被女性的男性形象所禁錮，而且為了證明她對他的愛，當警察來逮捕他們兩人時，她在每張照片點火，自己也葬身火海，她的衣服最先開始燃燒。你覺得這劇情怎樣？」

「滿蠢的。」

「我們看到這劇情時也這麼想，所以我們開除了那導演，把電影重新剪輯過，再加拍一天。現在，當他們接吻時，她身上戴了麥克風。當她剛開始愛上他時，她發現他殺了她哥哥；她做了個夢，在夢中她的衣服被燒得一乾二淨；然後她跟特勤小組一起去逮捕他，但是她妹妹拿槍射他。他也上過她妹妹。」

「這樣有比較好嗎？」

他搖搖頭。「根本是垃圾，若她願意讓我們在那場裸露戲中使用替身，或許會好些。」

「你覺得我處理過的劇本怎樣？」

「什麼？」

「我處理好的劇本啊？我傳真給你的那份？」

「對，那份劇本啊，我們很喜歡，我們全都很喜歡，寫得非常好，棒呆了，我們都非常興奮。」

「那接下來要做什麼？」

「喔，每個人都看過一遍後，我們會開會再討論一次。」

他拍拍我的背就走了，沒有交代任何事情給我，就這麼把我留在好萊塢。

我決定寫則短篇故事，那是在我離開英國時就想好的故事點子。在碼頭的盡頭有家小戲院；舞臺幻術，雨自天而降；觀眾無法分辨幻術和幻覺的差異，對他們來說，即使幻覺是真的，也不會有什麼分別。

那天下午散步的時候，我在「幾乎不打烊」書店買了幾本關於「舞臺幻術」和「維多利亞魔術」的書。我腦子裡浮現了一則故事，或是故事的種子，我想要探索它。我坐在中庭長凳上，隨意翻閱那些書。就在這時，我清楚感受到有種我要追求的氣氛。

當時我正在閱讀〈口袋人〉，他的口袋裝滿各種你所能想到的小玩意，不管你要什麼，他都能變出來。這不是幻術，只是相當了不起的組織能力和記憶力。一道黑影出現在我的書頁上，我抬起頭。

「哈囉，又見面了。」我對那位黑人老先生說。

「先森好。」他說。

「請不要那樣稱呼我，會讓我覺得我應該要穿西裝打領帶什麼的。」我告訴他我的名字。

他跟我說：「錢成．東達。」

「虔誠？」我不確定我是否聽錯，但他自豪地點頭。

「我有時候很虔誠，有時候不虔誠。但我媽媽都那樣叫我，那是個好名字。」

「沒錯。」

「那你在這裡做什麼？先森？」

「我也不知道。我想我應該是要編寫一部電影，或者，至少我在等他們叫我開始編寫一部電影。」

他搔搔他的鼻子。「所有搞電影的人都住過這裡，若我現在開始跟你一一說出那些人的名字，即使說一個星期，到下週三，都還說不到一半。」

「你最喜歡的是哪些人呢？」

「哈利・蘭登[5]，他真是個紳士。喬治・桑德斯[6]，他跟你一樣是英國人，他會說：『啊，錢成，你一定要為我的靈魂禱告』，我會回答說：『你的靈魂是你自個兒的事，桑德斯先生』。不過，我還是為他禱告。另外還有茱恩・林肯。」

「茱恩・林肯？」

他的眼睛亮了起來，微笑道：「她是銀幕之后，她比瑪麗・畢克福[7]、莉莉安・吉許[8]、薩妲・芭拉[9]、露易絲・布魯克斯[10]……那些人都優秀多了，她是最美好的，她就是有那種

5 哈利・蘭登（Harry Langdon，1884-1944），美國默片時代喜劇演員，編劇卡普拉（Frank Capra）對其事業厥功甚偉。

6 喬治・桑德斯（George Sanders, 1906-1972），英籍演員，流暢高雅的英國腔為其一大特色，代表作有《彗星美人》（*All about Eve*）、《蝴蝶夢》（*Rebecca*）。

7 瑪麗・畢克福（Mary Pickford, 1892-1979），美國默片時代演員暨製作人，是當時最受歡迎的女星。但一九二九年以拉票手段為其主演的《賣得風情》（*Coquette*）奪得奧斯卡影后，成為當時醜聞。一九七五年獲奧斯卡終身成就獎。

8 莉莉安・吉許（Lillian Gish, 1893-1993），公認為「默片時代第一位女明星」，外型纖細嬌小、充滿藝術氣息。一九八四年獲奧斯卡終身成就獎，演藝生涯橫跨四分之三世紀，堪稱美國電影史的見證人。

『東西』，你知道那是什麼嗎？」

「性吸引力。」

「不只如此，她還是你夢寐以求的一切。你一看到茱恩・林肯的照片，就會想要……」他突然住口，一隻手在空中不停畫小圈圈，好似想找出他忘掉的那個字眼。「……我也不知道，也許會讓人想一隻腳跪下，像穿著閃亮盔甲的騎士向女王下跪一樣。茱恩・林肯比別人都了不起，我跟我的孫子提到她，他就去找她的錄影帶，但是都找不到，市面上已經找不到了。她只活在像我這種老人家的腦袋裡。」他敲敲自己的額頭。

「她必定相當了不起。」

他點點頭。

「她發生了什麼事？」

「上吊自殺。有人說是因為她根本無法成功演出有聲電影，但才不是那樣。她的聲音，即使你只聽過一次，也會記得一清二楚，既柔順又低沉，她的聲音就像杯愛爾蘭咖啡。有人說她是因為被哪個男人或女人拋棄才自殺的；還有人說是因為賭博、幫派、酗酒。誰知道呢？那真是一段瘋狂歲月。」

「我想你必定聽過她說話。」

他咧嘴一笑。「她說：『小子，你能幫我瞧瞧他們把我的披肩拿到哪去了嗎？』當我拿著披肩回來時，她說：『你真棒，小子』。然後她身旁的男人說：『茱恩，不要逗弄佣人。』她對我微笑，還給我五塊錢，並說：『你不介意吧？小子，對不對？』我只是搖搖頭，然後她用嘴脣做出那種動作，你知道嗎？」

「噘嘴嗎？」

「差不多是那樣，我感覺得到她做出那種動作。」他輕拍自己的胸膛。「她那兩瓣嘴脣啊，可以讓男人死而無憾。」

他咬著自己的下脣好一會兒，繼續神遊在永恆之中。我納悶他身處何地，身處何時，然後他再看了我一眼。

「你想不想看她的嘴脣呢？」

「你是指什麼意思？」

「到這邊來，跟我走。」

「我們是要……」我心裡想到的是印在水泥上的脣印，就像中國戲院外的手印一樣。

他搖搖頭，舉起他一根蒼老的手指，放到嘴邊。安靜。

我把書合起來。我們走過中庭，當他走到小魚池旁邊時，停了下來。

---

9 薩妲・芭拉（Theda Bara, 1885-1955），一九一四至九一九年間拍了四十餘部電影，主要都是蕩婦一類的角色，其嬌豔、邪惡、潑辣的演出，為當時美國掀起一陣風潮，堪稱好萊塢一代妖姬。

10 露易絲・布魯克斯（Louise Brooks, 1906-1985），與德國導演喬治・威廉・巴布斯特（Georg Wilhelm Pabst）合作拍攝的《潘朵拉的盒子》（*Pandora's Box*）和《墮落少女日記》（*Diary of a Lost Girl*）為其代表作，這兩部遠超二〇年代尺度的「淫穢」電影在播映之初喧騰一時，遭多國大手剪輯甚至禁映。因個性落拓不羈，銀幕生涯不長，但晚年以自傳的文采學識備受肯定。

「你看看公主。」他告訴我。

「就是有紅斑點的那條，對不對？」

他點點頭。那條魚讓我想到中國的龍：既有智慧又蒼白。鬼魅般的魚，白如陳年骸骨，只有背上的斑點是鮮豔的紅色，形狀像一英吋長的雙蝴蝶結。那條魚浮在水池中漂游、思考。

「就是那個，」他說，「在她背上，看到沒？」

「我不大清楚你的意思。」

他停頓了一下，瞪著魚看。

「你要不要坐下？」我發現自己相當在意東達先生的年紀。

「他們並不是付錢請我來坐的。」他很認真地說。接著，他用類似向小孩子解釋的口吻說：「當年，就像是有眾神的存在一樣，而現在一切都是電視，在那個盒子中的小小人，我在這裡見過幾個，那些小小人。

「當年的明星可不一樣，他們是巨星，發出銀色光芒，跟房屋一樣巨大……即使親眼看，他們**依舊**巨大，以前人很相信他們。

「他們會在這裡開舞會，在這裡工作就會看到，有酒、有大麻，還有你幾乎不能相信的事情。曾經有次舞會啊……那部電影叫做《沙漠之心》。你聽過嗎？」

我搖搖頭。

「那是一九二六年最賣座的電影之一，跟維多·麥克勞倫[11]和陶樂瑞絲·德·里歐[12]演出的《光榮何價》[13]，以及由卡琳·摩爾[14]演出的《艾拉辛德絲》[15]同樣出名，你聽過這幾部電影嗎？」

我再次搖頭。

「你聽過華納・巴克斯特[16]嗎？聽過貝雅・班奈特[17]嗎？」

「他們是誰？」

「他們是一九二六年的超級大明星。」他停頓了一下繼續說：「《沙漠之心》在這裡舉辦

---

11 維多・麥克勞倫（*Victor McLaglen*, 1886-1959），以《革命叛徒》（*The Informer*）奪得第八屆奧斯卡影帝。《蓬門今始為君開》（*The Quiet Man*）亦為其代表作。

12 陶樂瑞絲・德・里歐（Dolores del Río, 1905-1983），墨西哥女演員，二〇年代至好萊塢發展，以《光榮何價》轟動影壇，四〇年代曾演出一系列名垂墨西哥影史的電影。

13《光榮何價》（*What Price Glory*），有兩個版本，分別於一九二六和一九五二年上映。描述第一次世界大戰時，一支美國陸戰連隊在法國小村莊登陸後，兩名美軍因同時追求當地旅館主人的女兒而發生的情愛糾葛。

14 卡琳・摩爾（Colleen Moore, 1900-1988），默片女星。她為了完成童年夢想，委託專人打造母親床邊故事中的夢幻城堡——一座八呎高的娃娃屋，至今仍保留在芝加哥博物館。

15《艾拉辛德絲》（*Ella Cinders*），取材於當時的連載漫畫，描述慘遭後母與姊姊虐待的少女如何離家至好萊塢發展，最終覓得如意郎君，可說是好萊塢版的灰姑娘故事。

16 華納・巴克斯特（Warner Baxter, 1889-1951），以《亞利桑那奇俠》（*In Old Arizona*）奪得奧斯卡第二屆影帝。

17 貝雅・班奈特（Belle Bennett, 1891-1932），輕歌舞劇出身的女演員，代表作為《史特拉恨史》（*Stella Dallas*）。

酒會，電影殺青時就在這間飯店裡舉辦。酒會上有葡萄酒、啤酒、威士忌、琴酒，那時候還是禁酒時期，但是電影公司差不多控制了警方，所以警察都睜一隻眼閉一隻眼。還有吃的東西和愚蠢至極的事。酒會有隆納德．考門[18]，還有道格拉斯．費爾班克斯[19]，我指的是父親，不是兒子；所有演員和劇組人員都來了；還有爵士樂團在現在蓋了小屋的地方演奏。

「那天晚上，茱恩．林肯是好萊塢最受歡迎的人物。她在電影中飾演阿拉伯公主，當年阿拉伯意味著熱情和性慾，而現在呢……唉，時代不同了。

「我不知道是怎麼開始的，聽說是有人激她或是跟她打賭，也可能是她喝醉了，我也覺得她喝醉了。不管怎樣，那時候樂團正在演奏節奏輕柔緩慢的音樂，她站了起來，走到這裡，就是我現在站的這裡，然後她把雙手伸進水池裡。她那時一直笑，一直笑，一直笑……

「林肯小姐把魚抓了起來，她兩隻手就這麼伸進水裡，把魚抓出來，然後把魚捧到面前。

「這時候我很擔心，因為那些魚才剛從中國送過來，一條魚就要二百元。當然，那時候還不是我負責照顧魚，所以即使發生了什麼，我也不會被扣薪水。不過再怎麼說，當年二百元終究是一大筆錢。

「然後她對著我們所有人笑，接著彎下身子，吻了那條魚，她慢慢地親了那條魚的背，魚沒有掙扎，也沒有怎樣，就靜靜待在她手裡。她用紅珊瑚似的嘴脣吻了魚，酒會上的人一直笑，一直歡呼。

「她把魚放回水池裡，有一段時間，魚好像不想離開她，挨著她的手指頭，待在她的旁邊。然後第一枚煙火爆炸，那條魚就游開了。

「她的口紅紅得跟什麼一樣，所以她在魚背上留下了她嘴脣的形狀。就在那裡，你看到了嗎？」

公主是一條白色鯉魚，背上有跟珊瑚一樣紅的紅色斑紋。公主揮動一根鰭，繼續在魚池裡從事她永久的三十秒之旅。她身上的紅色斑紋看起來真的像脣印。

他撒了一把魚飼料到水裡，三條魚浮了上來，在水面上大口享用。

我帶著古老幻術的書籍走回我的小屋。小屋裡的電話正在響，那是電影公司打來的，他們想要跟我談談我處理過的劇本，三十分鐘後會有人來接我。

「雅各也會去嗎？」

不過對方已經掛斷電話了。

出席那場會議的有那位澳洲某人及他的助理。他的助理穿著西裝，戴著眼鏡，那是我到目前為止看過的第一套西裝，他的眼鏡是鮮豔的藍色。他看起來很緊張。

「你住在哪裡？」某人說。

---

18 隆納德・考門（Ronald Colman, 1891-1958），一九四八年奧斯卡影帝，代表作有《雙城記》（*A Tale of Two Cities*）、《鴛夢重溫》（*Random Harvest*）、《失落的地平線》（*The Lost Horizon*）等。

19 道格拉斯・費爾班克斯（Douglas Fairbanks, 1883-1939），早期演出以諷刺喜劇為主，後轉型為動作片明星，以體態健美和格鬥技巧熟練深受觀眾歡迎，二〇年代的人往往把他視為美國勇往直前精神的象徵。

我告訴他。

「那不就是貝魯西……」

「別人也這麼跟我說。」

他點點頭。「他死的時候，身旁還有別人。」

「真的？」

他用一隻手指揉揉他尖鼻子的一側。「那場派對中還有另外兩個人，他們都是導演，都是當時最大牌的導演，他們的名字你不需要知道。我是在製作最後一集《法櫃奇兵》電影時，才知道這件事的。」

接著是一陣令人不舒服的靜寂。我們只有三個人，坐在一張大圓桌旁，每個人面前都有一份我處理過的劇本。最後我說道：「你覺得劇本怎樣？」

他們兩人都點點頭，動作多少有點一致。

然後，他們盡可能地試著向我表示他們討厭這部劇本，同時他們也從未說出任何可能惹惱我的話。我們的對話實在相當怪異。

他們會這麼說：「我們覺得第三幕有點問題。」模糊地暗示錯不在我身上，也不在處理過的劇本上，更不在第三幕上，而是在他們身上。

他們希望那幕的人更有同情心，希望光亮和陰影的界線更加明顯，而不是深淺不同的灰。希望把女英雄變成男英雄。我點點頭做筆記。

會議結束後，我跟某人握手，戴著藍框眼鏡的助理領著我，穿過迷宮般的走廊，來到外頭的世界，到我的車和我的司機那裡。

在我們走路時，我問他電影公司是否有茱恩・林肯的照片。

「誰？」我發現他的名字叫葛雷格。他拿出一本小筆記本，用鉛筆在上面寫東西。

「她是默片的明星，在一九二六年很有名。」

「她在我們電影公司工作嗎？」

「我不知道，」我坦承道，「但是她非常有名，甚至比瑪麗・普佛斯特[20]還要出名。」

「那是誰？」

「『她原本是巨星，後來變成了狗兒的晚餐』[21]。她是默片時期的大明星，有聲電影出現後，她便死於貧困，被她的臘腸狗給吃掉了。尼克・羅伊[22]還為她寫了首歌。」

「那是誰？」

「我認識那位新娘，她以前常玩搖滾樂。總之，能不能找張茱恩・林肯的照片給我？」

他又在筆記本上寫了些東西。他瞪著寫下的東西好一會兒，又寫了別的東西。然後他點

---

20 瑪麗・普佛斯特（Marie Provost, 1898-1937），加拿大籍的美國默片女明星，一九二六年因喪母打擊而開始酗酒與暴飲暴食，最後死於酒精中毒與營養失調，遺體多日後才被發現並草草處置，墳塚今日已不可復尋。

21 出自尼克・羅伊的曲子〈*Marie Provost*〉。

22 尼克・羅伊（Nick Lowe,1949-），英國創作型歌手，風格多變。下文歌詞出自其名曲〈*I Knew the Bride*〉。

點頭。

我們早已走到外頭的陽光下，我的車已經在等我了。

「順帶一提，」他說，「你應該知道他滿嘴唬爛。」

「抱歉，你說什麼？」

「滿嘴唬爛。貝魯西死時，身旁的人並不是史匹伯或盧卡斯，而是貝蒂・米勒和琳達・朗絲黛，那是場古柯鹼狂歡會，每個人都知道。他滿嘴唬爛，而且搞什麼鬼嘛，在拍《法櫃奇兵》時，他只是個新進的電影公司會計，卻說的好像是他的電影一樣，混帳。」

我們握了握手。我坐上車，回到飯店。

那天晚上，我遭受時差的侵襲。我在清晨四點醒過來，徹徹底底地醒過來，再也無法入眠。

我起身上廁所，穿上一件牛仔褲（我穿著上衣睡覺），走到外頭去。

我想要看星星，但城市光害太嚴重，空氣太髒。黃色的天空一片渾沌，沒有星星，我想到在英國鄉村看得到的所有星座，愚蠢的思鄉情懷首度湧上心頭。

我想念那些星星。

我想要下筆寫出那則短篇故事，或是繼續改編電影劇本。但是，我卻開始為劇本草稿做第二次的處理。

我把小曼森的數量從十二位砍到五位，而且在一開始就清楚地表示，其中一個人（現在已改為男性）並不是壞人，另外四個絕對是壞人。

他們寄給我一本電影雜誌，聞得到老舊紙漿的味道，上面蓋了紫色的電影公司章，底下還印了「檔案」字樣。雜誌封面是約翰・巴里摩[23]在一艘船上。

裡面的文章是關於茱恩・林肯之死。我覺得那篇文章難讀之餘，還更難懂。文章暗示她是因什麼禁忌癖好而丟了性命，雖然我還看得出這一點，但是文章寫得好像密碼一樣，現代讀者根本找不到任何提示的字眼。事後想想，或許那篇訃聞的作者其實什麼也不知道，只是故弄玄虛而已。

更有趣的是（至少比較容易理解的是）裡頭的照片。有一張全頁的黑邊相片，照片上的女人有大大的眼睛和溫柔的笑容，還抽著一根菸（照片中的煙是噴霧效果畫出來的，在我看來真是拙斃了，難道當年的人真會接受這種拙劣的造假？）；另外還有她和道格拉斯・費爾班克斯假裝擁抱的照片；有張小照片是她站在汽車的踏腳板上，手裡抱著好幾隻小巧的狗。

從照片上看來，她並不算是當時的美人。她缺乏露易絲・布魯克斯的脫俗，瑪麗蓮・夢露的性吸引力，麗泰・海華絲[24]的浪蕩風姿。她是二〇年代的小女星，就跟其他二〇年代的

23 約翰・巴里摩（John Barrymore, 1882-1942），舞臺劇演員出身，飾演理查三世和哈姆雷特備受好評。後轉進電影界，主演多部電影均極為賣座，經常被譽為默片時代最偉大的男明星。其名言為：「人不會老去，直到，悔恨取代了夢想。」

小女星一樣沉悶。我在她大大的眼睛裡、剪短的頭髮上看不到神祕感。她有完美無缺的雙脣，形狀跟邱比特的弓一樣。如果她現在還活著，真不知道她會長什麼樣子。

無論如何，她是真的，她曾經活過。她曾受到電影殿堂裡的人崇拜、愛慕。她在七十年前，曾經吻過那條魚，曾經在我住的這間飯店裡溜達過。英國不曾知悉此號人物，她卻在好萊塢流芳百世。

我到裡頭去談我處理好的劇本。之前跟我說過話的人都不在場，我見到的是坐在小辦公室裡一位非常年輕的男人。他不曾露出一絲笑容，告訴我他非常喜愛我處理好的劇本，也很高興電影公司能夠擁有這部作品。

他說，他覺得查爾斯・曼森這個角色相當酷，而且「一旦描繪出他的角色深度後」，曼森有可能成為下一個漢尼拔・雷克特[25]。

「不過，嗯……曼森是真實的人物，他現在正在監獄裡，他的教眾殺了沙朗・泰特。」

「沙朗・泰特？」

「她是個演員，電影明星，她當時還懷有身孕，他們把她殺了。她的老公是波蘭斯基。」

「羅曼・波蘭斯基嗎？」

「沒錯，就是那位導演。」

他皺起眉頭。「可是我們正要跟波蘭斯基談電影的合約。」

「那很好啊，他是個好導演。」

「他知道這件事嗎？」

「哪件事？這本書？我們的電影？還是沙朗・泰特之死？」

他搖搖頭表示以上皆非。「那是三部電影的合約，茱麗亞・羅勃茲也跟這份合約有部分關連。你是說波蘭斯基並不知道你處理好的劇本嗎？」

「不，我說的其實是……」

他看看他的手錶。

「你住在哪裡？」他問，「我們公司是否讓你住在好地方呢？」

「很好，謝謝你。」我說，「我住的小屋跟貝魯西死時的那間房隔了好幾間小屋。」

我期待聽到另外一套機密內情的說法，說約翰・貝魯西翹辮子時，在他身旁的是茱莉・安德魯絲和芝麻街的玩偶豬小姐。不過我錯了。

「貝魯西死了？」他說，年輕的眉頭皺了起來。「貝魯西還沒死啊，我們正在拍一部貝魯西主演的電影。」

「我指的是哥哥，」我告訴他，「哥哥好幾年前死了。」

---

24 麗泰・海華絲（Rita Hayworth, 1918-1987），美國四〇年代紅極一時的性感女星。在史帝芬・金的一篇小說〈麗泰・海華絲與蕭山克監獄的救贖〉中，主角與眾多獄友均以麗泰海華絲為性幻想對象。其代表作為《巧婦姬黛》（*Gilda*）。

25 漢尼拔・雷克特（Hannibal Lecter）為食人醫生，原本為小說人物，後來翻拍成電影。

他聳聳肩。「聽起來像個鬼地方。」他說。「下次你過來時，跟他們說你想住在寶艾飯店。你要我們現在就幫你移到那間飯店嗎？」

「不用了，謝謝。」我說，「我已經習慣我住的地方了。」

「那麼我處理好的劇本呢？」我問。

「把它留在我們這兒。」

我發現自己對書中兩則古老的戲劇幻術著迷，分別是「畫家之夢」和「魔法窗扉」。它們都帶有某種隱喻，這一點我很確定，不過隨之而來的故事，我卻還沒寫出來。我會寫出第一句話，第一段卻寫不出來；即使寫出第一段，第一頁也寫不出來。我會把故事寫在電腦上，然後沒有存檔就把程式關掉。

我坐在外頭的中庭裡，瞪著那兩條白鯉魚和那條火紅斑紋的白鯉魚。我覺得牠們像艾雪畫[26]的魚，這一點著實讓我驚訝，因為我從來沒想過，艾雪的畫其實還有一點寫實的感覺。

錢成．東達當時正在擦洗植物的葉子，他有一罐亮光劑和一塊布。

「你好，錢成。」

「先森好。」

「天氣真好啊。」

他點點頭，接著開始咳嗽，他用拳頭搥搥自己的胸部，再點了幾下頭。

我離開那些魚，坐在長凳上。

「他們怎麼還不讓你退休？」我問，「你不是應該十五年前就退休了嗎？」

他繼續擦洗葉子。「鬼才可以退休。我是這裡的招牌，別人可以**炫耀**所有天上的明星都來住這裡，但是**我**可以告訴房客，卡萊・葛倫的早餐吃什麼。」

「你還記得啊？」

「鬼才記得！但是**他們**不知道這一點。」他又咳了幾聲。「你在寫什麼？」

「嗯，上星期我為一部電影處理了劇本，然後我又再處理了一次。現在我正在寫……東西。」

「那麼你到底在寫什麼？」

「一則寫不出來的故事，關於維多利亞時代的一套魔術花招，叫做『畫家之夢』，一位畫家帶著一塊大畫布，走到舞臺上，他把畫布放在畫架上。畫布上畫了一位女人。他看了那幅畫，放棄了當真正畫家的念頭。然後他坐下來睡覺，這時候那幅畫活了過來，她走出畫框，告訴他別放棄，要他繼續奮鬥，他有一天會成為偉大的畫家，然後她爬回畫框裡。燈暗下，他醒了過來，而那幅畫依舊是一幅畫……」

「……而另外一種幻術呢……」我告訴電影公司的那個女人；她犯了個大忌，在會議剛開始時，假裝對此有興趣。「……叫做『魔法窗扉』。在空中懸掛一扇窗戶，窗戶裡出現一

---

26 艾雪（M. C. Escher, 1898-1972），荷蘭版畫藝術家，作品主題多為空間幻覺和幻想生物。

張臉，但是旁邊並沒有人。我想我大概可以把魔法窗扉和電視做個奇怪的平行隱喻，畢竟電視似乎是想當然爾的不二人選。」

「我喜歡《歡樂單身派對》，」她說，「你看不看那個節目？那個節目什麼內容都沒有，我是說，他們做了好幾集關於什麼都沒有的劇情。而且我比較喜歡蓋瑞・桑德林加入這個影集前的樣子，他現在變得超惡劣的。」

「這些幻術，」我繼續說，「就跟所有偉大的幻術一樣，會讓我們懷疑真實的本質，但是這些幻術也框住了（我想這應該帶有一點雙關語）娛樂之未來發展為何的問題。在沒有電影前，娛樂的未來發展是電影，在沒有電視前，娛樂的未來發展是電視。」

她皺起眉頭。「這是部電影嗎？」

「我希望不是，如果我能寫出來的話，這會是一則短篇故事。」

「那我們來談談電影吧。」她很快地翻閱一疊筆記。她大概二十五歲左右，看起來既吸引人又乏味。我猜想她是否就是第一天跟我一起吃早餐的其中一位，或許是汀娜或蒂娜。

她對某個地方顯得困惑，並讀道：「我認識那位新娘，她以前常玩搖滾樂？」

「他寫了那行字？那並不是這部電影。」

她點點頭。「好，我必須說的是，你有些處理劇本的方式有點……**爭議**。曼森的主題啊……嗯，我們不確定是否會賣。可以把他從電影中刪去嗎？」

「但那就是電影的重心所在，我是說，那本書叫做《人類之子》，劇情跟曼森的孩子有關，若把他從故事中刪掉，那就沒什麼劇情了，對吧？我是說，這是妳買下來的書。」我把那本書拿起來給她看，那本書是我的法寶。「把曼森去掉就好比是……該怎麼說……就像是打電話叫披薩，當披薩到了後，卻開始抱怨披薩又扁又圓，上面還蓋滿了番茄醬和起司。」

她置若罔聞。她問道：「你覺得片名取《神鬼大壞蛋》如何？還加了神鬼喔！」

「我不知道，那是這部電影的名字嗎？」

「我們不希望別人以為這部片跟宗教有關，《人類之子》聽起來有一點反基督教的味道。」

「嗯，我的確是在暗示迷惑曼森孩子的那股力量，在某個層面上算是邪惡的力量。」

「真的？」

「書上有寫。」

她勉強露出憐憫的表情；她那種人才會有那種表情。那種人認為書本充其量只是電影隨便取材的用具，那種人看到我們其他人時，都會露出那種表情。

「嗯，我想電影公司會認為那樣不妥。」她說。

「妳知道茱恩．林肯是誰嗎？」我問她。

她搖搖頭。

「那大衛．甘柏呢？雅各．克萊呢？」

她再度搖搖頭，看來有點不耐煩。然後她給我一份打出來的明細表，上面都是她覺得需要修改的地方，看來差不多全部都要改。那份明細表是給我和另外許多人的，他們的名字我都不認得。寫這份明細的人叫做：唐娜．賴瑞。

我向唐娜說聲謝謝，便回到我的飯店。

我心情鬱悶了一天。然後我想到了重新處理劇本的方式，我認為這個處理方式能解決所有唐娜不滿意的地方。

經過了一天的思考，又加上幾天的重寫後，我再把處理第三次的劇本傳真到電影公司。錢成·東達在確定我是真的對茱恩·林肯感興趣後，帶了他的剪貼簿來給我看。我發現茱恩·林肯的名字取自「六月」[27]和「林肯總統」，她的本名是露絲·波加頓，生於一九〇三年。那本剪貼簿用皮革裹了起來，大小和重量都跟家用《聖經》差不多。

她死時二十四歲。

「但願你看過她，」錢成·東達說，「但願她有幾部電影保留下來。她當年相當出名，是最偉大的明星。」

「她演技好嗎？」

他果決地搖搖頭。「不好。」

「她是不是個美女？倘若她是美女，我怎麼看不出來？」

他再次搖搖頭。「她很搶鏡頭，這點無庸置疑，但這不是重點，合唱團後面那排十幾位女孩都比她還漂亮。」

「那麼到底為什麼呢？」

「她是明星，」他聳聳肩說，「當明星本該如此啊。」

我把剪貼簿打開，裡面有我從未聽過的電影的剪報、評論，那些電影的底片和拷貝老早以前就不見了，遺失了，或是被消防隊摧毀了，因為硝酸鹽做的底片很容易起火。還有電影雜誌上的剪報：玩耍的茱恩．林肯；休息的茱恩．林肯；拍攝《典當老闆的上衣》的茱恩．林肯；穿著毛皮大衣的茱恩．林肯，那件毛皮大衣比奇怪的短髮和隨處可見的香菸還要能讓人確定那些照片的年代久遠。

「你愛她嗎？」

他搖搖頭。「不是像愛一個女人的那種愛……」他說。

他停頓了一下，伸手翻了幾頁。

「我老婆若聽到我說這種話，會把我殺了……」

他又停頓了一下。

「不過，沒錯，這位瘦巴巴的女白人，我想我是愛她的。」他把剪貼簿合起來。

「但是對你來說，她還沒死，對吧？」

他搖搖頭，就走開了。但是他把剪貼簿留給我看。

「畫家之夢」幻術的祕訣就是：在搬運畫布時，要順便把那位女孩搬到舞臺上，她要緊緊抓住畫布的背面，而且那塊畫布也會用隱藏金屬線支撐住，所以當那位畫家輕鬆自在地把那塊畫布搬到畫架上時，他同時也扛著那個女孩。畫架上那幅女孩畫像的設計，就像捲簾一

---

27 英文名茱恩（June）與六月同字。

樣，能夠上下捲動。

至於「魔法窗扉」，其實就是用了鏡子：那是一面有角度的鏡子，反映出站在側廳、觀眾看不到的人的臉。

即使到了現在，魔術師仍舊在戲法中使用鏡子，讓你覺得你看到了，但其實你看不到的東西。

當你知道戲法是怎麼變的，道理其實很簡單。

「在我們開始前，」他說，「我該告訴你，我是不看處理劇本的，我總覺得這種東西阻礙了我的創造力。不要擔心，我都是叫祕書做摘要，才跟得上進度。」

他有鬍子和長髮，看起來有點像耶穌，不過我不相信耶穌的牙齒有這麼漂亮。他看起來像是到目前為止，我所見過最重要的人物，他叫做約翰・雷，儘管我聽過他的名字，但我還是不大清楚他做的是什麼事。他的名字經常出現在電影的開頭，位於像是「執行製作人」這種字眼的旁邊。安排這場會面的人跟我說，因為此人能「跟這項企畫案拉上關係」，所以他們電影公司非常興奮。

「摘要不是也會阻礙你的創造力嗎？」

他微微笑了一下。「好了，我們都認為你的表現相當傑出，非常了不起。只不過我們對某些地方還是有些問題。」

「例如？」

「嗯，就是曼森的部分，還有這些孩子長大成人的部分。我們在辦公室這裡也相互激盪了一些劇情的想法：試試看這樣合不合適，譬如說，有個叫做『神鬼傑克』的人，加了神鬼是唐娜的點子⋯⋯」

唐娜稍微點了頭。

「他遭到慘不忍睹的虐待，還被放上電椅受電擊，在他死前，他發誓他會再回來，殺死他們所有人。

「時間到了今日，我們看到幾個年輕男孩沉迷於遊藝場的電玩『神鬼大壞蛋』，他的臉出現在上頭，而且當他們打電動時，他就開始迷惑他們。或許他的臉可以搞怪一下，像是傑森或佛萊迪[28]之類的臉。」他停下來，似乎在尋求他人贊同。

於是我說：「那麼是誰在製造這些電玩的呢？」

他用一根手指指著我說：「親愛的，你是作家耶，難道你要我們幫你打理好所有事情嗎？」

我一句話也沒說，我不知道要說什麼。

想想電影吧，我心裡想，他們懂電影。我說：「不過，你的提議其實就跟《巴西來的男孩》一樣，只是少了希特勒而已。」

他看起來一臉困惑。

---

28 出自恐怖片《佛萊迪大戰傑森》（*Freddy vs. Jason*）。

「那是艾拉・雷文[29]的電影。」我說。他並未露出熟識的眼神。「他還拍過《失嬰記》，」他繼續露出茫然的表情。「《銀色獵物》。」

他點點頭，終於知道我在說什麼了。「我了解了，」他說，「你就負責寫沙朗・史東的部分，我們即使把地球翻過來，也會把她找來演。我有聯絡她的門路。」

於是我離開那裡。

那天晚上挺冷的，洛杉磯不應該這麼冷才對，空氣中咳嗽藥水的味道聞起來比平常還要濃。我有位前女友住在洛杉磯，我決定跟她聯絡。我打了我手邊原有的她的電話號碼，開始了尋找她的過程，這幾乎花了我整個晚上。有人給了我另一支電話號碼，我就打那支號碼，另外又有人給我電話號碼，我就再打另一支。

終於，在我撥打最後一支號碼時，我認出了她的聲音。

「你知道我在哪裡嗎？」她說。

「不知道，」我說，「有人給我這支號碼。」

「我在醫院的病房，」她說，「我媽住院了，她腦出血。」

「我為妳感到難過，她還好嗎？」

「不好。」

「我為妳感到難過。」

然後是一陣尷尬的安靜。

「你好嗎？」她問道。

「不怎麼好。」我說。

我告訴她我最近所遭遇的事，我告訴她我的感覺。

「為什麼會這樣？」我問她。

「因為他們害怕。」

「他們為什麼害怕？他們在怕什麼？」

「因為你最後拍的那部片，會大大影響你的名聲是好是壞。」

「什麼？」

「若你同意了某樣東西，電影公司拍了電影，花了兩、三千萬美元的成本，如果電影賣不好，你的名字就會跟那部電影脫不了關係，你的名聲就會降低。若你不同意，就不用冒著影響名聲的風險。」

「真的？」

「差不多是那樣。」

---

29 艾拉．雷文（Ira Levin, 1929-2007），猶太裔美國小說家暨舞臺劇劇作家。其一九七六年出版的《巴西來的男孩》（*The Boys from Brazil*）融合間諜與科幻小說，描寫二戰後一名納粹軍官隱居於南美洲，試圖運用生物科技複製出九十四個小希特勒。同名電影於一九七八年上映；一九六七年的小說《失嬰記》（*Rosemary's Baby*）被波蘭大導演羅曼．波蘭斯基改拍成電影，更是恐怖片經典鉅作；一九九九年出版《銀色獵物》（*Silver*），兩年後同名電影上映，由沙朗．史東主演。

「妳怎麼知道這麼多這種事情？妳是音樂家，又不是在電影界工作。」

她疲倦地笑了笑。「我住在這個地方，住在這裡的每個人都知道這種事情，你有沒有找個人問過電影劇本的事？」

「沒有。」

「有時間可以試試看，找個人來問，加油站的小子，隨便一個人都行。他們每個人都有一套劇本經。」然後有人對她說了些話，她回應了幾句。她說：「聽著，我必須掛了。」然後她掛上電話。

我洗了個熱水澡，暖和一下身體，卻覺得更冷。

即使我的房間有暖爐，我也找不到。這小小的房間凍得要命，就跟貝魯西死時的房間一樣，牆壁上有平凡的加框照片，我敢打包票，空氣中絕對也有同樣的凜冽濕氣。

白色的金魚在水中游來游去，在蓮葉間躲躲閃閃，橫衝直撞。其中一條金魚的背上有鮮紅色的斑紋，看起來有可能是完美的脣形：一位世人幾乎遺忘的女神留下來的神奇斑痕。池子裡映出早晨灰色的天空。

我鬱悶地瞪著池子。

「你還好嗎？」

我轉過身，錢成・東達正站在我身旁。

「你這麼早就起床了。」

「我睡不好，太冷了。」

「你應該撥電話給飯店大廳，他們會拿給你一具暖爐和毯子。」

「我沒想到那麼做。」

他的呼吸聲聽起來很怪異，很吃力。

「你還好嗎？」

「鬼才好。我已經老了，小子，等你到我這年歲，你也不會好的。不過在你離開後，我依舊會待在這裡。你工作進行得如何？」

「我不知道，我已經停止處理劇本了，現在正在寫〈畫家之夢〉，這則故事跟維多利亞時代的舞臺魔術有關，故事背景設定在雨中的英國海濱度假村。魔術師在舞臺上表演魔術，並且改變了觀眾，觸動了他們的心。」

他緩緩地點頭。「畫家之夢啊……」他說。「所以說，你認為自己是畫家還是魔術師？」

「我不知道。」我說，「我想我都不是。」

我轉身離開時，忽然想到一件事。

「東達先生，」我說，「你有沒有電影劇本？你自己寫的？」

他搖搖頭。

「你**從沒**寫過電影劇本？」

「我不會寫。」他說。

「你發誓？」

他淺淺笑了笑：「我發誓。」

我回到房間。一邊翻查英國精裝版的《人類之子》，一邊納悶，為什麼寫得這麼拙劣的東西竟然會出版，我納悶為什麼好萊塢會想買下版權，為什麼他們既然買下來後又不想要了。

我試著再為〈畫家之夢〉多寫點內容，不幸地，我卻寫不出來。角色都很僵硬，似乎無法呼吸，無法移動，無法說話。

我到廁所去，在瓷製馬桶撒了泡鮮黃色的尿。有隻蟑螂在銀色的鏡面上一溜煙爬過。

我回到客廳，開啟新的文件，寫下：

我在雨中思念英格蘭，
碼頭上的怪異戲院，
一連串的恐懼和魔法、記憶和痛楚。

恐懼應該是害怕精神錯亂；
魔法應該是像童話故事；
我在雨中思念英格蘭。

寂寞更是難以解釋：
恐懼和魔法、記憶和痛楚交織成我空蕩的心，我內心感到挫敗。

我想到一位魔術師和一連串偽裝成謊言的真相，
你戴上了面紗。
我在雨中思念英格蘭……

形狀不斷重複像是古怪的副歌，
這裡有把劍、一隻手，
還有盛了恐懼和魔法、記憶和痛楚的聖杯。

巫師揮動魔杖，我們變蒼白。
他告訴我們悲哀的真相，但是完全沒用。
我在雨中思念英格蘭，
在恐懼和魔法、記憶和痛楚的雨中。

我不知道這段文字到底好不好，但是那不重要。我已經寫出我以前沒寫過的新東西，那種感覺真是美好。

我叫了客房服務的早餐，順便請他們送來一具暖爐和幾張毯子。

隔天我為一部叫做《神鬼大壞蛋》的電影，寫了六頁長的處理劇本，在電影中，額頭上刻了十字架的連續殺人犯——神鬼傑克，他死在一張電椅上，在電動玩具中重生，迷惑了四位年輕小子。第五位年輕人為了擊敗神鬼傑克而燒毀了那張電椅。我決定把那張電椅擺在蠟像博物館做展示，而第五位年輕人的女朋友白天就在這間蠟像博物館工作，晚上則跳豔舞。

飯店櫃臺把這份劇本傳真到電影公司後，我上床睡覺。

我睡著了，希望電影公司會正式拒絕這份劇本，然後我就可以回家了。

在我夢裡的戲院，有個留著鬍子、戴棒球帽的男人，他搬了一塊電影銀幕到舞臺上，那塊銀幕懸吊在半空中，沒有任何支撐。

銀幕上開始播放一段閃爍不停的默片：銀幕上出現一位女人，她瞪著我看。在銀幕上閃爍的那位女人是茱恩・林肯，走出銀幕坐在我床邊的人也是茱恩・林肯。

「妳是來告訴我別放棄的嗎？」我問她。

在某個層次上，我知道那是場夢。我依稀記得，我了解為何這位女士是明星，我記得我因她沒有任何電影保存至今而遺憾。

儘管她脖子上有一圈青紫色的痕跡，但是在我夢裡她確實美麗。

「我幹麼要那麼做？」她問。在我夢裡，她聞起來像琴酒和老舊的賽璐珞底片，不過我根本不記得在我上個夢裡，有誰聞起來像什麼味道。她露出微笑，那是完美的黑白笑容。

「我從銀幕裡出來了，不是嗎？」

然後她站了起來，在房間裡四處走動。

「真不敢相信這間飯店還在，」她說，「我以前常到這裡來做愛。」她的聲音充滿細碎爆裂聲和嘶嘶聲。她回到床上瞪著我看，就像貓瞪著老鼠洞看一樣。

「你崇拜我嗎？」她問。

我搖搖頭。她走到我旁邊，把我肉色的手握在她銀色的手裡。

「已經沒有人記得任何事了，」她說，「這是座三十分鐘的城鎮。」

有件事我一定要問她。「星星都到哪裡去了？」我問，「我不斷抬頭看天空，但是一顆星星都沒有。」

她指著小屋的地板說：「你看錯地方了。」我從未注意到小屋的地板來自人行道，而且每塊地磚都有一顆星和一個名字，這些名字我聽都沒聽過：克拉娜・金柏・楊、琳達・亞維德森、薇薇安・馬汀、諾瑪・塔瑪姬、奧利佛・湯瑪斯、瑪麗・麥爾斯・明特、席娜・歐文[30]……

---

30 克拉娜・金柏・楊（Clara Kimball Young, 1890-1960）、琳達・亞維德森（Linda Arvidson, 1884-1949）、薇薇安・馬汀（Vivian Martin, 1893-1987）、諾瑪・塔瑪姬（Norma Talmadge, 1893-1957）、奧利佛・湯瑪斯（Olive Thomas, 1894-1920）、瑪麗・麥爾斯・明特（Mary Miles Minter, 1902-1984）、席娜・歐文（Seena Owen, 1894-1966），均為美國默片時代女星。

茱恩・林肯指了指小屋的窗戶說：「還有外頭。」窗戶敞開，我可以看見窗外整個好萊塢在底下擴展開來——從山坡上看下去的景色：五顏六色的閃爍燈光，無窮無盡地蔓延。

「好了，是不是比星星還棒呢？」她問。

確實比星星棒。我發現我可以從街燈和車燈看出星座。

我點頭。

她的唇掠過我的唇。

「別忘了我。」她悄聲說，不過聲音帶有哀傷，好似她知道我會忘了她。

我起床時，電話尖聲作響。我接了電話，對聽筒吼了含糊不清的話。

「我是傑瑞・昆特，電影公司的人，我們要跟你會面，一起用午餐。」

我繼續咕噥了一串含糊不清的話。

「我們會派一輛車去，」他說，「三十分鐘就可以到餐廳了。」

那間餐廳既夢幻又寬敞，景致清新。他們已經在那裡等我了。

到了這個時候，如果我還能看到熟面孔，我自己也會感到驚訝。在我吃前菜時，有人跟我說，約翰・雷已經「因為合約談不攏而分道揚鑣」，唐娜「顯然」也隨他一起拂袖而去。

在場的兩位男士都有鬍子，其中一位的皮膚不好；在場的女人瘦瘦的，看起來很順眼。

他們問我住在哪裡，當我告訴他們答案後，其中一位留鬍子的男人跟我們說（他要我們先同意不要再追問下去），當貝魯西死的時候，有位叫蓋瑞・哈特的政客和一名老鷹合唱團的成員正在那裡跟他一起吸毒。

然後他們告訴我，他們相當期待這篇故事。

我單刀直入地問了：「你們期待的是《人類之子》還是《神鬼大壞蛋》？」我說，「因為我對《神鬼大壞蛋》很感冒。」

他們看來相當迷惑。

他們說，他們期待的是〈我認識那位新娘，她以前常玩搖滾樂〉，他們說這則故事「概念強」、「氣氛好」，他們還說這則故事也「很現代」，這一點非常重要，因為在洛杉磯這裡，一個小時前的事就像「古代歷史」一樣。

他們還說，他們覺得若是故事英雄能夠把那位年輕女士從她無愛情的婚姻中拯救出來，在片尾一起玩搖滾樂的話，故事會更好。

我向他們說明他們必須向尼克・羅伊購買版權，是他寫了那首歌；另外，我不知道他的經紀人是誰。

他們笑了笑，向我保證那不成問題。

他們建議我在心裡好好思考過後，再開始處理劇本；然後他們每個人都提了好幾位年輕明星的名字，要我在構思故事時，想想那些人。

我跟他們每個人握握手，告訴他們我絕對會好好想想。

我告訴他們，我覺得回到英國我會做得比較好。

他們說那沒問題。

幾天前，我問過錢成．東達，貝魯西死的那天晚上，他的小屋裡有沒有其他人。我覺得若有人知道真相，那個人一定是他。

「他自己一個人死的。」跟麥修撒拉一樣老的錢成．東達說，眼睛連眨都沒眨一下。「不管他媽的身旁有沒有什麼人，他都是獨自死去。」

離開飯店的感覺怪怪的。

我走到大廳櫃臺。

「我今天下午要退房。」

「好的，先生。」

「請問有沒有可能……嗯……庭院管理員……東達先生，那位老先生，我不知道，我已經好幾天沒見到他了，我想跟他說再見。」

「他是一位庭院管理員嗎？」

「是的。」

她瞪著我看，表情相當困惑。她很漂亮，口紅的顏色像瘀青的黑莓。我想知道她是否正等著被星探發現。

她拿起電話，小聲地對話筒說話。

然後她說：「很抱歉，先生。東達先生已經好幾天沒來工作了。」

「能不能給我他的電話號碼？」

「很抱歉，先生。公司規定不行。」她邊說邊直視著我，好讓我知道她**真的**相當抱歉……

「妳的劇本寫得如何？」我問她。

「你怎麼知道？」她問。

「嗯……」

「我的劇本在喬・西佛的桌上，」她說，「我的朋友阿尼，他是我的寫作伙伴，他是個快遞員。他會把劇本送到喬・西佛的辦公室，就好像從一般的經紀人或某個地方寄到那裡一樣。」

「祝妳好運。」我告訴她。

「謝謝。」她說，並用黑莓色的嘴唇微笑。

電話簿裡列了兩筆東達先生，我覺得相當不可思議，連在美國要找到兩個這種名字的人都不大可能了，更別說區區一個洛杉磯。

結果第一筆記錄是一位波絲芳・東達小姐。

當我打了第二支電話，跟對方說我要找錢成・東達時，有個男性的聲音說：「你是誰？」

我跟他說了我的名字，我住的飯店，還有我這裡有屬於東達先生的東西。

「先生，我爺爺已經死了，他昨晚死的。」

震驚的心情讓腔調成真了：我感覺到血從我臉上流乾了。我吸了一口氣。

「我很難過，我很喜歡他。」

「喔。」

「那一定發生得很突然。」

「他已經很老了，還一直咳個不停。」有人問他是誰打的電話，他說沒什麼，然後說：「謝謝你打電話來。」

我覺得很訝異。

「聽著，他的剪貼簿在我這，他留在我這裡的。」

「那本老舊的電影簿嗎？」

「對。」

他停頓了一下。

「你好好留著吧，那個東西根本沒什麼用。聽著，先生，我必須掛電話了。」

一個喀擦聲後，電話已經斷了。

我把那本剪貼簿放到我的袋子裡，當眼淚滴濺到褪色的皮革封面時，我發現自己正在哭，這讓我相當驚訝。

我再到水池邊最後一次，向錢成．東達說再見，向好萊塢說再見。

三隻鬼魅般的白色鯉魚在水裡漂著，魚鰭不停揮動，穿過水池裡亙古不變的時間。

我記得牠們的名字：巴斯特、阿鬼、公主；但是再也沒有人有辦法分辨得出誰是誰了。

汽車在飯店大廳外等候著我。到機場要三十分鐘，而我卻已經開始忘記自己來過這裡了。

白色之路

「……但願有天妳能到我家拜訪我。

那裡有我想要給妳看的風景。」

我的未婚妻低下眼。沒錯，她還顫抖了一下。

她的父親和他的朋友都大聲歡呼吆喝。

「那絕對不是故事，狐克斯先生。」一位蒼白的女人斥責道。

她坐在房間角落，頭髮像玉米一樣金黃，眼睛像烏雲一樣黑，骨架子還挺有肉的。

她轉過身來，嘴角勾起微笑，看起來興味盎然。

「女士，我並不是說故事的人。」我鞠了個躬，問道：

「或許，妳願意為我們說個故事？」我揚起眉毛。

她依舊保持微笑。

她點頭，然後起身。輕啟雙脣：

「有位鎮上來的女孩，她是位樸素的女孩。
她那位身為學者的愛人背叛了她。
當她不再流血時，肚子卻大了起來，
當肚子再也藏不住時，她去找他，她流下灼熱的淚水。
他撫摸她的頭髮。
他發誓他們會結婚，
他們會在夜裡私奔，
私奔到他姑姑家。她相信他。
儘管她曾見過他在大廳上，
瞧著院長女兒的眼神，
院長的女兒既漂亮又有錢；她還是相信他，
或者說，她相信自己相信他。

「他的微笑帶有一絲狡猾，
眼眸如此黝黑銳利，髮色赤褐。
有股預感促使她提早到他們幽會的地點去。

在橡樹下，在荊棘叢邊，
那股預感要她爬上樹，在樹上等待。
即使大腹便便，還是要爬到樹上。
她的愛人在黃昏時到來，在昏暗的光線裡潛行，
還帶了一只袋子。
他從袋子裡拿出鶴嘴鋤、鏟子、刀子，
在荊棘叢邊，在橡樹下，
賣力地幹活。
他輕輕地吹口哨，而且一邊哼歌，一邊挖她的墳墓，
那是首老歌……
好了，各位，要不要我唱給你們聽？」

她停頓了下來，而我們齊聲鼓掌，齊聲喝采——「幾乎」齊聲。
我的未婚妻，她的頭髮多麼烏黑，她的臉頰多麼粉嫩，
她的嘴唇多麼嫣紅。
看起來有些心不在焉。

那位漂亮女孩（她是誰？我大膽推測她是這間小旅館的房客）開始唱：

有隻狐狸在明亮的夜裡外出，
他乞求月亮賜給他光明，
因為他那晚還要走好幾英里路
才到得了他的巢穴呦！
巢穴呦！巢穴呦！
他那晚還要走好幾英里路，才到得了他的巢穴呦。

她的聲音甜美，不過我未婚妻的聲音比她更美。

「那個墳墓是小小的洞，因為她個子嬌小，
即使她已經懷了孩子，個頭還是小小的。
當她的墳墓挖好後，
他在她的下方來回走動，
排演她的葬禮：
晚安，我的小豬豬；晚安，我的愛，
老天，妳看起來就像月光下的點心，
我未來孩子的母親，過來，讓我摟住妳。

接著，他用一隻手摟住深夜裡的空氣，
另一隻手拿著那把邪惡的短刀，
向黑夜捅了又捅，捅了又捅。

「她在他頭頂的橡樹上發抖，
她輕輕呼吸，但是依舊發抖。
他一度抬頭查看，並說：『我敢說那是貓頭鷹』；
還有一次他說：『呸！上面那裡的是貓嗎？過來，小貓咪……』不過她靜止不動，把自己當作一枝樹幹、一片葉子、一根小樹枝。
到了黎明時，他拿著他的鶴嘴鋤、鏟子、刀子離去，
滿嘴牢騷連連，因為煮熟的鴨子飛了。

「有人事後發現她四處遊蕩，神智不清。
她頭髮上有橡樹的葉子，
而且她還唱著：
大樹枝彎呀彎
大樹枝斷呀斷

我看到狐狸挖的坑
我們發誓相愛
我們發誓結婚
我看到狐狸帶的刀

「有人說她的孩子出生後，
孩子有著狐狸的爪子，而不是人手。
產婆說那位女雕刻家嚇壞了，而那位學者逃走了。」

然後她坐下，眾人大聲鼓掌。
微笑藏在她唇間，微微抽動。我看得出她的微笑，
就顯露在她灰色的眼睛裡。她凝視著我，看來興味盎然。

「我在書中讀過，東方狐狸會跟蹤祭司和學者，
偽裝成女人、屋子、山脈、神仙，以及列隊的人群，
牠們的尾巴總是讓牠們露出馬腳。」於是我開始說，
但是我未婚妻的父親插嘴道：

「說到故事啊……親愛的，妳說過妳也有則故事可以講，是吧？」

我未婚妻的臉紅了起來。除了粉紅花瓣之外，
沒有什麼能形容她的臉頰。她點頭說：

「爸爸，我的故事？我的故事是我曾做過的夢。」

她的聲音又輕又細，大家都噤聲以便聽她說話，
小旅館外頭只有夜晚的聲音——貓頭鷹咕咕叫。
不過，就如老人家常說的，因為我住得太靠近森林，
所以我不害怕貓頭鷹。

她看看我。

「先生，就是你。在我夢裡，你騎馬來找我，並呼喚著：
到我家來，我心愛的，沿著那白色之路走下去。
那裡有我想要給妳看的風景。
我問你要如何沿著那條白色之路，找到你的屋子，

因為那條路又長又暗，隱藏在林子裡。
當太陽高掛天上，樹林會使光線變金綠色，
沒有陽光時，樹林會讓道路變得陰暗。
到了晚上，路上黑漆漆的，白色之路上沒有月光……

「而狐克斯先生你說——這部分最有趣了，不過夢境變幻莫測，有趣又隱晦——
你會割斷母豬的喉嚨，你會帶她回家，要她走在你強健的黑色雄馬後頭。
你微笑，
狐克斯先生，你用你的紅唇微笑；還有你的綠眼，
你的綠眼能捕捉少女的靈魂；還有你的牙齒，
你的牙齒能吃掉她的心……」

「上帝禁止這種事。」我微笑道。
所有的目光都集中在我身上，不在她，
儘管她的眼神仍在故事上。喔，眼睛，她的眼睛。

「所以，在我的夢裡，造訪你的大屋子就成了我的幻想，
因為你經常請求我這麼做，

希望我能到大屋子的林間空地和小徑上散步，去看水池。
欣賞你從希臘買回來的雕像，
欣賞紫杉、白楊步道、石穴、涼亭。
由於這只是個夢，
所以我並不想找人結伴同行。
他們都是無趣乏味的傻子，
根本不懂得欣賞你的屋子，狐克斯先生；
他們根本不懂得欣賞你蒼白的皮膚，
綠色的眼睛，
迷人的魅力。

「於是我騎著我的母馬貝茲，踏上那條白色之路，
沿著紅色的血跡走。
頭上的樹是綠色的。
走了幾英里後，
那條血跡領我穿過原野，越過溝渠，
走過碎石子路，
（不過這時候我需要睜大眼睛才看得到血跡，

一小滴一小滴的血跡。那隻豬應該早已氣絕）
我騎著我的母馬來到一間屋子前，
那間屋子，討人喜歡的帕拉第奧建築風格，巨大宏偉，
自成風景。
窗戶、廊柱、白色的石頭紀念碑，垂直聳立，極為壯觀。

「屋前的花園裡有座雕像：
斯巴達的孩子，袍子裡隱約藏了一隻偷來的狐狸，
那隻狐狸正在咬孩子的肚子，把重要臟器啃走。
堅忍的孩子什麼話都沒說。
它又能說什麼呢？只不過是座大理石雕像而已。
它眼裡透露出痛楚。它佇立在一塊基座上。
基座上刻了十一個字。
我走到旁邊，把上面的字念出來：
要勇敢，
要勇敢，
但別太勇敢。

「我把小貝茲拴在馬棚裡，
位於十二隻漆黑的雄馬之間，
每隻雄馬的眼裡都帶著血絲和狂野。
我沒看到任何人。
我走到屋子前，爬上高高的階梯。
那扇大門深鎖。
當我敲門，沒有僕人相迎。
在我夢裡（狐克斯先生，不要忘記這是我的夢，你看起來真蒼白），
那間屋子深深吸引我，就像那種會殺了貓的好奇心
（狐克斯先生，你知道這一點，我在你眼中看得出來）。

「我發現一道門，一道小門，沒上門栓，
於是我把門推開走進去。
走廊擺滿橡木家具、書架、
半身像、小裝飾物。
我的腳靜靜踏在火紅色的地毯上，
我繼續走，直到抵達大廳。
在那裡我又看到了，

在地板的白大理石上嵌了閃亮的紅色石頭，
寫著：
要勇敢，
要勇敢，
但別太勇敢。
否則你的生命之血
將變得冷冰冰。

「樓梯相當寬，還鋪了火紅色的地毯。
樓梯從大廳往上延伸。
我靜悄悄地走上樓梯。
因為那裡留下了可怕的晚餐殘餚。
穿過橡木門，
來到餐廳，或者我以為是餐廳的地方，
冰冷的晚餐，上面有蒼蠅飛舞。
這邊有被咬了一半的手，那邊有張皺起來、尖尖的人臉，
那是張女人的臉，若活著的話，
恐怕看起來跟我一模一樣。」

「上天保佑我們所有人，不要做那種黑暗的夢。」她的父親大喊。

「這種事情可能發生嗎？」

「不是真的。」我向他保證。

那位漂亮女人的微笑在她灰色的眼睛裡閃爍。

人都需要聽到保證心安的話。

「過了餐廳之後，有個房間，

那個房間非常大，塞得下這間小旅館，

房間裡頭散亂無章地堆滿了戒指、手鐲、

項鍊、珍珠、宴會禮服、毛披肩、

蕾絲裙、絲絨和綢緞。

淑女靴、皮手筒、無邊呢帽——

那是間藏寶閣和更衣室。

我的腳下淨是鑽石和紅寶石。

「過了那個房間後，我想我到了地獄。

在夢裡……

我見到許多顆頭顱，年輕女子的頭。我看到一道牆，
牆上釘滿被肢解的四肢。
還有一堆乳房，成堆的內臟，包括肝、牲畜的肺臟、眼珠……
不，我不能說。而且到處都有蒼蠅嗡嗡飛，
低沉不斷的嗡嗡聲。
別西卜西卜西卜西卜西卜[1]，不停地響。
我無法呼吸，於是我跑離那裡，
靠在牆邊啜泣。」

「那必定是狐狸的巢穴。」那位漂亮女士說。
（「並非如此。」我低聲說道。）
「牠們是不乾淨的生物，會在自己的巢穴裡，
隨意棄置牠們獵物的骨頭、皮、羽毛。
法國人叫牠們『列那』，
蘇格蘭人喊牠們『陶德』。」

1 別西卜（Beëlzebub）又名蒼蠅王，在地獄中地位僅次於路西法，代表七宗罪之「貪食」。

「本性難移。」我未婚妻的父親說。

他這時已近乎氣喘吁吁，每個人都如此：
在火光下，火的溫度舔吮著他們的麥芽酒。
小旅館的牆壁掛滿打獵的相片。

她繼續說：
「我聽到外頭傳來一陣撞擊聲和騷動聲，
我沿著來時的路奔跑。跑過紅地毯，
奔下寬大的樓梯。太遲了！大門已經打開了！
我跌跌撞撞、連滾帶爬地衝下樓，
最後在一張桌子底下停下來，完全不抱任何希望。
我在那裡等待、顫抖、祈禱。」

她指著我。

「沒錯，就是你，先生，你走了進來，
把門撞開，蹣跚地走進來，就是你，先生。
你還隨手拖著一位年輕女子，
你拉著她的紅頭髮和脖子。

她長長的頭髮披散；她正大聲尖叫，想掙扎逃走。
你從喉嚨深處發出笑聲，
整個人汗水淋漓，咧開的嘴拉到耳際。」

她怒視我，臉頰紅通通。
「狐克斯先生，你拔出一把短短的闊刀，
正當她尖叫的同時，
你劃破她的喉嚨，刀痕也拉到她的耳際，
我聽血液汩汩流出的聲音、嘆息聲、嘶吼聲。
我閉上眼睛祈禱，直到她停止。
過了好久、好久、好久的時間，她停了。

「然後我向外看。你一臉微笑，把刀舉得高高的，
血漬沾滿你的手。」

「那是在妳夢中，」我告訴她。

「在我夢中。

她躺在大理石地板上，任憑你切割、
任憑你劈砍、任憑你扭擰、任憑你喘息、任憑你戳刺。
你把她的頭從肩膀上取下，
把你的舌頭伸進她濕潤的紅脣之間。
你把她的手切下來，她蒼白的雙手。
你把她的驅幹劃開，把乳房一一摘下。
然後你開始嚎啕大哭。
忽然間，
你握著她火紅的頭髮，把她的頭抓起來，
跑上樓梯。

「一旦你跑到視線之外，
我就衝出敞開的大門。
騎上我的貝茲，沿著白色之路回家。」

所有人的目光都落在我身上。
我把手裡的麥芽酒放到老舊的木頭桌面上。
「不會發生這種事。」

我告訴她，
也告訴所有人。
「不會發生這種事，
上帝禁止這種事。
若發生這種事，
那會是場邪惡的夢，
但願不會有人做那種夢。」

「在我逃離那間堆滿骨骸的屋子之前，
在我的貝茲因為勞累而流出汗珠之前，
在我們沿著白色之路逃離之前，
血還是紅色的，
（狐克斯先生，被你割了喉嚨的是豬嗎？）
在我回到父親的小旅館之前，
在我倒在他們面前，一句話也說不出來之前，
我的父親、兄弟、朋友們……」

所有坦蕩蕩的農夫，獵狐狸的男人們，

他們踩著自己的靴子，黑色的靴子。

「……在那之前，狐克斯先生，
我從地板上，血淋淋的地板上，
撿起了她的手，狐克斯先生，
那個在我面前被你砍殺的女人之手。」

「不會發生那種事……」

「那並不是場夢，你是畜生，你是藍鬍子[2]。」

「不會發生那種事……」

「你是吉爾·德·萊爾[3]，你是怪物。」

「上帝不會讓那種事發生！」

她這時露出笑容，沒有愉悅，不帶情感。

棕色的頭髮捲繞在她臉龐上，
就像玫瑰攀繞在涼亭上一樣。
她紅紅的雙頰正燒得發燙。

「注意看，狐克斯先生！這是她的手！她可憐蒼白的手！」
她從乳房那裡拿出一隻手（她的乳房微帶雀斑，那曾是我夢想中的乳房），
丟在桌子上。
那隻手就擱在我面前。
她的父親、兄弟、朋友們，
像要把我吃掉般注視著我，
而我則把那小東西撿起來。

上面的毛的確是紅色，而且還很濃密，
掌上的肉趾和爪子都很粗糙。

2 藍鬍子為一童話故事之主角，他把他每一任妻子都殺死，並放在一間密室裡。
3 吉爾・德・萊爾（Gillas-de-Rais）為十五世紀法國貴族，聖女貞德的戰友，他曾虐待、強姦、謀殺數百名兒童。

一端血淋淋，但是都已經乾掉了。

「這並不是手。」我跟他們說，不過，
向我揮來的第一隻手把我打得喘不過氣來，
一根橡木棒擊中我的肩膀，
我站都站不穩，
向我踢來的第一隻靴子，把我踢倒在地板上。
然後拳頭如雨下打在我的身上，
我蜷起身子，低嗚，祈禱，
緊緊握住那隻腳爪。

或許我流淚。

那時我看到她，
蒼白美麗的女孩，唇上已泛起笑容，
灰眼的她，裙子真長，樂得不可開支。
她偷偷溜出房間，
那夜，她還有許多英里路要趕。

當她離開時，
從我在地板上的有利位置看去，
我看到了狐狸尾巴，就夾在她雙腿間。
我本想大聲叫喊，
但是我已經不能說話了。
今天晚上，她會步履穩健地用四隻腳奔跑在白色之路上。

如果獵人來了怎麼辦？
如果他們來了怎麼辦？

要勇敢，我在死前，輕輕地說了一次。但別太勇敢……

我的故事說完了。

刀后

女士要不要再次出現，純粹是個人品味的問題。

——威爾・高斯頓《詭計與幻覺》

當我還是個小男孩時，
三不五時會到爺爺奶奶家住。
（老年人：我知道他們很老，
他們家的巧克力，要等到我過去住時才會有人吃掉。
變老就是會這樣子。）
爺爺總是在日出時做早餐：
一壺茶，給奶奶、自己和我喝；
幾片烤吐司和果醬（銀條牌和金牌）。
午餐和晚餐，則由奶奶負責，
廚房又再次成了她的地盤，所有煎鍋、湯匙、碎肉器、
所有打蛋器和刀子，都是她忠誠的下屬。

她會用它們來料理食物，並一邊唱短歌：
「黛西、黛西，一定要給我你的答案，」
有時候會唱：
「你使我愛上你，我並不想這麼做，
我並不想這麼做。」
她的歌喉不好，不值一提。

生意相當清淡。
爺爺鎮日留在頂樓，
待在他的小暗房裡，他不准我進入那個地方。
他會從黑暗中帶出紙臉，
那是別人在度假時的鬱悶笑容。
奶奶會帶我到人行步道來個老人的散步。
大多數時間，
我會探索屋後的那一小片濕草地，
黑莓藤和花園棚子。

這個星期還真苦了爺爺奶奶，

因為他們被迫要取悅這位大眼睛的小男孩，
於是有一天，他們帶我到國王戲院。
國王的……

雜耍節目！

燈光熄滅，布幕升起，
當時最受歡迎的丑角上臺，
結結巴巴地說出他的名字（那是他的招牌動作）。
他拿出一片玻璃，半個人站在玻璃後方，
舉起我們看得到的那隻手和腿，
透過反射，他看起來像在飛（那是他的標記），
於是我們大聲歡呼。
他會說一、二個笑話，笑話不大好笑。
他的無助，他的笨拙，
是我們到這裡看表演的原因。
他頭髮開始禿了，戴著眼鏡，一臉呆呆的樣子，
讓我有點聯想到爺爺。
然後那位丑角的表演結束。

幾位女士在舞臺上跳舞。
一位歌手唱了我沒聽過的歌。
觀眾都是老人，
都跟我爺爺一樣，疲累，退休。
他們每個人都一邊大笑一邊鼓掌。

中場休息時，
爺爺排隊買了巧克力冰淇淋和兩只杯子。
我們吃冰時，燈光暗了下來。
「安全布幕」升起，然後真正的布幕升起。

那些女士又在舞臺上跳舞，
轟隆一聲，一陣煙冒了出來，
一位魔術師現身，向觀眾敬禮。我們鼓掌。

女士繼續行走，在側廳微笑，
閃亮，發光，微笑。
我們看看她，

在那瞬間花朵長了出來，絲巾和旗幟從他指尖落下。

萬國旗，我的爺爺邊說，邊用手肘推推我。
原本縮在他的袖子裡。
我爺爺曾經說過，
自他小時候起，
（我無法想像他是個小孩子），
就知道世事如何運作。
爺爺告訴我，當他們剛結婚時，
他曾為自己製造過電視。
那架電視相當龐大，不過螢幕很小。
而那時候根本還沒有電視節目，
不過他們還是盯著電視看，
不知道自己看到的是人還是鬼。
他也為自己發明的東西申請了專利，
不過那樣東西從未送到工廠製造過。
他曾參選地方議員，但是得票數只有第三名。
他會修理刮鬍刀或無線電收音機，

沖洗底片、為洋娃娃蓋房子。
（洋娃娃的房子是我媽媽的，還放在我家，
它看起來破破舊舊的，放置在草地上，
任雨淋溼、任人遺忘。）

那位閃亮的女士轉動一個箱子，
那個箱子很高，跟大人差不多尺寸，顏色是黑的。
她把箱子前面打開，
然後把箱子轉過去，用力敲敲背面。
那位女士站到箱子內，臉上仍帶著笑容。
魔術師把箱子的門關上。
當門打開時，她已經不見了。
他鞠了個躬。

鏡子啊，我的爺爺說，她其實還在裡面。
在魔術師的手勢下，箱子塌下成了碎木片。
有暗門。爺爺向我保證。
奶奶噓一聲，要他別說話。

魔術師微笑，他的牙齒小小的，擠在一塊。
他慢慢走下舞臺，到觀眾這裡來。
他指了指我的奶奶，並鞠個躬，
那是中歐式的鞠躬。
他邀請她跟他一起到舞臺上，
眾人大肆鼓掌歡呼。
我奶奶面有難色。
我跟魔術師的距離很近，聞得到他鬍後修容水的味道，
我悄聲說：「噢，我我我……選我……」不過，
他仍舊伸出長長的手指，要我奶奶跟他走。

珮兒，快上去，我的爺爺說，跟那個人上臺去。

我奶奶那時候應該也有六十歲了吧？
她才剛戒掉菸，正在想辦法減肥。
她對自己的牙齒最感到得意，儘管沾滿菸垢，但沒有一顆是假的。
我爺爺在小時候騎腳踏車時，就失去了他的牙齒。

他有一個絕妙的點子：
騎腳踏車時，拉住公車來加速。
公車已經轉了彎，
而爺爺則一嘴朝地上吻去。
她晚上看電視時，會嚼甘草精，
或是吸吮硬硬的焦糖，這麼做或許是為了讓他覺得自己錯了。

然後她站了起來，動作有一點慢。
她放下剩下一半的冰淇淋紙杯，
和那根小木匙。
她穿過走道，爬上階梯，
走上舞臺。

魔術師再次為她鼓掌：
稱讚她風度佳。她就是那樣的人，風度翩翩。
另一位閃閃發光的女人從側廳走出來，
帶了另一只箱子，
這次是紅色的。

就是她，爺爺點頭道，
她就是之前消失的那個人，你看出來了嗎？就是她。
或許如此吧，
但是對我而言，只看到一位閃閃發光的女人，
站在我奶奶旁邊。
（她的手正撥弄著自己的珍珠首飾，看起來很不好意思。）
那位女士面向我們微微笑，然後便靜止不動，
像是雕像或櫥窗模特兒一樣。
魔術師輕輕鬆鬆地，
拉動那個箱子，
把它推到舞臺前方，我奶奶等候的地方。
他們閒聊了一下：
她是哪裡人、叫什麼名字，諸如此類的東西。
他們是否見過面？她搖搖頭。
魔術師打開門，
我奶奶走進去。

或許不是同一個人，我爺爺在考慮過後，向我坦承道，
我覺得另　位女孩的髮色比較深。
我並不知道。
我對奶奶感到相當驕傲，同時也覺得不好意思，
我希望她不會做出讓我侷促不安的事，
希望她不會唱她喜歡的歌曲。

她走進箱子後，他們把門關上。
他把頂端隔間的一扇小門打開，
我們看到奶奶的臉。珮兒？妳還好嗎？珮兒？
我奶奶微微笑，點點頭。
魔術師把門關了起來。

那位女士給他一只細長的盒子，
他把盒子打開，拿出一把劍，
刺穿那個箱子。

然後再刺一把，再一把，

而我的爺爺一邊笑，一邊解釋道，
劍身會穿入箱子上的劍鞘，
然後會有一把假劍從另一端伸出來。

然後他拿出一塊金屬片，
他把這塊金屬片滑入箱子的上半部，
把整個箱子一分為二。
然後那位女人和男人把頂端抬起，
半個箱子就這樣升起，放到舞臺上，
我奶奶有一半的身體就在裡面。

上面那一半。

他把那扇小門再度打開一下，
我奶奶的臉依舊洋溢著信任的笑容，
他之前把門關上時，
她會進入暗門裡，
然後她現在有一半站在舞臺下。

我爺爺向我透露。
結束後她會跟我們說這一切是怎麼辦到的。
我希望他不要再說話。我需要魔術。

現在已經有兩把刀子，在她脖子的高度，
穿過那半個箱子。
妳還在嗎？魔術師問。跟我們說說話，
妳會唱歌嗎？

我奶奶唱了〈黛西、黛西〉。
他把部分的箱子拿起來，
有扇小門的部分：也就是頭的部分。
然後他一邊四處走動，她一邊唱著：
黛西、黛西，
首先她在舞臺的一側唱歌，
然後再到另一側唱歌。

那是他聲音，我爺爺說，唱歌的是他的聲音。

聽起來是奶奶的聲音。我說。
聽起來當然像奶奶的聲音，他說，當然像。
他很厲害，他說，他很厲害，非常厲害。

魔術師再把盒子打開，
跟帽盒一樣大小的盒子。
我奶奶已經唱完了〈黛西、黛西〉，
而且開始唱起另外一首歌：

我的老天爺，趕快出發，
司機醉了，馬兒怯了。
我們現在倒退走，我們現在倒退走，
倒退、倒退、倒退，直到倫敦城。

她出生於倫敦。有時候，有時候，
她會告訴我她小時候不吉利的故事。
孩子們闖進她父親的店裡，
一邊大喊：猶太鬼、猶太鬼、死猶太鬼！然後跑走。
她不讓我穿黑色上衣，

她說是因為她還記得倫敦東區的遊行，
莫斯利的黑衣[1]，她姊姊有隻眼睛被揍成黑色。

魔術師拿出一把廚房用刀，
慢慢地插入那個紅色的帽盒裡，
然後，唱歌的聲音停了下來。

他把所有箱子重新疊在一起，
抽出所有的刀和劍，一把一把地抽。
他打開頂端的隔間，
奶奶對我們微笑，
看起來不好意思，露出她老舊的牙。
他把隔間關上，將她擋住。

---

1 莫斯利（Oswald Mosley, 1896-1980），英國法西斯聯盟創始人，與納粹領袖交好，其麾下武裝黨徒身穿黑色制服，綽號「黑衣」，經常與共產黨和猶太團體爆發肢體衝突，尤以擾亂倫敦秩序最為嚴重。莫斯利在二〇〇六年被英國歷史雜誌BBC History Magazine評選為二十世紀英國最惡人物，至今仍是英國極右分子的偶像。

他把最後一把刀拔出來，
然後打開最大那扇門，
結果她消失了。
魔術師手一揮，那個紅盒子也消失了。
跑到他袖子去了。我爺爺解釋道，
但他似乎不大確定。

魔術師從燃燒的盤子中，變出兩隻鴿子，
然後在一陣煙霧中，他也不見了。

她現在在舞臺底下或後臺，
我爺爺說。
喝完一杯茶後，她就會捧著花現身，
或者拿著巧克力。我希望她拿的是巧克力。

又是跳舞的女孩出場。
然後是最後一次的丑角表演。
結束時，所有人都一起到舞臺上。

這是閉幕儀式，我爺爺說，你要仔細看，
或許她現在已經回到臺上了。

但是她並不在舞臺上。
他們唱著歌：
當你乘著浪花，
向前行，
太陽高掛天空。

布幕降下來，我們魚貫走到入口大廳。
我們在那裡閒晃了一下。
接著走向舞臺的門，
等候我奶奶出來。
魔術師穿著便服走出來，
那位金光閃閃的女孩穿著雨衣，看起來真不一樣。

我爺爺上前跟他說話。
他聳聳肩，說他不會說英文，

而且還在我耳朵後面變出一枚硬幣。
接著他走進黑夜的雨中，消失不見了。

我再也沒有見到我奶奶。

我們回到家，繼續過我們的日子。
現在，我爺爺必須自己下廚，
為我們準備早餐、晚餐、午餐、下午茶。
我們吃了黃金吐司和銀色果醬，
喝了幾杯茶，
直到我回家。

那晚過後，他變得很蒼老，
好似年歲急著想往他身上加一樣。
黛西、黛西，他會這麼唱，一定要給我妳的答案，
倘若妳是世界上唯一的女孩，而我是唯一的男孩，
我老爸說跟著貨車走。
我爺爺是家裡歌聲最好的人。

別人都說他應該可以成為唱詩團的領班，
但是他忙者沖洗照片，
還要修理收音機和刮鬍刀……
他的兄弟組了個二重唱團體：夜鷹二重唱。
他們剛出道時曾上過電視。

他還承受得了。不過，有天深夜裡，
我醒了過來，想到留在茶水間的甘草精，
於是我走到樓下去。
那時我爺爺赤著腳站在那裡。

我看到他孤零零地在廚房裡，
拿著一把刀子戳進一只箱子裡。
妳讓我愛上妳，
我並不想這樣。

改變

一

之後，他們會指出他姊姊的死因，癌症蝕去她二十年的生命，她腦中有顆鴨蛋大的腫瘤。一個七歲大的男孩，頂著平頭，掛著鼻涕。他在白色的醫院裡，用他棕色的大眼睛目睹她的死亡，而他們會說：「那就是這一切的開始。」或許真是如此。

在傳記電影《重開機》（二〇一八，羅勃·辛密克斯導演）中，他們跳接到他的青少年時期，他跟自然老師為了解剖一隻大型白肚青蛙而起爭執，事後他目睹自然老師死於愛滋病。

在愈來愈大聲的音樂中，年輕的瑞基問道：「我們為什麼要把牠剖開？我們不是應該要讓牠活命嗎？」由詹姆斯·厄爾·瓊斯所飾演的老師，原本看起來很羞愧，接著露出激勵的表情，他把手從病床上抬起來，放在男孩骨瘦如柴的肩膀上。「瑞基，如果別人做得到，你也做得到。」他用極為低沉的聲音說道。

男孩點點頭，凝視著我們，眼裡充滿奉獻精神，近乎狂熱。

這件事從未發生過。

二

在十一月的一個灰色日子裡，瑞基這時已經長高了，是個四十幾歲的男人，還配了一副深色鏡框的眼鏡。不過他現在沒戴眼鏡，如此一來反而更凸顯他的赤裸。他坐在浴缸裡，練習為他的演講作結論，浴缸的水正逐漸變冷。平時的他看起來有點駝背，不過此時的他卻沒有，而且在開口前都會先思考一下。他不擅長公開演講。

位在布魯克林的公寓今天空蕩蕩的，他跟另一位科學家及一位圖書館員合租這間公寓。在微溫的水中，他的陰莖縮成一團，像核果一樣。「如此意味著，」他大聲且緩慢地說，「我們已經戰勝了癌症。」

他停頓一下，讓站在浴室另一邊的假想記者問問題。

「你是說副作用嗎？」他自問自答，聲音在浴室迴盪。「沒錯，確實是會有些副作用，不過就我們目前所能確定的，副作用並不會造成永久性的身體變化。」

他爬出破舊的瓷製浴缸，裸身走到馬桶旁，往馬桶裡劇烈嘔吐，怯場的恐懼像把利刃剖開他的腸胃。當他已吐到沒有東西可吐，乾嘔的感覺也退去後，瑞基用李斯德林漱口水漱口，穿上衣服，搭地下鐵到中央曼哈頓去。

三

《時代》雜誌將指出，這項發現會「徹底改變醫藥的本質，就跟發現盤尼西林一樣重要。」

「假設……」傑夫．高布倫說，他在傳記電影裡飾演成年的瑞基，「只是假設而已……假設你能重新設定身體的基因碼呢？身體之所以會有這麼多疾病，是因為它已經忘了自己該做什麼，基因碼變得雜亂無章，程式遭到竄改。假如……假如你能修理它呢？」

「你瘋了。」電影中他可愛的金髮女友反駁道。現實生活中，他並沒有女友；現實生活中，瑞基的性生活是由「愛意伴遊公司」的年輕男人和他偶爾的金錢交易所構成。

「嘿，」傑夫．高布倫說，他詮釋的方式比瑞基自己還要好。「這就像電腦一樣，當程式遭竄改而故障時，你不需要一個個修理，也不需要一一檢視症狀，只需要重灌程式就行了。所有的資料都一直在那裡，我們只需要告訴身體重新檢查RNA和DNA，若妳想要的話，也可以重新讀取程式，然後再重新開機就大功告成了。」

那位金髮女演員微笑，用吻止住他的話，她顯得愉悅、感動、熱情。

四

那個女人有脾臟癌、淋巴癌、胃癌：非何杰金氏淋巴瘤，她還有肺炎。她同意讓瑞基在她身上進行實驗治療，她也知道，美國法律禁止任何人宣稱自己能夠治療癌症。她原本是個胖女人，到最近體重才直直下落，她讓瑞基聯想到太陽下的雪人：她正日漸融化，他還覺得，她一天比一天不成人形。

「這跟妳所理解的藥物是不一樣的，」他告訴她，「這是一組化學指令。」她看起來有些茫然。他注射了兩瓶透明液體到她的靜脈裡。

沒多久她就睡著了。

當她醒來時，她已經完全沒有癌症了。不久之後，肺炎奪走她的生命。

在她死前兩天，瑞基不斷思考他要如何解釋這位病人目前擁有陰莖，而且從各方面來看，這位病人的身體機能和染色體都是男性。驗屍報告也證實了這一點。

五

時間是二十年後，在紐奧良（不過地點也可以是莫斯科、曼徹斯特、巴黎或柏林）的一間小公寓裡，這天晚上會非常精彩，阿嬌／喬將豔煞群人。

阿嬌／喬可以穿上有波蘭硬襯布樣式的十八世紀法國宮廷禮服（玻璃纖維腰墊、鋼圈托底的低胸露背裝，再圍上繡了蕾絲邊的鮮紅色馬甲），或是菲利普・希尼爵士[1]時期的宮廷

1 菲利普・希尼爵士（Sir Philip Sydney, 1558-1586），伊莉莎白時代的著名詩人，英國文藝復興代表人物。

禮服複製品，由黑色絲絨和銀線所製，還有流蘇和下體蓋片。最後，衡量過所有選擇，阿嬌／喬選定了乳溝，放棄了陽具。還有十二個小時：阿嬌／喬打開裝有紅藥丸的罐子，每顆藥丸上都標示了「X」，阿嬌／喬吞了兩顆。這時候是早上十點，阿嬌／喬翻身上床，開始自慰，陰莖並未完全勃起，不過阿嬌／喬在射精前就睡著了。

房間相當小，到處掛滿衣服，地上有個空披薩盒。阿嬌／喬一如往常大聲打呼，不過當阿嬌／喬在自由開機時，可是一點聲音也沒有，就像處於昏睡狀態。

阿嬌／喬在晚上十點醒過來，覺得自己嬌滴滴的，煥然一新。在阿嬌／喬剛開始闖蕩派對場合時，每次變裝時都會提醒自己嚴格地自我檢視，盯著自己的痣和乳頭看，瞧瞧自己的包皮或陰蒂，找找看哪些疤痕不見了，哪些疤痕還留著。不過阿嬌／喬現在已經是變身老手，阿嬌／喬穿上腰墊、襯裙、馬甲、禮服，全新的乳房（又尖又挺）集中托高，長長的禮服拖在地上，意味著阿嬌／喬可以在裙底下穿著那雙鞋齡四十年的馬汀大夫靴（你永遠無法知道，你何時需要跑步、走路或踢人，而絲質涼鞋根本一點用都沒有）。

最後再戴上看起來活像上了粉的高聳假髮後，打扮就大功告成，接著再噴一點古龍水，然後阿嬌／喬的手在禮服上摸索，一根手指在雙腿之間壓一壓（阿嬌／喬並不穿內褲，因為如此才有一種貨真價實的感覺，雖然和馬汀大夫相比之下根本是謊言），再朝耳朵後面輕輕拍一拍，或許是為了求好運，或許也是為了增加魅力。計程車在十一點零五分按了門鈴，於是阿嬌／喬下樓。阿嬌／喬要到舞會去。

明天晚上，阿嬌／喬會再吃另外一顆藥。阿嬌／喬在週間工作時的身分，可是個徹徹底底的男人。

六

瑞基純粹把「重開機」的性別改變現象視為一種副作用而已。他因為這項對抗癌症的研究獲得諾貝爾獎（他們發現，重開機對大部分癌症都有效，但還是對某些癌症無效）。

像瑞基這種聰明人其實是極為短視的，有些事情他就是無法事先預見，舉例來說：有些因為得了癌症而瀕臨死亡的人，還是寧願選擇死亡，不想體驗性別改變的滋味。

這種化學刺激劑在市面上以「重開機」的牌子銷售。而天主教教會之所以挺身反對瑞基的化學刺激劑，最主要是因為性別改變會使女性身體在重新開機時，再次把胚胎的血肉吸入體內；而男性則無法懷孕。還有許多宗教也都反對「重開機」，他們大多引用〈創世紀〉第一章第二十七節：「天主按照自己形象造男造女」作為理由。

反對「重開機」的教派包括：伊斯蘭教、基督教科學派、俄國東正教、羅馬天主教（教會裡有許多持不同意見的聲音）、統一教、星艦迷正教、正統派猶太教、美國基本教義派聯盟。

贊成讓合格的醫生決定適不適合使用「重開機」治療的教派包括：大多數佛教派、耶穌基督後期聖徒教會、希臘正教、山達基教會、英國聖公會（教會裡有許多持不同意見的聲音）、星艦迷新教、自由改革猶太教、新世紀美國聯盟。

一開始就贊成「重開機」可用在娛樂用途的教派：無。

儘管瑞基知道「重開機」會讓變性手術成為歷史，但是他從未想到會有人因為慾望、好奇心、逃避現實而服用「重開機」。因此，他不會預見「重開機」的地下黑市及類似的化學刺激劑；他也不會預見在「重開機」正式上市並通過美國食品藥物管理局核准後的十五年內，冒牌「重開機」（冒牌貨後來稱為「新機」）的非法銷售會超過海洛因和古柯鹼的銷售量十倍以上，而且還是論克賣。

七

在好幾個東歐的新共產國家裡，持有新機都是唯一死刑。

有報導指出，在泰國和蒙古，男孩都會被迫重新開機，變性成女孩好當妓女賺取皮肉錢。在中國，新生女孩都被重新開機成男孩；全家人省吃儉用，只求買得一顆藥丸。老年人仍舊跟從前以樣，因癌症而死亡。接踵而來的出生率危機，非要等到為時已晚，才會有人察覺到這個問題。有人提出激烈的解決手段，在執行層面上相當困難，於是也導致了中國最後一次人民革命運動。

國際特赦組織的報告指出，在某些泛阿拉伯國家，如果有男人無法輕易證明他出生時即為男兒身，而不是一個為了想脫下面紗而變成男人的女人，就會被關進牢裡，而且他們被強姦和殺害的案例更是層出不窮。大多數阿拉伯國家的領袖都否認他們國內現在或過去曾出現過這種情形。

八

瑞基六十幾歲時在《紐約客》雜誌中讀到，「改變」這個字眼已經染上了猥褻、禁忌等意涵。

學童們閱讀二十一世紀初期文學時，見到像是「我需要改變一下」或「改變的時候到了」或「改變風潮」等句子，都會感到不好意思而咯咯笑。在諾維奇的一堂英文課中，當十四歲的學生們發現「改變就跟休息一樣美好」這種淫穢的句子時，都暗自竊笑。

標準英語學會的代表寫了一封信給《泰晤士報》，哀悼英語中又失去了另一個相當美好的字。

幾年後，有位在史崔漢的年輕人，因為在公共場所穿了一件清楚印了「我已經改變了！」標語的上衣，而被成功起訴。

九

捷奇在西好萊塢的一家夜店「野花」工作。在洛杉磯，即使沒有幾百個叫捷奇的人，也有好幾十個。整個美國有好幾千個捷奇，全世界有好幾十萬個捷奇。

有些捷奇為政府工作，有些捷奇為宗教組織工作，有些則在公司行號工作。在紐約、倫敦、洛杉磯，時髦客進出的場所，都有像捷奇這種人擔任保鑣。

捷奇的工作是這樣的。他會看著那些走進夜店的人，心裡想著：生為男性視為女性，生為女性視為男性，生為男性視為男性，生為男性視為女性，生為女性視為為女性……

在「自然之夜」（講白點，就是**未改變的人**之夜），捷奇常常會說：「抱歉，你今晚不能進來。」像捷奇這種人對於性別辨識有百分之九十七的準確率。《科學人》雜誌有篇文章提到，辨識出生性別的能力，有可能是基因遺傳：這種能力一直都存在，但是直到現在才有其真正存在的價值。

捷奇凌晨下班後在「野花」後面的停車場遭人伏擊。當每隻新靴子朝捷奇的臉、胸、頭、鼠蹊或踢或踹時，捷奇心裡會想著：生為男性視為女性，生為女性視為女性，生為女性視為男性，生為男性視為男性……

當捷奇出院時，只剩下一隻眼睛看得到，臉上和胸部都有一大塊深紫色的瘀青。有人送來一大束奇異的花朵，還附上一張字條，上面寫著他們仍為捷奇保留職缺。

不過，捷奇卻搭了子彈列車到芝加哥，在芝加哥換了班慢車到堪薩斯市，待在那裡當房屋油漆工和水電工；很久以前，捷奇就接受過這方面的職業訓練。他再也沒有回去老崗位。

十

瑞基這時候已經七十幾歲了，他住在里約熱內盧。他非常有錢，有錢到足以滿足他任何心血來潮的念頭。不過，他不再跟任何人發生性關係。他帶著懷疑的眼神看著公寓窗戶外的人群，一邊瞪著科帕卡巴納海灘上晒成古銅色的胴體，一邊納悶著。

海灘上的人想到瑞基，就像感染衣原體的青少年感謝亞歷山大·佛萊明一樣。大多數人都認為瑞基一定早就死了，反正也沒人在乎。

有人指出，某些癌症已經演化或突變，能夠抵抗重新開機；有許多細菌或病毒引起的疾病可以抵抗重新開機；有少數幾種甚至在重新開機後反而更加活躍，甚至還有一種淋病，據說會利用改變的時刻成為傳染源，這種淋病原本潛伏在宿主身上，只有在宿主的生殖器重組為異性的生殖器時，才會產生傳染力。

儘管如此，西方國家的人類平均壽命依舊在增加。

最讓科學家感到困惑的是，為什麼有些自由開機者（也就是重新開機的娛樂玩家）會正常老化，有些則根本不會有老化的情形發生。有人認為，不會老化的那群人的細胞其實已經老化；也有人認為現在下定論還太早，沒有人確實知道發生了什麼事。

雖然重新開機不會顛倒老化的過程，不過，有證據指出，對某些人來說，重新開機可以停止老化。有許多老年人原本都拒絕使用重新開機來獲得樂趣，不過現在不管他們是否生了需要重新開機的病，都會開始定期自由開機。

十一

「零錢」的英文不再使用與「改變」同樣的那個字[2]。

使東西變得不同或轉換的過程，現在通常稱為「轉型」，而非「改變」。

十二

瑞基在他里約的公寓裡，因為攝護腺癌正瀕臨死亡。他已經九十出頭了，從未使用重新開機，使用重新開機的想法讓他感到害怕。癌細胞已經擴散到他骨盆腔的骨頭和睪丸裡。

他按了鈴。一會兒後，護士才會關掉每天必看的肥皂劇，放下手裡的咖啡。最後，他的護士終於進來了。

「帶我出去透透氣。」他對護士說，聲音相當嘶啞。起初護士假裝聽不懂，於是他用簡略的葡萄牙文重複說一次。他的護士依舊搖搖頭。

他把自己弄下床──一具萎縮的身軀，腰彎得很嚴重，幾乎是個駝子。他相當虛弱，似乎一陣暴風雨就足以把他吹散。他往公寓大門走去。

護士勸阻無效，只好跟著他一起走到公寓大廳，牽著他的手等電梯。他已經兩年沒離開過公寓了，甚至在他染上癌症之前，也從不曾離開公寓。他幾乎全盲了。

護士帶他走到炙熱的陽光下，穿過馬路，走到科帕卡巴納海灘的沙子上。

海灘上的人全都瞪著這位又禿又臭的老先生看，他穿著陳舊的睡衣，透過跟瓶子一般厚的黑框眼鏡左顧右盼。他的眼睛曾經是棕色的，現在已經沒有顏色了。

他也瞪著他們看。

他們金光閃閃，美麗動人。有些人在沙灘上睡覺，多數人都赤身裸體，或是穿著某種能凸顯其赤裸胴體的泳衣。

瑞基這時候知道他們是誰了。

後來，過了好一陣子，有人拍了部傳記電影。在最後一幕裡，這位老先生像真實人生裡的他一樣跪倒在海灘上，血液從睡褲開口的邊襟流出來，染濕了褪色的棉布，在柔軟的沙地上形成一坑深色的泥濘。他凝視著他們每一個人，一臉敬畏，像個終於學會如何凝視太陽的人。

他死時，身旁圍繞著金光閃閃的人群，他們不是男人，也不是女人。他在臨死前說了一個詞。

他說：「天使。」

這部電影的觀眾就跟海灘上的人群一樣金光閃閃，一樣美麗動人，一樣有所改變。他們觀看著這部傳記電影，他們知道一切都結束了。

無論瑞基如何理解這一切，確實一切都結束了。

2「零錢」與「改變」的英文皆為change。

貓頭鷹的女兒

出自《異教和猶太教之遺風》
作者：約翰・奧布里 R.S.S.（1686-87）（262-263頁）

我從我朋友愛德蒙・瓦德紳士那裡聽來這則故事，他則是從費林頓先生那裡聽來的。在費林頓先生聽到這則故事時，它已經是則老故事了。丁頓鎮上有位剛出生的女孩，夜裡遭遺棄在教堂的臺階上。第二天早上，教堂雜役發現了女孩，她手裡握著一樣奇怪的玩意：一顆貓頭鷹食繭[1]。把食繭弄碎後，就可以看出那是一隻斑紋貓頭鷹食繭中的普通組成物，也就是皮膚、牙齒、小骨頭。

鎮裡的老婦人們都這麼說：那女孩是貓頭鷹的女兒，不是女人所生，應該把她燒死。儘管如此，智者和長者還是占了上風，女嬰孩被帶到修女院（這時候教廷時代才剛結束不久，修女院早就空了一段時間，鎮民認為這是邪惡之處，而且斑紋貓頭鷹、倉鴞貓頭鷹和許多蝙蝠都喜歡在塔裡築巢）。於是她就被留在那裡，每天鎮裡都會有位婦人到修女院餵她吃東西。

有預言說那個女嬰孩會夭折，不過她並沒有死，還一年一年長大，直到她成為十四歲的少女。一位亭亭玉立的少女，美貌無人能及。她在高牆深院內成長，除了每天早上會過來的鎮上婦人之外，一個人也沒見過。在趕集日，鎮裡那位好心婦人大聲談論那位女孩有多美，還提到她因為從未學過說話，所以根本不會說話。

丁頓鎮上老老少少的男人們聚在一塊討論：「如果我們去看看她，誰又會知道呢？」（**看看**為名，強姦是實。）

計畫如下：在滿月的那天，男人會成群出外狩獵；在滿月的月光下，他們會一個個躡手躡腳離開家，到修女院外頭會合。丁頓鎮長解開修女院的門鎖，讓男人們一個個走進去。他們找到躲在地窖的少女，他們的喧鬧聲讓她驚恐。

少女美貌猶勝他們所聞：頭髮是少見的紅色，身上只穿著白色連身裙。當她見到那些男人，感到相當害怕，因為除了帶食物給她的女人外，她從未見過男人。她睜大了眼睛瞪著他們，開始發出小小的啜泣聲，彷彿在央求他們不要傷害她。

這些鎮民們僅是笑了笑。他們打算胡鬧，他們是邪惡殘暴的男人，在月光下向她逼近。

那女孩開始尖叫哀號，但這阻止不了他們的歹念。正當此時，鐵欄窗暗了下來，烏雲遮蔽了月光；空中傳來一陣強有力的振翅聲，但男人們都專注於姦淫行徑，並未發覺。

這天夜裡，丁頓鎮的居民都夢到貓頭鷹向他們叫囂、尖嘯、怒嚎；他們都夢見自己變成

---

1 貓頭鷹的進食方式大多是將獵物整隻吞入，若獵物過大才會以爪子抓牢獵物再用嘴撕裂分塊吞食；不能消化的毛髮骨骼則會形成食繭（pellet）吐出。從食繭的分析可約略探知該種貓頭鷹的食性。

了小老鼠。

隔天日頭高照時，婦人們在丁頓鎮裡四處穿梭，尋找丈夫和兒子。她們一路找到修女院去，在地窖的石塊上發現了貓頭鷹食繭。她們在食繭裡發現了頭髮、釦子、錢幣、小骨頭，地上還有許多稻草。

再也沒人見過丁頓鎮的男人。不過，好幾年後，有人說他們看到那位少女現身在高處，例如高高的橡樹和尖塔頂端，她出現的時候總是在黃昏或夜晚；不過，沒人能一口咬定那人到底是不是她。

（她一身潔白。不過愛德蒙・瓦德紳士也記不大清楚，到底別人說她有穿衣服還是裸體。）

我對真相一無所知，這只不過是我寫下的一則故事，一則快樂的故事。

舒哥的老教區[1]

班哲明．賴斯特下了一個誰都會下的結論：《漫步在英國海岸線》（就是他此刻帶在背包裡的那本書）的女作者，根本就沒從事過任何散步之旅，八成也認不出英國海岸線。即使英國海岸線在她房間裡跳來跳去，甚至站在樂旗隊的前頭，用歡聲雷動的聲音高唱：「我是英國海岸線」，身旁還有卡祖笛[2]伴奏，她還是認不出來。

到目前為止，他已經照著她的建議走了五天，除了水泡和背痛之外，根本沒什麼值得一看。例如她會建議英國所有海岸度假區都設有許多早餐民宿，他們會相當樂意讓你在「淡季」時入住。班早就把這句話劃掉，在旁邊的空白處寫上英國所有海岸度假區都設有寥寥可數的早餐民宿，他們會在九月的最後一天，出發到西班牙或普羅旺斯等地，並且在離開的時候把門鎖上。

---

1 舒哥（Shoggoth）是克蘇魯神話中一種沒有固定形狀的怪物，在霍華．菲力普．洛夫克萊夫特一九三六年出版的《在瘋狂的山上》（*At the Mountains of Madness*）首次出現。

2 一種木製或金屬製的簡單樂器，可將演奏者哼唱發出的聲音，透過膜片和共鳴管放大，發出嘶啞音色。所以只要會哼唱歌曲便極易掌握演奏技巧。

他另外在空白處還加了許多筆記。例如絕對不要再重蹈覆轍，在任何路邊咖啡店點炒蛋來吃；以及炸魚和薯條到底是哪裡好吃？至於描述住在英國海岸線風景優美的村落裡的居民有多樂見年輕的美國遊客到這裡從事散步之旅的段落，則加註：大錯特錯，沒這回事。

在這淒風慘雨的五天裡，班走過一個又一個村落，曾經在快餐店和咖啡店喝了甜茶和即溶咖啡，曾經遙望灰濛濛的岩石景色、藍灰色的海洋；他身上穿了兩件濕透的厚毛衣，整個人不停發抖；根本沒看到任何書上保證會見到的美景。

有天晚上，他在候車亭裡把睡袋攤開之後，就坐在那裡開始翻譯書中的關鍵描述字眼：他認為「魅力十足」意味著「單調無趣」；「風景優美」意味著「風景醜陋，不過雨停的話，還算差強人意」；「賞心悅目」大概表示「我們從未來過這裡，也不認識來過這裡的人」。他還下了個結論：名字愈怪異的村莊愈沉悶無聊。

於是到了第五天，班哲明．賴斯特來到布托[3]北部某處的印斯茅斯村。他的旅遊指南並未用「魅力十足」或「風景優美」來形容這座村落，文中也不見「賞心悅目」一詞。書中既沒提到村落裡生鏽的碼頭，也沒提到岩石海灘上一堆又一堆腐爛的龍蝦籠。

臨海地帶有三間相鄰的早餐民宿：海景、休憩小屋、莎布．尼古拉絲[4]之屋。每間民宿客廳窗戶上標誌「有空房」的霓虹燈都關掉了，前門上都用圖釘釘著「本季休息」的招牌。

臨海地區的咖啡店都沒有開，唯一的炸魚薯條店門口掛了「休息中」的招牌。隨著午後灰濛濛的日光逐漸消褪成黃昏，班在門外等待這家店開門營業。後來，終於有位有點青蛙臉的瘦小女士從路上走過來，把店家的門鎖打開。班問她幾點會開始營業，她滿臉困惑地看看他，並說：「親愛的，今天是星期一。我們星期一公休。」然後她走進炸魚薯條店裡，把身後的門鎖上，留下又冷又餓的班站在她的門階上。班生長在德州北部的一處乾燥小鎮，那裡唯一有水的地方是後院游泳池，唯一的旅行方式就是搭乘有空調的小貨車。所以，到一個語言多少相通的國家旅遊，在那國家的海濱散步，相當令他神往。班的家鄉沒水也沒酒，當地人還因此得意洋洋，早在美國其它地區實行禁酒令前三十年，他們就禁止大家喝酒了，到現在都未解禁。因此，班對夜店的認知就是——它們像酒吧一樣，都是罪惡淵藪，只不過夜店的名字比酒吧好聽一點。不過，《漫步在英國海岸線》的作者卻認為，夜店是個搜尋當地民情和資訊的好地方，應該要「把握機會」去瞧瞧，有些夜店還會兼賣食物。

印斯茅斯的夜店叫做「死靈之書」，門上的招牌還告訴班，這家店的老闆名叫阿巴度・亞爾哈茲瑞德[5]，持有販售葡萄酒和烈酒的許可。班想知道，這是否意味著這家店會賣印度菜。他剛到布托時吃過印度菜，還滿喜歡的。當他看到指示著一邊往「公共酒吧」、另一邊往「沙龍酒吧」的招牌，他就停了下來，心裡猜想英國的公共酒吧是否跟英國的公共學校一樣是私立的[6]；最後，因為沙龍酒吧聽起來比較有美國西部風[7]，所以他走進了沙龍酒吧。

---

3 位於西北英格蘭，馬西塞特郡內的一個城鎮。
4 莎布・尼古拉絲為克蘇魯神話中之至高母神，代表黑暗。
5 克蘇魯神話中的人物，《死靈之書》的作者，人稱「阿拉伯狂人」。
6 英國的Public Schools是私立的，public意味著學校可以公開招生。
7 美國西部的酒吧稱沙龍（Saloon）。

沙龍酒吧裡幾乎沒什麼人。裡面的味道聞起來像上週打翻的啤酒，還有殘留了兩天的菸味。吧檯後面有位胖胖的女人，頭髮染成金色。一旁的角落坐著兩位男士，身穿灰色的長雨衣和圍巾。他們一邊玩骨牌遊戲，一邊用有凹痕的玻璃啤酒杯喝著某種覆蓋著泡沫、類似啤酒的深棕色飲料。

班走到吧檯問道：「你們有沒有賣吃的？」

那位女酒保搔了搔她的鼻翼好一會兒，才心不甘情不願地表示，她大概可以替他做份「農夫餐」。

班不知道「農夫餐」是啥，而且這是他第一百零一次，希望《漫步在英國海岸線》的最後可以附上份美式英語和英式英語對照表。「那是吃的嗎？」他問道。

她點點頭。

「好，那我要一份。」

「要喝點什麼嗎？」

「請給我可口可樂。」

「我們沒有可口可樂。」

「那就給我百事可樂。」

「也沒有百事可樂。」

「那麼你們有什麼？雪碧？七喜？開特力？[8]」

她的臉看起來比之前還要茫然，然後她說：「我想我們後面那邊還有一、兩罐櫻桃汽水。」

「那也可以。」

「這樣一共五英鎊二十便士。農夫餐做好後，我會端去給你。」

班坐在一張有點黏膩的小桌子旁，喝著某種看起來和嘗起來都像鮮豔紅色化學物質的氣泡飲料。當他坐下時，他認定農夫餐大概就是一塊牛排吧。雖然下了這個結論，他也知道這不過是自己一廂情願的想法罷了。他想像著農村裡的農夫（甚至可能是牧人）帶著他們肥肥的犁牛，在日落時分穿越剛犁好的田地；也因為剛好到了這個時候，只要能平心靜氣，再加上別人的一點協助，他就可以吃掉整隻牛。

「農夫餐來了。」女酒保說，一邊把盤子放到他面前。

結果，農夫餐是一片味道濃烈的長方形起司厚塊、一片萵苣葉、帶有指印的超小片番茄、一團嘗起來像酸果醬的濕潤棕色物體，還有一條又小又硬又不新鮮的麵包捲，這讓班失望透頂，他早就認定英國人把食物視為某種懲罰人的方法。他一邊咀嚼那塊起司和那片萵苣葉，一邊咒罵英國所有的農夫，他們居然吞得下這種餿水。

原本坐在角落、身穿灰色雨衣的男士結束他們的遊戲後，帶著飲料走過來坐到班旁邊。

「你在喝什麼？」其中一人好奇地問。

「這叫做櫻桃汽水。」他告訴他們，「味道就像化學工廠的東西。」

8 開特力（Gatorade）為美國知名運動飲料。

「你這麼說還挺有趣的。」矮個子說，「你這麼說還挺有趣的，因為我曾有個朋友在化學工廠工作，他**從沒喝過櫻桃汽水**。」他的聲音戲劇化地停頓下來，喝了一口他的棕色飲料。班等他繼續說話，但是他顯然已經說完了。他們的對話已經停止。

班為了讓自己顯得有禮貌，接下去問道：「那麼**你們**喝什麼呢？」

高個子原本看起來極度憂傷，這時神情忽然亮了起來。「啊，你實在太好心了，給我來一品脫的舒哥的老教區，謝謝。」

「我也是。」他的朋友說。「我可以幹掉一瓶舒哥，嗝，我敢說這是句超棒的廣告詞：『我可以幹掉一瓶舒哥』，我應該寫信跟他們建議，我猜他們會很感謝我的建議。」

班走到女酒保那裡，打算向她點兩品脫舒哥的老教區，還有一杯水給他自己，不過他發現她早就倒了三品脫那種深色啤酒。好吧，他心想，乾脆一不做二不休，也喝了那杯東西吧，他確信那應該不會比櫻桃汽水還難喝。他啜了一口，覺得啤酒具有廣告商所描述的那種「濃郁醇厚」的口感，只不過廣告商若是受逼問的話，會承認那其實是羊騷味。

他付錢給女酒保後，便轉身走回他的新朋友那裡。

「那麼，你到印斯茅斯這裡來幹麼？」高個子問道。「我猜你是我們美國來的遠房兄弟吧，到這裡來參觀英國最有名的村落。」

「跟你說，美國那個村落的名字是取自這裡的喔。」矮個子說。

「美國也有印斯茅斯嗎？」班問。

「我想有。」矮個子說，「他一天到晚都在寫那裡的故事，但我們不能說出他的名字。」

「抱歉，我不懂。」班說。

矮個子瞧了瞧四周，然後大聲地用氣聲說出：「霍華・菲力普・洛夫克萊夫特[9]。」

「叫你不要提那個名字。」他的朋友說道，接著喝了一口深棕色的啤酒。「霍華・菲力普・洛夫克萊夫特。霍華・卑鄙普・洛夫克萊夫特。卑鄙華・菲力普・洛夫克萊夫特。霍華・菲力普・卑鄙克萊夫特。」他停下來喘口氣。「他知道什麼呢？我是說，他知道個屁！」

班啜一口他的啤酒。他依稀聽過那個名字，他記得曾在父親車庫後面那堆老式黑膠唱片堆中翻出來過。「那是不是一組搖滾樂團？」

「誰在跟你談搖滾樂團，我指的是作家。」

班聳聳肩。「從來沒聽過，」他坦承，「我讀的書大部分都是西部牛仔故事，還有操作手冊。」

矮個子用手肘推推旁邊的朋友：「喂，威夫，你聽到沒？他從未聽過他的名字。」

「嗯，那也沒什麼大不了的，我以前都是讀贊恩・格雷[10]的書。」高個子說。

「沒錯，可是那沒什麼好驕傲的。這傢伙啊……你說你叫什麼名字？」

---

9 霍華・菲力普・洛夫克萊夫特（Howarcl pliillips lovecraft,1890-1937），美國恐怖與奇幻小說家，其「克蘇魯神話」影響甚鉅。

10 贊恩・格雷（ZaLe Grey, 1872-1939），美國通俗小說家，其西部牛仔小說深具代表性，作品曾百餘度被改拍成電影。

「班哲明．賴斯特，叫我班就好。你們叫……」

矮個子微笑起來；班覺得他長得簡直像透了青蛙。「我叫希斯，」他說，「旁邊這位朋友叫威夫。」

「真榮幸認識你。」威夫說。

「你好。」班說。

「坦白說，」矮個子說，「我同意你的話。」

「真的？」班說，感到困惑。

矮個子點點頭。「對啊，霍華．菲力普．洛夫克萊夫特，我壓根不曉得他有什麼了不起，他根本不會寫作。」他大聲地啜了一口黑啤酒，然後用他又長又靈活的舌頭舔了舔嘴脣上的泡沫。「我是說，首先，你看看他用的字，『詭譎』，你知道『詭譎』是什麼意思嗎？」

班搖搖頭。他似乎正在一間英國的夜店裡，跟兩位陌生人一邊討論文學一邊喝啤酒。他納悶了片刻，想知道自己是否在不知不覺間變成了另外一個人。他愈喝愈不覺得啤酒有那麼難喝了，杯裡的啤酒逐漸變少，嘴裡殘存的那股櫻桃汽水餘味也開始退去。

「『詭譎』，就是怪異、奇特、超級古怪的意思，就是那個意思，我查過字典。那你知道『盈盈』是什麼意思嗎？」

班再次搖搖頭。

「『盈盈』就是接近滿月的意思。還有他一直形容我們的那個詞是啥……？那東西，叫什麼來著，是『無』開頭的啊，已經到了嘴邊，但就是想不起來……」

「是無恥嗎？」威夫問道。

「不是，是種東西，你知道的……『無尾兩棲類』，就是這個詞，意思就是看起來像青蛙一樣。」

「你等等，」威夫說，「我以為那是……某種駱駝的意思。」

希斯用力搖搖頭。「絕對是青蛙，不是駱駝，是青蛙。」

威夫大聲地喝了一口他的舒哥。班小心地啜著他自己那杯，絲毫不覺得有何樂趣可言。

「然後呢？」班說。

「牠們有兩個駝峰。」威夫插嘴道，威夫就是那位高個子。

「你是說青蛙嗎？」班問。

「不對，是無尾兩棲類。你平常見到的那種駱駝，都只有單峰。那是為了在沙漠長途跋涉才有的，那就是牠們吃的東西。」

「你是說青蛙嗎？」班問。

「駝峰。」威夫瞪大了他黃色的眼睛，修正班的話。「你給我好好聽著，乖乖小夥子。等你在無人跡的沙漠待了三、四個星期後，一盤烤駝峰會變得特別可口好吃。」

希斯一臉輕蔑。「你又沒吃過駝峰。」

「我有可能吃過。」威夫說。

「是啊，但是你沒吃過。你從來沒去過沙漠。」

「那麼，我們這樣說好了，假如我曾經到奈亞魯法特[11]之墓朝聖……」

「你是說那位會在夜裡從東方現身、但你不認識的古代黑國王嗎？」

「我指的當然是他。」

「只是確認一下。」

「不瞞你說，這真是個蠢問題。」

「你也有可能指的是另一位同名的人。」

「嗯，那並不是什麼常見的名字，對吧？奈亞魯法特，應該不會有兩個人都叫這種名字吧？『你好，我叫奈亞魯法特，真巧在這裡遇到你，我們兩個同名呢，真好玩。』我不認為會發生這種情形。不管怎樣，當我在那片荒野上艱苦跋涉時，我心裡想著，我可以宰一頭駱駝……」

「但是你並沒有這麼做，你根本連印斯茅斯港都沒離開過。」

「嗯……對。」

「對嘛。」希斯得意洋洋地看看班，然後靠過去，附著班耳邊低語：「當他喝了幾杯後，就會變成這副德性。我就怕這樣。」

「我聽到了。」威夫說。

「很好。」希斯說，「不管怎樣，霍華·菲力普·洛夫克萊夫特寫過一句超賤的句子，嗯……就是『在長了鱗片的達利奇村中，住著詭譎的無腳兩棲類居民，盈盈的月亮低空照在他們身上。』[12]他這是什麼意思，嗯？**他這是什麼意思？**我告訴你他這是他媽的什麼意思。他媽的意思就是：月亮是圓的，住在達利奇村的所有居民全都是他媽的怪青蛙。他就是這意思。」

「你說的另外那個詞是什麼意思？」威夫問。

「什麼？」

「『鱗片』啊，那是啥意思？」

希斯聳聳肩。「不曉得，」他坦承，「但是他倒是常常用到那個詞。」

對話停頓了片刻。

「我是學生，」班說，「我將來要當冶金學家。」他已經喝完整整一品脫舒哥的老教區。那是他生平第一杯酒，他也為此感到既訝異又歡愉。「你們倆做什麼工作？」

「我們……」威夫說：「是祭司助理。」

「偉大的克蘇魯的祭司助理。」希斯驕傲地說。

「是嗎？」班說，「那到底是什麼工作？」

---

11 奈亞魯法特（Nyarlathotep）為克蘇魯神話中的最接近惡魔概念的神祇，亦稱「無形之神」，可以輕易轉變外貌。

12 本句並非真正出自洛夫克萊夫特的手筆，洛夫克萊夫特愛用冷僻費解的形容詞，本句即推砌此類形容詞組合而成。同時也惡搞了《戰慄傳說》中的〈敦威治村怪譚〉，敦威治村是洛夫克萊夫特筆下的虛構地名，故事中，華特立巫師在該村培養出駭人怪物。但尼爾．蓋曼在本文中卻故意將敦威治村（Dunwich）寫成發音近似的達利奇村（Dulwich）。達利奇村為倫敦南部實際存在的村莊，鄉間景觀保持良好，風光怡人。

「輪到我了，」威夫說，「等等。」威夫走到女酒保那裡，又帶了三品脫回來。「嗯，」他說，「基本上，那工作目前並不需要做什麼事情，即使在最忙碌的季節裡，你也會認為祭司助理不是什麼吃力的工作。當然，那是因為他在睡覺，喔，其實他也不是在**睡覺**，如果你比較講究用字遣詞的話，他其實已經**死了**。」

「『死去的克蘇魯靜躺在海底巢穴拉葉城裡作夢。』」希斯插嘴道，「或者依照詩人的說法，『能夠永遠靜躺的並非死亡……』」

「『隨著奇妙的萬古歲月……』」威夫吟誦道。

「……這裡的『奇妙』，指的是『超級特殊』的意思……」

「沒錯，我們說的可不是什麼一般的萬古歲月。」

「『隨著奇妙的萬古歲月，就連死亡也可能死亡。』」

班有點訝異，自己似乎正喝著另一品脫濃郁醇厚的舒哥的老教區。不知道為什麼，喝第二杯的時候，那股羊騷味變得不那麼難以忍受了。他也很高興地注意到，肚子已經不餓了，起水泡的腳也不痛了，而他身旁的朋友既有魅力又聰明，不過他卻記不得哪個名字是誰。他沒喝過酒，所以不知道這是喝了第二杯舒哥後會出現的症狀。

「所以現在呢，」不是希斯就是威夫說，「生意有點冷清，大多數時間我們都在等待。」

「還有禱告。」不是威夫就是希斯說。

「還有禱告。不過再過不久，一切都會改變。」

「是嗎？」班問。「會變怎樣？」

「嗯，」高個子透露，「從現在起的任何一天，我們的老闆，也就是偉大的克蘇魯，雖然目前正處於非永久性的死亡狀態，但是隨時都有可能從他那海底巢穴醒過來。」

「然後呢……」矮個子說，「他會伸懶腰，打哈欠，穿衣服……」

「大概還會上廁所，這我一點也不意外。」

「或許還會看報紙。」

「……在他做完那些事情後，他會從海底深淵裡出來，把整個世界完全吞沒。」

班覺得這段話好笑到無法形容。「就像吃農夫餐一樣。」他說。

「沒錯，沒錯，這位年輕的美國紳士說得好。偉大的克蘇魯會把整個世界吞下肚子，就像吃農夫餐一樣。不過他會把那團布蘭斯頓醃黃瓜[13]留在盤子邊。」

「就是那團棕色的東西嗎？」班問。他們向他保證那團東西就是布蘭斯頓醃黃瓜。然後他走到吧檯那裡，又為他們買了三品脫的舒哥回來。

他記不得接下來的對話內容是什麼。他只記得喝完了酒，兩位新朋友邀請他跟他們進村裡散散步、四處逛逛，向他介紹村子的各種景觀。「那是我們租電影的地方；旁邊那棟高樓是『不能言神之無名殿』；每個星期六早上，在地窖那邊會有二手貨拍賣……」

他向他們說明他對那本漫步旅遊書的見解，然後激動地告訴他們，印斯茅斯「風景優美、魅力十足」。他告訴他們，他們是他有史以來最好的朋友，而且印斯茅斯相當「賞心悅

---

13 布蘭斯頓醃黃瓜（Branston pickle）為英國最受歡迎的甜味醃黃瓜品牌。

目」。

幾乎快滿月了，在蒼白的月光下，他的兩位新朋友看起來確實非常像大青蛙，也可能是駱駝。

他們三人走到生鏽碼頭的末端，希斯和（或）威夫為班指出海灣中海底巢穴拉葉城廢墟的所在，月光下，海水裡依稀可見。班一直有種強烈頭暈目眩的感覺，他不斷告訴自己這只是突發性的暈浪，最後卻不支靠在金屬欄杆上，往黑色海水裡大吐特吐，一發不可收拾。

此後，一切變得有點怪異。

班哲明．賴斯特在寒冷的山坡上醒過來，頭痛欲裂，嘴裡有股噁心的味道。他的頭枕在背包上，左右兩側都是充滿岩石的荒野，看不到任何道路的跡象，也看不到任何村莊的跡象，更遑論風景優美、魅力十足、賞心悅目甚至是如畫景致。

他跌跌撞撞地走了將近一英里才抵達最近的道路。他沿著那條路走，直到走進一間加油站。

那裡的人告訴他，附近並沒有什麼叫做印斯茅斯的村莊，也沒有村莊開了一間叫做「死靈之書」的夜店。他向他們提到兩位叫做威夫和希斯的男人，還有他們那位叫做怪伊恩[14]的朋友，這人若沒死的話，就會在海底的某處睡覺。他們告訴他，他們對於在荒郊野外遊蕩嗑藥的美國嬉皮沒什麼好感，他若喝杯好茶，吃點鮪魚和小黃瓜三明治，大概會舒服點，但是，如果他堅持要回到荒郊野外去遊蕩嗑藥的話，午班的年輕人厄尼會很樂意賣給他一小包自家種植的大麻（如果他午餐後沒翹班的話）。

班拿出他那本《漫步在英國海岸線》，試圖在書中找出印斯茅斯，向他們證明自己不是作夢，但他就是找不到印斯茅斯出現過的那頁（假使它出現過）。不過，在書大約中間的部分，有將近一整頁的篇幅被人撕掉了。

於是，班打電話叫了輛計程車。他搭計程車到布托火車站，接著搭火車到曼徹斯特，然後搭飛機到芝加哥，然後轉機到達拉斯，然後再搭了另一架飛機往北飛，接著又租了一輛車，開車回家。

他覺得住在距離海洋六百英里遠的地方很令人安心；不過，日後他又搬到內布拉斯加，以便拉開他與海洋間的距離。那天夜裡，老舊的碼頭下，他曾經看見了什麼（或是他以為他看見了什麼），那東西縈繞在心裡，揮之不去。在灰色的雨衣下，潛藏了人類不該知道的東西：「鱗片」，他不需要查字典，他知道，他們有「鱗片」。

班回家之後，過了幾個星期，他把一份加了自己註解的《漫步在英國海岸線》透過出版社轉交給原作者，另外還附上一封長信，信中向她提到了許多對未來再版的有用建議。他也詢問作者是否可以寄給他一份旅遊指南書中被撕去的那頁的影本，好讓他安心。不過，他最後也悄悄地放下心中那塊大石，因為過了好幾天，好幾個月，好幾年，甚至好幾十年，她都

14 班哲明酒醉又兼對克蘇魯神話一竅不通，把「奇妙的萬古歲月」（Strange Aeons）聽成「怪伊恩」（Strange Ian）。

不曾回覆他的信。

病毒

我曾經收到一套電腦遊戲，
那是我朋友給的，他那時正在玩。
他說這遊戲很讚，你也應該玩玩看。
於是我也玩看看，這遊戲真的很讚。

我用他給我的磁片替別人拷貝，
我想讓每個人都玩玩看，
每個人都該享受這種樂趣。
我把這遊戲上傳到網路留言版，
不過多半還是會親自送給我朋友。

（這叫人際接觸，我就是這樣得到這遊戲的。）

有些朋友跟我一樣，都害怕病毒，

若有人給你一塊遊戲磁片，到了隔週或是十三號星期五時，
那塊磁片就會格式化你的硬碟，或是竄改你的記憶區塊。
但是這塊磁片絕對不會，它安全得要命。

甚至我有些不喜歡電腦的朋友也開始玩了起來。
當你玩遊戲的技巧愈厲害，遊戲也變得愈難。
你可能永遠都贏不了，但是你會變得很厲害。
我現在已經很厲害了。

當然，我必須花很多時間玩遊戲；
我的朋友也是，他們的朋友也是。
所有你遇到的人，你可以看到他們，
或在高速公路上漫步，
或在排隊，他們不在電腦旁邊，
不在夜裡集體開張的遊藝場裡，
但他們滿腦子都在玩那個遊戲：
組合形狀，
為輪廓感到困惑，把顏色跟顏色擺在一起，

旋轉訊號到新的螢幕畫面，
聽音樂。

沒錯，大家都會在心裡用想的，不過他們最主要還是用玩的。
我的紀錄是連續玩十八個小時。
得到四萬零一十二分，破關三次。

你會玩到流眼淚，手腕痠，肚子餓。
過一陣子後，
什麼都感覺不到了，
我應該說，你只感覺得到遊戲。

我的心已被占據，容不下其他東西。
我們拷貝遊戲，送給我們的朋友。
言語無法形容，時間為此所填滿。
有時候我會覺得最近很健忘。

我想知道電視到底怎麼了，以前電視都還在的。

我想知道若我吃完罐頭後會發生什麼事。
我想知道大家都到哪裡去了。然後我了解到：
如果我動作夠快，我可以把一個黑方塊放到紅線旁，
把它左右顛倒，再旋轉一下，兩個圖形就同時消失了，
同時還能清除左邊的區塊，
讓白色泡泡升起……

（於是它們同時消失了。）

然後當電力永遠消失後，
我會在腦子裡繼續玩，直到我死掉為止。

尋找夢中情人

時間是一九六五年，我十九歲，身穿窄管緊身褲，頭髮悄悄地留長到領子旁。每次你轉開收音機，都會聽到披頭四唱「救命！」我想成為約翰・藍儂，讓所有女孩都為我尖叫，隨時都能來一句諷刺妙語。那年，我在國王路的一家小香菸零售店買了生平第一本《閣樓》雜誌，付了見不得人的幾個先令，帶著雜誌回家。我把雜誌塞在毛線衣裡，偶爾會低頭瞧瞧，看看雜誌是否已經在毛線衣上燒出個洞。

雖然那本雜誌很久以前就丟了，但是我會永遠記得它：討論分級制度的嚴肅信函；貝特[1]寫的短篇故事；還有訪問一位我沒聽過的美國小說家；整個時尚版面都是卡納比街[2]才買得到的毛海套裝和渦紋毛織領帶。最讚的當然是雜誌裡的女孩，而女孩中最正點的就是夏洛特。

夏洛特那時也十九歲。

在那本消失已久的雜誌中的女孩們，都有著完美的塑膠光澤肌膚，每個人看起來都一模一樣，沒有一根毛髮長錯位置（你幾乎可以聞到亮光漆的味道）；她們對著照相機露出健康

---

1 貝特（H. E. Bates, 1905-1974），英國作家。

2 Carnaby Street，倫敦蘇活區街名，在六〇年代是時尚文化發源地。

的微笑；她們透過黑森林般的長睫毛，瞇起眼睛看著你。白色的唇膏，皓白的牙齒，潔白的乳房，比基尼泳裝的晒痕。我從未想過她們拍照的動作相當奇怪，她們會嬌滴滴地調整自己的姿勢，避免陰毛些微的彎曲或是產生陰影，不過我當時也不會知道自己是從什麼角度看的，我的眼睛只會盯著她們皎潔的臀部和乳房，還有她們純真誘人的眼神。

然後我翻頁，就看到了夏洛特。她跟其他人不一樣，夏洛特整個人散發**性魅力**，她把性魅力穿在身上，就像一條半透明的面紗，令人心醉的香水。

圖片旁還有字，我意亂情迷地讀著：「迷人的夏洛特・瑞芙今年十九歲……新生代的個人主義者和落魄詩人，《絕讚》雜誌的撰文者……」這些句子在我注視那些平面照片時，烙印在我心裡。她在卻爾西[3]的一間公寓裡（我猜那是攝影師的公寓）擺姿勢、噘嘴拍照——而我知道我不能沒有她。

她跟我同年，這是命中注定。

夏洛特。

夏洛特十九歲。

此後我定期購買《閣樓》，希望她會再出現在雜誌裡，但是她沒再出現過。時候未到。

六個月後，我媽在我床底下發現個鞋盒，往裡頭看了看，她先是大發雷霆，然後把所有雜誌都丟了，最後把我也趕出家門。隔天我找到了份工作，在伯爵府附近租了個地方住。整體來說，我沒遇到什麼困難。

我的第一份工作，是在艾奇韋路上的一間電器行上班。我唯一會做的就是換插頭，不過當年人人都請得起電器技師來幫他們換插頭。老闆跟我說，我可以一邊工作一邊學習。

我在那裡工作了三個星期。第一份差事相當令人興奮：替一位英國電影明星的床頭燈換插頭，他因為演活了簡潔的倫敦情人而大受影迷歡迎。我到他家時，他正與兩位超級摩登俏女郎一起躺在床上。我把插頭換了就走，一切規規矩矩，連乳頭都沒看到，更不用說受邀加入他們。

三個星期後，我被炒魷魚了，在同一天我也失去了我的處子之身。事情發生在漢普斯特一處時髦的居所，當時那裡只剩女僕一個人，她是位矮小的黑髮女人，比我大幾歲。我跪在地上換插頭，她則爬到我旁邊的椅子上，撢掉門頂的灰塵。我抬頭，看到她在裙子裡穿了長襪及吊襪帶，還有……我的天哪，其它什麼都沒穿。我發現了照片無法展現給你看的東西。

於是，我在漢普斯特的一張餐桌上失去了我的童貞。現在已經看不到女僕了，她們就跟老爺車和恐龍一樣，消失殆盡了。

我是事後才丟了工作。儘管老闆知道我的專業能力不足，他還是無法相信我需要花三個小時換插頭，而我也不打算告訴他，其實有兩個小時的時間我都躲在餐桌底下，因為那間屋子的主人和女主人忽然回家了。我不需要跟他提到這件事，對吧？

在那之後，我接連做了好幾份短期工作：首先是印刷工，然後是排字工人，最後我流落到舊康普頓街一間三明治店樓上的小型廣告經紀公司。

---

3 位於倫敦西南部，為許多藝術家和作家聚集地的住宅區。

我繼續購買《閣樓》。電影《復仇者》中的每個人看起來都像臨時演員，不過他們在現實生活中看起來也是如此。關於伍迪．艾倫和莎芙島的文章；蝙蝠俠和越南；手揮鞭子、隨樂搖擺的脫衣舞孃；時尚，小說和性。

西裝上多了絲絨衣領，女孩們把頭髮抓亂。偶像崇拜正流行，倫敦性氾濫，雜誌封面迷幻。即使飲水裡沒有被下迷幻藥，我們也假裝水裡有。

我在一九六九年又見到夏洛特。我老早以前就放棄她了，我以為自己早已忘記她的長相。然後有一天，經紀公司的老闆放了本《閣樓》在我桌上，裡面有篇我們刊登的香菸廣告，老闆非常滿意。那時我二十三歲，是公司的後起新秀。我負責管理美術部門，其實我也搞不清楚工作時我在幹麼，不過有時候我是知道的。

我不大記得這期雜誌內容有什麼，唯一記得的只有夏洛特。狂野的黃褐色頭髮、挑逗的眼睛，淺淺的笑容好似她知道生命所有的祕密，而且就緊緊摟在她赤裸的胸口。她那時並不叫夏洛特，而是叫梅蘭妮之類的名字。旁邊的文字寫到她十九歲。

當時我跟一位叫瑞秋的舞者一起住在坎登城的公寓裡。瑞秋是我見過最漂亮、最風趣的女人。那天，我用公事包裝著夏洛特的照片提早回家，把自己鎖在浴室裡，打手槍打到目眩神馳。

我和瑞秋不久就分手了。

廣告經紀公司生意興隆，在六〇年代，不管什麼都能生意興隆。在一九七一年，我被指派了一項任務，要為一家服飾品牌尋找「代言的臉」。他們希望那位女孩能夠成為一切性慾的化身；穿著他們的衣服時，就好像隨時會伸出雙手把衣服撕破一樣（如果沒有男人搶先一步的話）。而我知道最佳女孩人選是誰：夏洛特。

我打電話給《閣樓》，他們不知道我在講什麼，不過他們還是心不甘情不願地告訴我，該如何聯絡以前曾替她拍過照的兩位攝影師。我跟《閣樓》雜誌的人說那兩位女孩是同一個人，他們不大相信。

我連絡了那兩位攝影師，試著找出她的經紀公司。

他們說她不存在。

至少不存在於你能夠找到她的地方。她不存在。這兩位攝影師都知道我說的是哪位女孩。不過其中一人告訴我：「她是**怪人**一個。」她會自己去找他們拍照。他們會付給她模特兒的費用，然後把照片賣了。他們沒有她的住址。

我那時二十六歲，是個呆瓜。我立刻看清到底發生了什麼事。他們都在敷衍我，另外一家廣告經紀公司顯然早就跟她簽了約，打算要利用她來大肆宣傳，還付了錢要攝影師閉嘴。我在電話裡大聲咒罵了他們一頓。我說我願意付大把鈔票給他們。

他們叫我滾遠點。

下個月她又出現在《閣樓》。《閣樓》不再是迷幻挑逗的雜誌；《閣樓》變得精緻經典。裡面的女孩已經長了陰毛，眼神裡多了吞噬男人的光芒。在柔焦鏡頭下，男男女女在玉米田裡奔跑嬉鬧，金黃色的玉米襯托著他們粉嫩的肌膚。

雜誌裡的文字說她的名字叫貝琳達，是位古董商。沒錯，她是夏洛特，不過她的頭髮是深色的，一頭美麗捲髮。那篇文字還提到了她的年齡：十九歲。

我打電話給我在《閣樓》雜誌裡的聯絡人，跟他要了攝影師的名字：約翰·費貝基。我打電話給他。他就跟其他人一樣，宣稱完全不認識她，不過這次我已經得到教訓。我沒有在電話中對他大吼大叫，反而給了他一份工作，拍攝一位吃冰淇淋的小男孩，酬勞相當優渥。費貝基蓄長髮，年近四十，穿著破爛的毛外套和前端開口笑的橡膠底帆布鞋，不過他是位優秀的攝影師。攝影結束後，我跟他去喝一杯。我們談到了糟糕的天氣、攝影、十進位貨幣制，還有他前一份工作：夏洛特。

「那麼，你剛說你看過《閣樓》裡的照片？」費貝基問道。

我點點頭。我們都有點醉了。

「我跟你說說那女孩的事，你知道嗎？她就是讓我放棄迷人工作，改做正經活兒的原因。她說她叫貝琳達。」

「你怎麼遇到她的？」

「我等會兒就會提到了，先不要打斷我好嗎？我原本以為是某經紀公司派她來的，對吧？她敲敲我的門，我就想，天啊！於是我請她進門。她說她沒跟任何經紀公司合作，她說她在賣……」他皺起眉頭，表情困惑。「這就怪了，我已經忘記她在賣什麼了，或許她什麼都沒有賣，我不知道，接下來我大概會忘記自己的名字。

「我知道她很特別，我問她願不願意擺姿勢讓我拍照，還告訴她一切正派，我不會跟她搞到床上去，她答應了。喀嚓！閃光！就這樣，我拍了五卷底片。我們一拍完照，她就把衣服穿上，朝門外走去，動作賞心悅目。我跟她說：『那妳的錢怎麼辦？』她說：『寄給我就好。』然後她走下樓梯，走到外頭的馬路上了。」

「那麼你有她的地址囉？」我問道，試著不要在聲音中流露興趣。

「沒有，鬼才有。我最後是把她的錢備好，萬一她回來時可以拿給她。」

我記得我當時懷著惆悵，納悶他的東倫敦腔到底是真的，還只是裝模作樣。

「不過我要說的是，照片沖洗出來後，我就知道我……嗯，就乳房和陰部來說……不對，就拍攝女人胴體這事來說，不管什麼我都拍過了。她就是**一個女人**，你瞧？我**已經**拍過了，不……不……我請你一杯，血腥瑪麗好不好？我想跟你說，我很期待我們以後再合作……」

我們以後不會再合作了。

我的經紀公司被另一家更老、更大的公司買下，那家公司希望吃下我們的客戶。雖然他們把我們公司的名稱縮寫併到他們公司名稱裡，還留下了幾位高階廣告文案寫手，不過我們其他人都得走路。

我回到公寓裡，等待工作機會上門，結果一個都沒有。

有天深夜，我在一家舞廳裡，有位朋友的女朋友的朋友開始跟我聊天。那天演出的歌手我聽都沒聽過，叫什麼大衛．鮑伊的。他穿得像位太空人，樂團其他團員也都穿著銀色牛仔裝，而我當時根本沒在聽音樂。無巧不巧，不久我忽然就開始管理起一支自己的搖滾樂團，叫做「火焰之鑽」。除非你在七〇年代初經常到倫敦的舞廳裡混，不然絕不會聽過這名字，然而這是支相當棒的樂團，瀟灑、充滿感情，共有五個人。其中兩人目前正在世界級的超級樂團裡，一個人在瓦索耳當水電工，還會寄聖誕卡給我。另外兩個人已經死了十五年，沒有人知道他們其實是猛嗑藥的毒蟲。他們死亡的時間相隔一個星期，樂團也因此被迫解散。

那也讓我的情感崩潰。事後我退出了一切，盡可能遠離城市和那種生活方式。我在威爾斯買了一個小農場，在那裡跟綿羊、山羊、甘藍菜一起生活，日子也過得挺快樂。要不是為了她和《閣樓》，我至今都還可能住在那裡。

我不知道那是打哪兒來的。有天早上，當我到外面時，發現院子地上擺了一本雜誌，封面朝下躺在泥濘裡，那是將近一年前的雜誌。她並沒有化妝，在一處看起來像非常高級的公寓裡擺姿勢拍照。那是我第一次見到她的陰毛；其實也可以說，要不是她之前的照片模糊得很有藝術感，而且還有一點點失焦，我早就可以看到她的陰毛了。她看起來好像剛從霧裡走出來。

雜誌上寫說她的名字叫雷絲麗，十九歲。

我再也無法置身事外。我賤價把農場賣了，在一九七六年的最後幾天回到倫敦。

我領取政府救濟金，住在維多利亞的一間國有公寓裡。每天中午起床後就到酒吧去，待到酒吧下午關門，再到圖書館看報紙等酒吧開門，接著就開始一間酒吧跑過一間酒吧，直到酒吧打烊。我靠救濟金過活，用之前的存款來喝酒。

我那時三十歲，但我覺得自己不只三十了。我跟一位不知名的金髮女龐克住在一起，她來自加拿大，是我在希臘街的一間酒吧認識的，她是那裡的女酒保。有天晚上酒吧打烊後，她告訴我她剛失去住的地方，於是我讓她睡在我家沙發上。最後我發現她只有十六歲，而她根本沒睡過沙發上。她的乳房小小的，像石榴一樣，背上有骷髏頭的刺青，髮型就像小一號的科學怪人新娘。她說她已歷盡風霜，什麼都不相信了。她會連續好幾個小時，談論世界正朝無政府狀態的道路前進，還主張我們根本沒有希望，也沒有未來。不過她做起愛來，就好像她才剛發明做愛一樣，我覺得那還滿不錯的。

她光溜溜地爬上床，只戴著有尖刺的黑色皮革狗鍊，眼睛周圍會塗上一大團混亂的黑色濃妝。當我們走在路上，她有時候會吐口水，一大坨的口水就這麼吐在人行道上，我很討厭她這麼做。她會要我帶她到龐克酒吧去，去看她吐口水、罵髒話、跳龐克舞。於是，我真的覺得我老了，不過其實我還滿喜歡某些東西的：像是蜜桃樂團之類。我還看過性手槍樂團的現場演出，他們超墮落。

然後那位女龐克離我而去，還說我是個無趣的老妖怪。她勾搭上一位超級臃腫的阿拉伯小王子。

「我還以為妳什麼都不相信。」在她登上他派來接她的勞斯萊斯時，我對她大喊。

「我相信價值一百元的口交和貂皮床單。」她大聲回我，一隻手玩弄著一撮科學怪人新娘造型的頭髮。「還有黃金電動自慰棒，我也相信。」

於是她走了，投向石油大亨的懷抱，投向新衣櫥的懷抱。我看看我的存款，發現自己已經破產，可以說是身無分文。我還是會偶爾買本《閣樓》，雜誌裡所呈現的肉體數量，讓我這六〇年代的靈魂深深感到震驚和興奮，已經沒有任何想像空間可言，我為此感到受吸引，也為此感到厭惡。

然後，接近一九七七年年尾時，她又出現了。

她的頭髮染了好多顏色，我的夏洛特，她的嘴巴鮮紅欲滴，好似剛吃過覆盆子。她躺在綢緞被單上，臉上戴了鑲滿珠寶的面具，一隻手擺在兩腿間，神情快活，狀似高潮。一切都是我魂牽夢縈的夏洛特。

雜誌上說她叫蒂塔尼亞。她身上裝飾著孔雀羽毛。照片周圍爬滿昆蟲般的黑色文字，那段文字告訴我，她在南部的一家不動產經紀公司工作，喜歡敏感、誠實的男人。她十九歲。該死的是，她看起來十九歲；而我身無分文，就跟其他一百多萬人一樣，靠救濟金過活，沒有前途。

我賣掉了我收集的唱片和我的書，只留下四集《閣樓》，以及大多數家具。我還為自己買了一臺相當棒的相機，然後打電話給我將近十年前在廣告公司上班時認識的所有攝影師。他們大多不記得我了，或者會說他們不記得。而那些記得我的人則根本不想雇用一位已經不再年輕且無經驗的年輕助理。不過我鍥而不捨，最後我聯絡上哈利．布利克，一個銀髮的老男孩，在倫敦北方的蹲尾附近有自己的工作室和一群挺花錢的小男朋友。

我告訴他我的意圖。他根本連想都沒想就說：「兩小時後到這裡來找我。」

「沒有耍花招？」

「兩小時到這裡，不要就拉倒。」

於是我到他那裡。

第一年，我負責打掃工作室，為背景上油漆，到當地的店家和街道上去拜託、購買、借用合適的攝影道具。隔年他讓我協助打燈、設置鏡頭、四處噴灑煙霧丸和乾冰，還有泡茶。我其實有點誇大其辭，我只泡過一次茶，技巧很差，不過學會了超多攝影技巧。

時光流逝，轉眼就到一九八一年，世界煥然一新，充滿浪漫情懷。我已經三十五歲了，日子過得挺充實。布利克要我幫他看管他的工作室幾天，好讓他到摩洛哥好好縱慾一個月。

那個月，她又出現在《閣樓》，比以前還要嬌羞和拘謹。她在音響和威士忌廣告之間等候我，雖然她這回名字叫做棠恩，但她仍是我的夏洛特。她的乳頭像血一樣，滴落在她晒黑的乳房上，兩腿間永遠有烏黑濃密的毛髮。照片是在某處的海灘取景。雜誌上說她只有十九歲。她是夏洛特。她是棠恩。

哈利．布利克在從摩洛哥回來的途中身亡，因為有輛公車倒在他身上。

那真的一點都不有趣。他搭上從加萊回來的汽車渡船。因為他把雪茄留在他的朋馳跑車儀表板凹槽，所以他鑽進汽車置物架裡去拿他的雪茄。

當時的天氣相當惡劣，有輛遊覽車（根據報紙的報導，還有他哭得不成人形的男朋友的詳細說明，遊覽車屬於韋根的一家購物中心）沒用鍊子確實拴好。哈利被壓死在他銀色朋馳車的一側。

他一直都把那輛車保持得一塵不染。

當他的遺書公布時，我發現那個老不休竟把他的工作室留給我。那晚我哭到睡著，有一個星期的時間，我喝酒喝到不醒人事。然後，我的工作室正式開張。

從當時至今，發生了許多事情。我結了婚，這段婚姻維持了三週，然後就此結束。我想我不適合婚姻。有天深夜，我在火車上被一個格拉斯哥人揍了，其他乘客則假裝什麼事都沒有發生。我買了兩隻北美水龜和一個水族箱，把牠們放在工作室樓上的公寓，將牠們取名為羅德尼和凱文。我成為相當厲害的攝影師，我的攝影作品包括了日曆、廣告、時尚和炫麗的作品、小孩子和大明星。

一九八五的一個春日裡，我遇見了夏洛特。

那是個週四早晨，我獨自待在工作室裡，沒刮鬍子，沒穿鞋。那天我不用工作，打算清理住家和看報紙。我沒把門關上，以便讓新鮮空氣流進來，沖淡前晚攝影時所留下的菸味和灑翻的葡萄酒味。這時有個女人的聲音說：「布利克攝影工作室嗎？」

「沒錯。」我說，但是我並沒有轉過頭去。「不過布利克已經死了，現在是我負責經營這裡。」

「我想當你們的模特兒。」她說。

我轉過頭去，她身高大約五呎六吋，蜂蜜色頭髮，橄欖綠眼睛，微笑彷彿沙漠裡的冷泉。

「夏洛特？」

她側頭說道：「隨你喜歡怎麼叫。你想替我拍照嗎？」

我呆呆地點點頭。我放了幾把雨傘，要她站在一道空蕩蕩的磚牆前面，接著拍了幾張測試用的拍立得相片。沒有特別化妝，沒有布景，只有幾盞燈光和哈蘇相機，還有我的世界中最美麗的女孩。

過了一陣子後，她開始脫衣服，我沒有要求她這麼做，我根本沒印象對她說過什麼話。她把衣服脫掉，我繼續替她拍照。

她什麼都知道。她知道怎麼擺姿勢，怎麼打理自己，怎麼調整眼神。她靜靜地挑逗照相機，我則站在照相機後面，在她周圍移動，猛按快門。雖然我不記得曾停下來做其它事，但我一定換過底片，因為到了那天結束時，我總共拍了十二卷底片。

我猜你們一定會認為我拍完照片後，還跟她做了愛。如果我說我拍照時，從未上過任何一位模特兒，那我就是在說謊，而且就做愛這種事情來說，其實是有些模特兒自己倒貼的。不過，我碰都沒碰她一下，她是我的夢，如果你碰了夢，它就會像肥皂泡泡一樣消失。

不管怎樣，我就是無法觸碰她。

「妳幾歲？」我在她離開前問她，當時她正在穿上大衣，拎起她的包包。

「十九歲。」她頭也不回地說，然後走出門外。

我把照片寄給《閣樓》，想不到還可以寄到哪裡。兩天後，他們的美術編輯打電話給我，「我們愛死了那位女孩，她具有最能代表八〇年代的一張臉孔，她的個人資料為何呢？」

「她叫夏洛特，」我跟他說，「十九歲。」

現在我已經三十九歲了，有一天我會變成五十歲，而她仍舊只有十九歲。不過，會有另外一個人替她照相。

我的那位舞者瑞秋，嫁給了一位建築師。

來自加拿大的那位女龐克，則在經營一家跨國時尚連鎖企業。我有時候會替她做攝影工作。她已經把頭髮剪短了，裡面還有團灰色的汙漬，還有，她最近成了女同性戀。她告訴我她還留著那塊貂皮床單，不過黃金自慰棒是胡謅的。

我的前妻嫁給一個相當不錯的傢伙，他擁有兩間錄影帶出租店。他們搬到斯洛福，生了一對雙胞胎兒子。

我不知道那位女僕後來怎麼樣了。

那夏洛特呢？

在希臘這裡，哲學家相互辯論，蘇格拉底喝下毒芹汁，而她，則化身為掌管情詩和愛人的繆思女神——埃拉托的雕像。她十九歲。

到了克里特島，她替自己的乳房上油，在圓形劇場裡主持公牛獻祭儀式，邁諾斯國王則在旁鼓掌；還有人把她畫在葡萄酒瓶上。她十九歲。

到了二〇六五年，她躺在一位全景攝影師的旋轉地板上伸懶腰，這位攝影師把她拍攝為「情慾重現」軟體中的春夢，把她的影像、聲音、體味都錄製在一塊小小的鑽石矩陣裡。她十九歲。

有位穴居人用一根燒焦的木棒，把夏洛特的輪廓描繪在廟堂洞穴的牆上，用土壤和漿果的染料填滿她的形狀和質感。她十九歲。

夏洛特就在那裡，無時無刻，無所不在，進入我們的幻想，永恆少女。

我想要得到她，那股慾望有時候會讓我痛楚。每到那個時候，我就會拿出她的相片，對著她的相片凝視良久，納悶為什麼當她在的時候，我沒有觸碰她，為什麼我沒有跟她說話，而我從未得到我能理解的答案。

我想，那就是我寫下這一切的原因。

今天早上，我又注意到太陽穴上的另一根白髮。而夏洛特依舊十九歲，現身某地。

又是世界末日

我那天過得很不好。全身赤裸地在床上醒來，肚子一陣痙攣，感覺跟落入地獄差不多。光線綿延，帶有金屬的質感，很像偏頭痛的顏色，告訴我當時是下午了。

房間結凍了，一點都不誇張，窗內真的結了一層薄冰。身邊的床單扯破了，還有爪痕，床上還有動物的毛。我覺得渾身發癢。

我思索著是否要繼續在床上待一個星期（改變後我總覺得疲憊），但是頻頻作嘔的感覺迫使我掙脫床鋪的誘惑，連滾帶爬地衝進公寓內的小浴室。

我在浴室門口再度感到一陣痙攣。我扶著門框，開始冒汗。或許我發燒了，希望不要染上什麼病才好。

那陣痙攣刺痛了五臟六腑，我感到頭昏眼花。整個人蜷曲在地上，還來不及抬起頭來對準馬桶，我就開始吐了。

我吐出了一些惡臭撲鼻的黃色稀薄液體，液體中有隻狗腳掌，我猜那是杜賓犬的，但我對狗不怎麼有研究。液體中還有一塊番茄皮、一些切碎的胡蘿蔔和甜玉米、幾團未完全嚼爛的生肉，還有幾根手指。那幾根手指又小又蒼白，顯然是屬於某個小孩。

「該死。」

痙攣稍減，噁心感也消去了。我躺在地板上，嘴巴和鼻孔流淌著惡臭的口水，因嘔吐而流下的淚水在臉頰上乾去。

稍微舒服點後，我把狗腳掌和那幾根手指頭從嘔吐物中撿起，丟進馬桶沖掉。

我打開水龍頭，用印斯茅斯帶有鹹味的水漱口，再吐進水槽。我用毛巾和廁紙把剩下的嘔吐物盡量擦乾淨。然後打開蓮蓬頭，像殭屍一樣站在浴缸裡，讓熱水沖洗我的身體。

我用肥皂塗抹身體和頭髮，貧乏的肥皂泡泡轉為灰色，我的身體一定髒到了極點。頭髮上好像有團乾涸的血塊，糾結著，我用肥皂拚命擦洗，直到那團東西不見。接著我就站在那裡淋浴，直到水變得冰冷。

女房東留了一張字條在我房門下，提醒我欠了她兩個星期的房租，還說所有的答案都在《啟示錄》裡。紙條上說我今天凌晨回家時，發出了很大的噪音，若我以後能安靜點，她會非常感激。紙條還說當古老神祇們從海洋中升起，所有地球上的人渣，所有不信神的人，所有形同垃圾和廢物和遊手好閒的人，都會被清掉，而這個世界會被冰塊和深海海水滌淨。紙條還說，她覺得自己應該提醒我，當我剛搬到這裡時，她曾經在冰箱裡分出一個架子的位置給我，如果我以後能不超出那個位置的話，她會非常感激。

我把那張紙條揉一揉，丟在地板上，旁邊有個大麥克堡紙盒、空披薩盒和一塊早就乾掉的披薩。

該是去上班的時候了。

我已經在印斯茅斯待了兩週，但並不喜歡這裡。印斯茅斯充滿魚腥味，是個會讓人染上幽閉恐懼症的城鎮。東邊是沼澤，西邊是懸崖，位於中間的港口泊了幾艘腐朽的漁船，日落時的風景也不優美。總之，雅痞固然在八〇年代時曾來到印斯茅斯，購買能俯瞰整個港口的美麗漁夫小屋，但現在雅痞已經離開好幾年，海灣邊的小屋也廢棄頹圮了。

小鎮裡裡外外到處都住了印斯茅斯的居民，連環繞在小鎮周圍的拖車屋停車場也停滿了潮濕的活動房屋。這些活動房屋永遠會停在這裡。

我穿上衣服，套上靴子，加了件外套，然後離開我的房間。女房東不見蹤影，她是位身形矮小的凸眼女人，儘管話不多，她還是會在我房門上和任何我可能看到的地方，留下各式各樣的字條給我。她讓房子永遠充滿滾燙的海鮮味：廚房火爐上總有一口燉煮中的大鍋子，裡頭滿是長了太多腳和完全沒腳的東西。

雖然屋裡還有空房，不過沒人承租。心智正常的人不會在冬天來到印斯茅斯。房子外頭的味道也不會比較好聞。不過外頭比較冷，我的呼吸在鹹濕的海水空氣中起霧。街道上的雪既堅硬又骯髒。雲層看起來絕對會降下更多雪。

一陣冷颼颼的鹹風從海灣吹來，海鷗淒厲地嘶吼，我覺得自己很悲慘，我的辦公室也會這樣冷冰冰的。在馬許街和冷原大道的轉角處有間酒吧，叫做「開罐器」，那是間非法占據的建築物，窗戶又小又暗。過去兩週內我經過這裡超過二十次。雖然之前未曾踏進裡頭，但我真的需要喝一杯，再說，裡面可能會比較溫暖。我推門而入。

酒吧裡確實比較暖和。我蹬蹬靴子，把上面的雪甩掉，走了進去。酒吧幾乎空無一人，瀰漫著一股老舊煙灰缸和腐敗啤酒的味道。吧檯邊有兩位老先生在下西洋棋，酒保正在閱讀亞佛列・丁尼生[1]男爵的詩作，那本書破破舊舊的，是鍍了金綠色的皮革版。

「嗨，來杯傑克丹尼爾威士忌，不加冰塊。」

「沒問題，你剛來鎮上？」他一邊跟我說，一邊把書面朝下擺好，把酒倒進玻璃杯裡。

「看得出來嗎？」

他微笑，把傑克丹尼爾威士忌遞給我。那只杯子很髒，一側有個油膩的拇指印，我聳聳肩，還是一口把酒喝掉。我幾乎嘗不到什麼味道。

「是狗毛嗎？」他說。[2]

「可以這麼說。」

酒保髮色狐紅，梳得油油亮亮，他說：「有人相信，在**狼變者**處於狼的狀態時，只要向他們表達謝意，或是叫出他們的名字，他們就會變回人形。」

「真的嗎？喔，謝了。」

我還沒開口要求，他就又為我斟了一小杯。他看起來有點像彼得・洛利[3]，但話說回來，印斯茅斯大多數的人看起來都有一點像彼得・洛利，連我的女房東也不例外。

---

1 亞佛列・丁尼生（Alfred Tennyson, 1809-1892），英國維多利亞時代的傑出詩人。歌頌亞瑟王傳奇的一系列短詩《國王牧歌》（*Idylls of the King*）尤為名作。

2 傳說當一個人被狗咬傷後，可以拿咬傷人的狗毛敷在傷口上，以治療傷口。後來狗毛引申為連夜酗酒而宿醉的人，可以在早上喝同樣的酒以解除宿醉。

3 彼得・洛利（Peter Lorre, 1904-1964），好萊塢知名演員，以飾演邪惡人物聞名。

我喝下那杯傑克丹尼爾威士忌，這一次我感覺到那杯酒一路燒到我的胃裡。喝這種酒原本就該這樣。

「那是他們說的。我可從沒說過我相信這一套。」

「那**你**相信什麼？」

「把人皮腰帶燒掉。」

「什麼？」

「狼變者有條人皮腰帶，是第一次變身時，他們來自地獄的主人給的。把人皮腰帶燒掉。」

這時，其中一位下西洋棋的老先生轉頭過來，他看不見，但是眼睛睜得斗大，還凸了出來。「如果你喝下狼變者狼腳印裡的雨水，到了滿月時，你就會變成一匹狼。」他說，「唯一的解藥，就是獵捕踩出那只腳印的狼，用純銀打造的刀把牠的頭砍掉。」

「純銀嗎？」我微笑道。

他的棋友是個滿臉皺紋的禿子。他搖搖頭，用沙啞哀愁的聲音咳了一下，然後移動他的皇后，接著又咳了一下。

像這樣的人，在印斯茅斯到處都是。

我付了酒錢，在吧檯上放了一塊錢的小費。那位酒保再度拿起書來看，不理會那一塊錢。酒吧外，像巨大濕吻一樣的雪花早已飄下，落在我的頭髮和睫毛上。我討厭雪，討厭新英格蘭，討厭印斯茅斯。這不是個適合獨處的地方，但是如果真有適合獨處的地方，我也還沒找到。儘管如此，生意還是讓我繼續漂泊，度過一個又一個的月圓，我連算都不想算。生意之外，還有其它事情。

馬許街就跟印斯茅斯大部分的地方一樣，建築造型乏味無趣，混合了十八世紀美國歌德式建築、十九世紀末期的矮小赤褐石建築、二十世紀末期的灰磚箱型建築。我沿著馬許街走過兩條街，直到抵達一間門窗都用木板釘起來的炸雞店，我爬上這家店旁的石階，把生鏽的金屬安全鎖打開。

對面街上有家酒類專賣店，二樓則有位看手相的開業做生意。

有人用黑色簽字筆在金屬鎖上胡亂塗鴉：去死吧！好似死亡很容易一樣。

樓梯是由未上漆的木板搭成，牆上斑駁的石灰沾滿汙漬。我那間單房辦公室就位於樓梯頂。

我從未久居一處，所以不需要花心思製作鍍金的玻璃名牌。我的名牌是塊撕來的厚紙板，用圖釘釘在門上，上面的姓名是手寫的正楷字。

羅倫斯·泰伯特

調解人

我打開辦公室的門鎖，走了進去。

環顧我的辦公室，腦子裡出現的淨是簡陋、腐臭、汙穢這種字眼，於是我放棄了，因為不管怎麼形容都差得遠。辦公室相當不起眼，有一張辦公桌、一張辦公椅、一座空的檔案櫃，還有一扇窗戶。那扇窗戶會帶給你相當可怕的景觀，讓你見到那家酒類專賣店和手相師空蕩蕩的工作處。陳年的烹調油煙味從樓下透進來，我想知道那家炸雞店的門窗釘起來多久了。我想像有成千上萬隻蟑螂在樓下那片黑暗裡四處流竄。

「就跟你此刻想到的那片世界一樣。」一個低沉陰鬱的聲音說，那聲音低到連五臟六腑都感覺得到。

辦公室的一角有張老扶手椅，上面殘存的圖樣，顯示出歲月帶來的一種老態龍鍾及油膩感。顏色是灰塵的顏色。

坐在扶手椅上的那位胖男人，眼睛仍舊緊閉，他繼續說道：「我們滿是疑惑，環顧我們的世界，滿心焦慮不安。我們認為自己是神祕宗教儀式的學者，獨自困在我們想像所不及的世界裡。而真相其實簡單多了，在我們底下的黑暗中有種東西，隨時都希望我們受傷。」

他的頭懶懶地靠在扶手椅上，他的舌尖從嘴角伸出來。

「你能讀出我的思緒？」

扶手椅上的男人緩緩做了個深呼吸，喉嚨後方也因此咯咯作響。他的體型真的龐大得不得了，肥大的手指像是褪色的香腸。他穿了件厚重的舊大衣，原本的黑色已經成了模模糊糊的灰。他靴子上的雪尚未完全融化。

「或許吧。世界末日是種奇怪的概念，世界永遠都在步入末日，然而靠著愛、愚昧，或者不過是好狗運，末日永遠都能避開。」

「好吧，現在已經太晚了，古老神祇已經選擇了祂們的船，當月亮升起……」

一條細細的口水從他的嘴角流下，像條銀線般流淌到他領口。有東西從他的領子逃竄到大衣陰影裡。

「嗯？當月亮升起，會發生什麼事？」

扶手椅上的男人激動起來，張開他又紅又凸的小眼睛，宛如大夢初醒般眨了眨。

「我夢到我有許多嘴巴。」他說。他的新聲音細細小小的，對一位體型這麼大的男人來說，實在怪得出奇。「我夢到每張嘴巴都會自己開合。有些嘴巴在說話，有些在呢喃，有些在吃東西，有些靜靜等待。」

他四下看看，抹掉嘴角唾沫，坐回椅子上，困惑地眨著眼睛。「你是誰？」

「我是租了這間辦公室的人。」我告訴他。

他忽然大聲地打了個嗝。「真不好意思。」他用氣音說道，費勁地從那張扶手椅上站起。他站著的時候，比我還矮。他眼神朦朧地上下打量我。「銀彈，」他頓了頓，「那是舊式療法。」

「沒錯，」我告訴他，「那實在太顯而易見了，一定是因為這樣我才沒想到，老天，我真該把自己揍一頓，真的。」

「你這是在嘲笑一位老人。」他告訴我。

「算不上吧，我真抱歉。現在請你出去吧。我還有工作要做。」

他步履蹣跚地走出去。我坐在靠窗辦公桌旁的旋轉椅上，經過幾分鐘的錯誤嘗試後，我發現，如果把椅子向左旋轉，它就會從椅座上掉下來。

於是我就安分地坐著，一邊等候桌上那具滿是塵埃的黑色電話響起，一邊看著光線從冬日天空慢慢流逝。

鈴——

男人的聲音：「我先前有沒有考慮過鋁製牆板呢？」我掛掉電話。

辦公室沒有暖氣，我想知道那位胖男人在那張扶手椅上睡了多久。

二十分鐘後，電話又響起。有個哭泣的女人哀求我幫她尋找她五歲的女兒，她昨晚就失蹤了，是在睡覺時被偷走的，家裡養的狗也不見了。

「我不受理失蹤兒童的案件，」我告訴她，「我很抱歉，我有太多不好的記憶。」我掛掉電話，又開始覺得想吐。

天色已經暗了，對街的霓虹燈亮起。那是我到印斯茅斯以來第一次看到它亮。霓虹燈告訴我「以西結太太」從事「塔羅牌占卜和手相占卜」。

紅色的霓虹燈為飄落的雪花染上鮮血的顏色。

靠著一些小動作，我們避開了世界末日。情況就是這樣，永遠都會這樣。

電話響了第三次，我認得出聲音，又是那位鋁製牆板先生打來的。「不瞞你說，」他像寒暄一樣說道，「就定義而言，從人類變身到動物，再變回人類，是不可能的事，我們需要再找找其它解決方法。顯而易見的一招就是去除人性，還要有某種形式的心理反射。會不會造成腦部損害呢？或許吧。那麼疑似神經質的人格分裂症呢？當然會啊，別笑死人了。有些病例還用靜脈注射硫氫畊啶氫溴化物[4]治療。」

「成功了嗎？」

他笑了出來。「我就是喜歡這樣子，有幽默感的人，我相信我們生意做得來。」

「我已經告訴你了，我不需要鋁製牆板。」

「我們做的生意比那還要有價值，也重要多了。泰伯特先生，你剛來鎮上。要是我們最後成了死對頭，那還真可惜啊。」

「隨你怎麼說，朋友，我只會把你當作另一位等著調解的人。」

「泰伯特先生，我們要結束這個世界。深海巨人會從牠們的海洋墳墓裡爬出來，把月亮吃掉，就像在吃成熟的李子。」

「然後我就不用再擔心滿月了，是吧？」

「你不要惹乜我們。」他開口。不過我向他咆哮，他就靜了下來。

窗戶外，雪仍在下著。

馬許街對面，正對著我窗戶的那扇窗內，有位前所未見的美麗女人站在紅色霓虹招牌的炫麗光芒裡，她凝視著我。

她朝我勾了勾手指。

我把電話掛上，那是我那天下午以來，第二次掛掉鋁製牆板男人的電話。我下樓，用近

4 Thioridazine，一種治療精神分裂和減輕焦慮症狀的鎮靜劑。

乎跑步的方式穿過街道到對面去。不過在我過馬路前，我會先注意兩方來車。

她穿著絲質服飾。那間房只有蠟燭的光源，瀰漫著焚香和廣藿香精油的臭味。

我進去時，她對我微笑，招呼我到她窗戶旁的座位上。她正在用一疊塔羅牌玩紙牌遊戲，像是某種版本的接龍。當我靠近她時，她優雅地單手收起紙牌，以一條絲質圍巾裹住後，輕輕放進一只木盒裡。

房間的味道讓我的頭砰砰直響。我想到今天還沒吃東西，或許那就是我頭暈的原因。燭光照耀下，我在她桌子對面坐下來。

她伸出手握住我的手。

她凝視我的手掌，用她的食指輕輕撫摸。

「毛？」她感到困惑。

「對啊，我幾乎都是獨自一個人過日子。」我咧嘴笑道。雖然我希望那笑容看起來友善，不過她還是用懷疑的眼光看我。

「當我看著你的時候，」以西結太太說，「這是我看到的：我看到人類的眼睛，我看到狼的眼睛。在人類的眼睛裡，我看到誠實、正派、清白，我看到一位行事坦蕩蕩的正直男人；在狼的眼睛裡，我看到不停歇的哀嚎，在夜裡呼嘯吶喊，我看到一隻怪獸，血盆大口，在黑暗中奔跑於城鎮的邊界。」

「妳怎麼看得到哀嚎和吶喊呢？」

她微笑道：「這不難。」她的口音不是美國人，比較像俄國人，像馬爾他人，像埃及人。「透過心靈之眼，我們看得到許多東西。」

以西結太太閉上她綠色的眼睛。她的眼睫毛很長，皮膚白皙，黑色長髮在頭上和絲綢上柔柔飄動，靜不下來，好似在遠方的潮汐上載浮載沉。

「有一種傳統方法，」她告訴我，「可以滌淨汙穢之身。你要站在流水中，站在乾淨的泉水中，同時以用白玫瑰花瓣。」

「然後呢？」

「那黑暗之身就會自你身上滌淨。」

「還會再回來的，」我告訴她，「等到下次滿月時就會回來。」

「這樣的話嘛……」以西結太太說，「一旦你滌淨身軀後，你要在流水中切開自己的血管，這當然會臭氣熏天，不過河流會帶走你的血。」

她身穿絲綢做的衣衫和圍巾，布料上有一百種不同的顏色，每種顏色都又鮮豔又明亮，即使在蠟燭的柔光中還是看得出來。

她張開眼睛。

「現在，」她說，「換塔羅牌了。」她從黑絲巾中取出那疊塔羅牌，並拿給我洗牌。我把紙牌排成扇形，迅速抽洗，排成一排。

「慢一點，慢一點。」她說，「你要讓紙牌認識你，讓紙牌愛上你，就像……就像女人會愛上你一樣。」

我把紙牌緊緊握住，交回給她。

她把第一張牌翻開，那張牌叫做「戰狼」，它有陰暗的氣息、琥珀色的眼睛、白色和紅色的笑容。

她綠色的眼睛流露出困惑，那是綠寶石般的綠色。「這不是我的紙牌。」她一邊說一邊翻開下一張紙牌。「你對我的紙牌做了什麼？」

「什麼都沒做，女士。我只是握住紙牌，就這樣而已。」

她剛翻過來的那張牌是「深居者」，牌面上有種綠色有點像章魚的東西，在我看著紙牌的當下，那隻東西的嘴巴（如果那真的是嘴巴，而不是觸角的話）就開始扭動。

她再翻開另一張牌疊上去，然後再一張、再一張。其它紙牌全都是空白的紙板。

「這是你的傑作嗎？」她聽起來像快哭出來似的。

「不是。」

「你走吧。」她說。

「可是……」

「走。」她低頭向下看，似乎在說服自己我已經不存在了。

我站了起來。在那間聞起來有焚香和蠟燭味的房間裡，我望向窗外，看著對街。我辦公室的窗戶裡閃過一道短暫光線，有兩個拿著手電筒的男人在裡面走動，他們打開空無一物的檔案櫃，四處搜尋，然後找了個地方坐下，等我回去，一個坐在扶手椅上，一個在門後。我笑了，我的辦公室冷冰冰，根本不適合人待在那裡，幸運的話，他們會在那裡枯等好幾個小時，才驚覺我根本不會回去了。

於是我離開以西結太太的房間，留下她在那裡翻紙牌，一張翻過一張，瞪著紙牌看，好像這麼做會讓圖畫重新回到紙牌上一樣。我走下樓，沿著馬許街一直走到那間酒吧。酒吧裡已經沒人了。酒保正在抽菸，當我走進酒吧，他把菸捺熄。

「下西洋棋的朋友在哪裡？」

「今晚對他們來說很重要，他們會到海灣那裡去。我看看……你要喝傑克丹尼爾威士忌，對不對？」

「聽起來不錯。」

他替我倒了一杯。我認出上次用這只杯子時上頭的那枚拇指印。我從吧檯上拿起那本丁尼生男爵的詩集。

「這本書好看嗎？」

狐狸髮色的酒保從我手上接過書，把書打開，念了起來：

「天邊雷聲下，
　沉沉的海洋深淵裡，
　海怪沉睡著，
　無夢，也無人擾[5]……」

我早已喝完我的酒。「所以？你的重點是什麼？」

---

5 出自丁尼生的詩作〈海怪〉（*The Kraken*），寫於一八三〇年，丁尼生二十一歲時。

他繞過吧檯來到我這一側，帶我到窗邊。「看到沒？就在那裡？」

他指了指城鎮西邊接近懸崖的地方。在我凝視的時候，懸崖頂燃起一堆營火，發出熊熊火光，並冒出青銅色的火焰。

「他們要喚醒深海巨人，」酒保說，「星星、行星、月亮都已就定位，時候到了。陸地會沉沒，海水會升起……」

「『因為世界會被冰和洪水滌淨，而我會感謝你把冰箱裡的東西乖乖放在自己所屬的架子上。』」我說。

「你說什麼？」

「沒什麼。到懸崖上最快的方法是什麼？」

「回到馬許街，在大衮教堂那裡左轉，走上馬奴塞特道，然後繼續往前。」他從門後取下一件外套穿上。「快點，我陪你去，我絕不想錯過任何精采好戲。」

「你確定嗎？」

「今晚鎮上不會有人想要喝酒的。」我們走出門，他把身後的酒吧門鎖上。

街上冷颼颼的，落雪在地面上隨風飛動，好似白霧。站在街道上，我已經看不出以西結太太是否依舊在她霓虹招牌上的房間裡，也看不出我的客人是否仍在辦公室等我。

我們低頭迎著風行走。

在風聲中，我聽到酒保自言自語：

「沉睡的綠巨人，揮動手臂飛翔，」他說。

「他已靜躺萬年，
他在沉睡時，會以肥大的海蟲為食，
直到後世之火溫暖了深海。
然後，在人類和天使的目光下，
他將在一陣咆哮中現身[6]……」

他沒有繼續吟誦下去。我們向前走，沒有說話。風吹來的雪片刺痛我們的臉。

然後在水面上死亡，我心想，不過沒有大聲說出來。

走了二十分鐘後，我們離開了印斯茅斯。在我們出了鎮後，馬奴塞特道就終止了，成了一條冰雪微微覆蓋的狹窄泥路。我們在黑暗中往上走，滑倒了再爬起來繼續走。

月亮尚未升起，不過星星已經開始浮現，星星還真多，它們閃閃發光，像是夜空中的鑽石塵和藍寶石碎片。你可以在海邊看到許多星星，比你在城市裡看到的還要多。

在懸崖頂端，營火的後面，有兩個人在那裡等待，一位高高胖胖，另一位瘦小許多。酒保離開我身旁，走到他們那邊去，面對我站在他們旁邊。

「看哪，」他說，「獻祭用的狼。」現在他的聲音裡有種熟悉得出奇的感覺。

我什麼都沒說。那堆火燃燒出綠色焰光，從下方照亮了那三個人：經典的恐怖燈光。

「你知道我為什麼帶你到這裡嗎？」酒保問。我當下發覺了為什麼他的聲音那麼熟悉，

6 同前註。

他就是那位想賣鋁製牆板給我的男人。

「阻止世界末日嗎？」

他對我大笑。

第二個人影是在我辦公室椅子上睡覺的那位胖先生。「嗯，既然你開口閉口都是世界末日……」他喃喃的聲音低沉到足以撼動牆壁。他的眼睛閉著，他正在睡覺。

第三個人影身上裹著深色絲綢，聞起來有廣藿香精油的味道。手裡拿著刀子，一句話也沒說。

「今晚，」酒保說，「月亮是深海巨人之月；今晚，星辰排列成古老黑暗時代的形狀；今晚，若我們呼喚，牠們就會出現。如果牠們認為我們的祭品有價值，如果牠們聽到我們的呼喚。」

月亮在海灣的另一邊升起，琥珀色的月亮，沉甸甸的大月亮。隨著月亮上升，海洋底部也傳來一陣低沉的嘓嘓聲。

儘管照在冰雪上的月光不同於日光，但是也足夠了。我的眼睛隨著月亮，變得愈來愈銳利。在冰冷的海水中，長得像青蛙的人正緩緩地跳著水中之舞，一會兒浮出水面，一會兒沉入水中。長得像青蛙的人，有男有女。我彷彿看到我的女房東也在其中，跟其它人一起在海灣中，一邊扭來扭去，一邊嘓嘓鳴叫。

我仍然因前夜的事而感到疲倦，這時候變身還太早。不過在琥珀色月亮下，我有種怪異的感覺。

「可憐的狼人，」裹著絲綢的人影悄聲說，「他所有的夢都是這個結局：在遠方的懸崖上孤獨地死亡。」

我想作夢的話，我就會作夢，我說，而且我死不死是我自己的事。不過我不確定自己是否大聲說了出來。

在月光下，我的感官變得敏銳。雖然我仍舊聽得到海洋的怒吼，不過這時還聽得到每道浪花升起和碎裂的聲音；還聽得到青蛙人拍動水花的聲音；還聽得到海洋深處那綠色殘骸的嘎嘎聲。

我的嗅覺也變好了。鋁製牆板販子是人類，但那位胖先生身體裡流著另一種血液。

而那個裹著絲綢的形體……

在我還是人類的形體時，我聞得到她的香水味。這時候我聞得到別種味道，在香水味之下，比較不那麼使人頭暈，那是種腐朽味，是腐肉爛軀的味道。

絲綢飄動，她朝我走來，手裡握著刀。

「以西結太太？」

「你該死，」她的聲音冰冷又低沉。「就憑你對我的紙牌所做的好事，那些紙牌跟了我好久。」

「我不會死。」我告訴她，「『即使心地純潔、每晚禱告的人[7]……』妳記得嗎？」

7 詩出一九四一年的恐怖電影《狼人》。

「那都是瞎說，」她說，「你知道終結狼人詛咒的最古老方法是什麼嗎？」

「不知道。」

這時營火燃燒得更旺了，顏色就像海底那片世界的綠色——海藻綠，緩緩漂浮的海藻的綠。燃燒的火焰則是祖母綠。

「你只要等到他們變回人形，也就是還要過一整個月才會變成狼之前，拿把祭刀，把他們殺了，就這麼簡單。」

我轉身就跑，但是酒保在我身後，他拉住我的手臂，把我的手腕扭到腰上。那把刀在月光下顯露出蒼白的銀光，以西結太太對我微笑。

她割破我的喉嚨。

血液開始湧出，然後奔流。接著血流慢了下來，停止了……

我前額砰砰直響，後腦充滿壓力。世界一陣旋轉，變成了……嗚……汪……嗚……變成了一道紅牆，自夜裡向我襲來。

我嘗到融化在鹹水中的星星，嘶嘶作響，遙遠而帶著鹹味。我的手指像針扎般刺痛，我的皮膚被火舌舔過，我的眼睛像黃晶，我嘗得到夜晚的味道。

我的呼吸形成水蒸氣，在冰冷的空氣中翻騰。

我不自覺地咆哮，在喉嚨裡低沉地悶吼。我的前掌正踏在雪地上。

我抬起前掌，繃緊身體，向她撲去。

空氣中瀰漫的腐爛氣息，就像霧一樣包圍我。我跳得高高的，就像停頓在空中，而且有種像肥皂泡泡的東西奔騰而出……

我正在海洋底下最深最深的黑暗裡，用四隻腳站在一塊黏滑的石頭上，那裡像是某種堡壘的入口，潦草切割而成的巨石堡壘。那堆石頭發出一種蒼白的螢光，那是鬼魅般的冷光，就像手錶上的指針。

一坨黑血從我的脖子淌下。

她就站在我面前的入口，這時的她大約六、七英尺高。雖然在她被齧蝕而凹陷的骷髏上黏著肉，但那些絲綢不過是雜草罷了，在這無夢的海底深處，在冰冷的水中漂動。那些雜草就像緩慢的綠色面紗，遮蓋她的臉。

她手臂上端的表面，以及黏在她胸骨上的肉，都長滿了帽貝。

我覺得自己被壓碎，已無法思考。

她朝我探來，環繞在她頭部的野草晃了晃。她的臉孔就像壽司店裡你不會想吃的那種東西：都是吸盤、刺胞、海葵葉；那張臉上的某處正在微笑。

我蹬一下後腿，我們就在深海裡相遇，我們打鬥掙扎，那裡又冷又暗，我的下顎緊緊咬住她的臉，感覺得到有東西被撕裂扯破。

那幾乎就像一個吻，發生在此處，無盡的深淵中……

我輕巧地落在雪上，嘴裡緊緊含著一塊絲圍巾，其它的絲綢正飄落到地上。以西結太太不知道跑哪去了。

那把銀刀躺在地上的雪中。我四腳著地，在月光下等待，全身濕透。我甩動身子，撒了一地鹹水。當鹹水噴到火裡，我聽到它蒸發的嘶嘶聲和營火的滋滋聲。

我感到暈眩而虛弱，深深吸了一口氣到肺裡。

在下方遙遠的海灣中，我看到那些青蛙人像是死屍一般，漂浮在海面上。有好幾秒鐘的時間，他們隨著潮水來回漂動，然後他們轉身跳躍，一個接著一個，撲通撲通跳回海灣裡，消失在海面下。

一陣尖叫傳來，是狐狸髮色酒保兼凸眼鋁製牆板販子。他正凝視著夜空，凝視飄過來的雲朵遮蔽了星星，他正在尖叫。那叫聲中充滿了憤怒，充滿了挫敗，我感到恐懼。

他從地上撿起那把刀，用手指抹去刀柄上的雪，用外套拭去刀刃上的血跡。然後他瞪著我，大聲吼道：「你這混帳東西，你對她做了什麼事？」

雖然我想告訴他我沒有對她做什麼，她仍舊在深深的海底下守護著，但是我已經無法說話了，我只能咆哮、哀鳴、吼叫。

他正在哭泣，散發出精神錯亂和失望的臭味。他舉起那把刀向我撲來，我閃到一旁去。有些人就是無法適應，甚至是微小的改變也適應不了。那位酒保就這樣跌跌撞撞跑過我身邊，衝出懸崖，掉入一片黑暗之中。

在月光下，血不是紅的，而是黑的。當他墜落、撞到旁邊彈起、再墜落的時候，沾到懸崖邊的血漬是黑色和深灰色的。然後，他終於靜靜地躺在懸崖底下的冰冷岩石上，直到海裡伸出一隻手，把他拖進幽暗的水裡。拖動的速度之緩慢，叫人看了都覺得痛苦。

有隻手搔了搔我的後腦杓，感覺真好。

「她是什麼東西？不過是深海巨人的化身罷了，先生。她只是一種幻象，一種影像，從海底最深處被送到我們這裡來，只為了終止這個世界。」

我的毛髮豎起。

「不，已經結束了，暫時結束了。你已經破壞了她的計畫，先生。而這儀式是最明確不過了，我們三個人必須準備一灘無辜者的血和脈搏在身旁，站在一起，呼喊那神聖的名字。」

我抬頭看看那位胖先生，發出嗚嗚的質問聲。他疲倦地拍拍我脖子後方。

「她當然不愛你，孩子。就物質層面而言，她根本不存在這片土地上。」

雪又開始下了，營火即將熄滅。

「你今晚偶然的變身，我敢說，是受到天體排列和月亮的直接影響，那也是為什麼，今晚這麼適合把我那位老朋友從深海底下請出來……」

他繼續用他低沉的聲音說話，或許他正在跟我說什麼重要的事情。我永遠不會知道，因為我的食慾愈來愈強烈，他所說的話已經失去意義。我對海洋、懸崖頂端、那位胖先生失去了興趣。

田野另一頭的森林有鹿在奔跑。在冬夜的空氣中，我聞得到牠們的味道。

最重要的是，我餓了。

當我在隔天清晨再度甦醒過來，我全身赤裸，旁邊雪地裡有隻被吃了一半的鹿。一隻蒼蠅在牠的眼睛上爬行，那隻鹿的舌頭從毫無生氣的嘴裡垂下來，讓牠看起來既詼諧又可悲，就像報紙漫畫裡的動物。

在鹿腹被撕裂的地方，雪沾滿了耀眼的鮮紅色。

我的臉和胸部因為沾了那種東西，變得紅紅黏黏的。我的喉嚨結了痂和疤痕，還有股刺痛感。到了下回滿月時，喉嚨又會完好無傷了。

太陽遙遠，枯黃渺小，但天空碧藍無雲，微風不起。海洋從不遠處傳來怒吼。

我全身赤裸，渾身浴血，既寒冷又孤獨。啊，好吧，我心想，每個人剛出生時都是這副德性，我只不過是每個月都得經歷一次罷了。

我極度疲倦，但是我會撐到找到一間無人的穀倉或洞穴，才會在那裡睡上幾個星期。

有隻黑鷹向我低空飛來，爪子上抓著某種東西。牠在我頭上飛了一個心跳的時間，丟了一隻小小的灰色烏賊到我腳邊的雪地上，旋即往天上飛去。那隻軟軟的東西身上有觸角，牠就躺在那裡，躺在沾了血的雪地上，一動也不動，一聲不吭。

我視之為某種預兆，不過是吉是凶，我卻說不上來，其實我也甚不在意了。我轉身背對海洋，面向陰暗的印斯茅斯鎮，邁步往城裡走去。

灣狼[1]

聽好，泰伯特，我的人被殺了。羅斯說。

他在話筒裡大吼大叫，感覺就像貝殼裡的海浪聲。

查出是誰幹的，查出他們是為了什麼，然後阻止他們。

怎麼阻止？我問。

不擇手段，他說，

而且我希望在你阻止他們後，他們已經「動彈不得」了。你懂我言下之意吧？

我懂，所以我被雇用了。

你們聽好：時間早在二〇二〇年代，

事情發生在洛杉磯的威尼斯海灘。

1 這篇故事取材自古英文文學《貝奧武夫》（*Beowulf*），故事的英文名稱Bay Wolf與Beowulf諧音。

加爾．羅斯在那裡做生意，
販賣刺激藥品、增肌劑、類固醇，
娛樂用毒品則是後來才開始販售。
肌肉猛男全都穿丁字褲，露出大肌肉，
女孩露出曼妙曲線。
旺盛的費洛蒙和荷爾蒙。
他們都愛羅斯，他屌得不得了。
警方收了他的錢，裝作沒看見。
他擁有整個海灘世界：從拉古娜海灘一路向北到馬里布海灘。
他蓋了一座海灘殿堂，
讓肌肉猛男和曲線辣妹閒晃、徘徊、炫耀。

喔，那座城市崇拜肉體。
而他們有的就是肉體。
他們開舞會狂歡，人人都在開舞會狂歡，
抽大麻、注射毒品、嗑藥。
音樂震耳欲聾，連骨頭都感受得到。
就在那時候，某種不知道是什麼的東西悄悄攻擊他們。

敲碎他們腦袋，
把他們碎屍萬段。
在老歌和浪花的轟隆聲中，沒人聽到尖叫聲。
那是死亡金屬樂東山再起的那年。
它可能帶走了大約十二個人，把他們拖到海裡。
他們在清晨時分死亡。
羅斯說他認為是敵對藥品聯盟搞的鬼，
於是加派更多警衛，派直升機在空中盤旋，派人在海上監視，
以便在它回來時對付它。
而它一次又一次回來，
攝影機和錄影帶都沒拍到任何東西。

他們不知道它到底是什麼，
而它依舊撕裂四肢，扯下腦袋，
從鼓起的乳房中扯出鹽水袋，
把因為類固醇而縮小的睪丸留在海灘上，
那堆睪丸就像堆在沙攤上的小小球形生物。
羅斯大受打擊，因為海灘已經變了樣，

就是在這時候，他打電話給我。

我跨過好幾位沉睡中的漂亮男女，
拍拍羅斯的肩膀。
我還來不及眨眼，
就有十幾把大槍瞄準我的胸口和腦袋，
於是我說，嘿，我並不是怪物。
嗯……我壓根不是你們要的怪物。
目前還不是。

我遞給他我的名片。泰伯特，他說。
你就是跟我說過話的那位調解人嗎？
沒錯，我告訴他，下午我想說點狠話。
而你有東西需要解決吧。
那我們就這麼說定了，我說。
我負責替你解除問題，你負責付錢、付錢、付錢。
羅斯說，當然，如我們所說，不管什麼都行，成交。

我呢？我覺得是歐洲以色列黑手黨或中國佬幹的，
你會怕他們嗎？

不，我告訴他，我不怕。

我有點希望自己能夠見識見識那裡過去的光榮歲月。
如今，羅斯的那群漂亮男女躺在地上，看起來都有點消瘦。
走近一看，
他們的肌肉沒有以前那麼壯大，
她們的曲線沒有以前那麼漂亮。

到了黃昏，舞會開始。
我第一次到那裡時就告訴羅斯，我討厭死亡金屬樂。
他說我一走只是看起來年輕而已。
他們的音樂放得超大聲，喇叭讓海濱砰砰作響。
我當下就把衣服脫光，伺機行動。
四隻腳站在沙丘的凹陷處。

日以繼夜地等待，等待，再等待。

你和你的人馬死到哪裡去了？
第三天時羅斯問我。
我到底付錢請你來幹什麼？
昨天晚上海灘上除了一隻大狗之外，什麼都沒有。
我只是微笑了一下。
不管那東西是什麼，到目前為止都沒有出現，我說，
而且我一直都待在這裡。
我跟你說過是以色列黑手黨搞的鬼，他說，
我從來就不相信那些歐洲人。

到了第三天晚上。
月亮顯得特別巨大，顏色就像紅色的化學藥品。
有兩個人在浪花裡玩耍，
一男，一女。
荷爾蒙的作用還是比毒品要強一點。
她咯咯地笑著，

海浪慢慢破碎開來。
若敵人每晚都來，他們無疑是在自殺。
但是敵人不會每晚都來，
所以他們盡情奔跑，翻越浪濤，
歡愉地大叫，濺起浪花。
我有敏銳的耳朵（非常適合用來聽他們的聲音），
銳利的眼睛（非常適合用來觀賞他們）。
他們真他媽年輕快樂，我真他媽唾棄他們。

對於我這種人，那是最難做到的事。
死亡禮物應該要送給他們那種人。
她一開始先是尖叫。
腥紅色的月亮高掛，滿月才剛過一天。
我看著她跌倒在浪花裡，
就像海水有二十英尺深，而非兩英尺；
好似她被吸入海水底下。
而男孩只顧著逃跑，
一道透明的尿液，從他泳褲突起的地方洩了出來，他跌倒，哀嚎，狂奔。

它緩緩從水中走出來，
像一個男人穿著差勁的電影怪物裝。
它的手臂抱著那位古銅色的女孩，
我打了個哈欠（就跟大狗打哈欠一樣），舔舔我的腰部。

那東西把女孩的頭咬掉，把剩下來的部分丟在沙灘上。
我心想：肉和化學物質，他們變成肉和化學物質的速度還真快，
只要一口，他們就變成肉和化學物質……
羅斯的手下這時全軟了腳，眼裡充滿恐懼，
手裡還拿著自動武器。
它把他們抓起來，撕開，丟在月光照耀的沙灘上。

那東西僵硬地在海灘上行走，
白沙黏在它灰綠色的腳上，有蹼又有爪的腳上。
世界之最，媽媽。它吼道。
不知道是哪種母親會生出這種東西，我心想。

我可以聽到羅斯從海灘的高處大喊，

泰伯特，混帳泰伯特，你在哪裡？

我站了起來，伸伸懶腰，赤裸著身體往海灘下方跑過去。

嗯，你好。我說。

嘿，小雜種，他說。

我要把你毛茸茸的腿扯斷，塞進你的喉嚨裡。

那可不是打招呼的方式。我告訴他。

我叫格蘭．道[2]，他說。

你是誰？吠個不停的狗臉小子球球嗎？

我要鞭打你，把你撕裂，把你扯爛。

滾，可惡的畜生。我說。

他瞪著我，眼睛發出亮光，像是兩根吸毒用的管子。

叫我滾？媽的，小子。誰敢叫我滾？

2《貝奧武夫》中的怪物名格蘭戴（Grendel），這裡取其諧音，把故事中的怪物取為格蘭．道（Grand Al）。

我，我反脣相譏，我敢。
我是趕人護衛之一。[3]
他看來一臉茫然，像是心理受創，還有點困惑，
有那麼一下子，我幾乎為他感到難過。

月亮從雲朵後面跑出來，
我開始嚎嘯。

他的皮膚跟魚皮一樣蒼白，
他的牙齒跟鯊魚牙一樣鋒利，
他的手指長了蹼和爪子。
他一邊咆哮，一邊朝我的喉嚨撲過來。

然後他說，你是什麼東西？
他說，喔嗚，不，喔嗚。
他說，嘿，該死，這不公平。
然後他就沒說話了，一句話也沒說，
再也不說話了。

因為我已把他的手臂扯下來，
丟在地上。
在海灘上，他的手指就像抽筋一樣，
拚命抓撓，卻什麼也抓不到。
格蘭・道朝海浪飛奔而去，我則緊追在後。
海浪鹹鹹的，他的血臭死了。
我可以嘗到嘴裡那髒血的味道。

他游泳，我也跟著他游，拚命向下游。
當我感到我的肺快要爆炸，
這片世界快要壓碎我的喉嚨、腦袋、心智、胸口，
這群怪物快要讓我窒息之際，
我們抵達一處外海鑽油平臺的倒塌殘骸，
格蘭・道想要在那裡死去。

3 原文中的滾是avaunt。此處敘事者自稱為「avaunt guard」，也就是負責叫人滾開的守衛，而avaunt guard的讀音跟avant-guard（前衛）相似。

被遺棄在大海中的生鏽鑽油平臺，
那必定是他的出生地。
當我抵達時，他只剩下四分之一的性命。
我任他在那裡死亡：他會成為奇怪的魚飼料，
像是一盤走散的傳染性蛋白質，一盤危險的肉。
不過，我還是往他的下巴踢了一腳，偷了一根利如鯊魚的牙齒，以求好運。
那根牙齒是我踢掉的，
就在那時，她朝我撲過來，張牙舞爪衝向我。

怪物也有母親，這有什麼好奇怪的？
我們許多人都有母親。
時光倒回五十年，每個人都有母親。

她哀慟她的兒子，她哀嚎著跪下。
她問我怎麼可以這麼殘忍。
她蹲下，撫摸他的臉，然後怒吼。
之後，我們對話，試圖達成共識。

我們做的事不用你管。
那就跟你我以前做過的事情差不了多少。
無論我愛她或是殺了她，
她的兒子仍舊跟海灣一樣，死了。

翻滾，從皮毛滾到魚鱗，
她的脖子在我牙齒之間，
我的爪子耙過她的背……
啦啦啦啦啦啦，這是最古老的歌曲。

稍後，我走出海浪。
羅斯在清晨中等待。
我把格蘭・道的頭丟到海灘上，
細緻的白沙一團團黏在濕潤的眼珠子裡。

這應該是你的問題，我告訴他。
對，他已經死了。我說。
接下來呢？他問。

付錢吧。我告訴他。

你認為他是中國佬那邊的人嗎？他問，
還是歐洲以色列黑手黨呢？還是誰？
他只是個鄰居而已，我說，他只是希望你們可以小聲點。
你真的這麼認為？他說。
我就是知道。我一邊告訴他，一邊看著那顆腦袋。
他從哪裡來的？羅斯問。
我把衣服穿上，變身讓我感到疲累。
肉和化學物質。我輕聲說道。

他知道我在說謊，但是狼天生就會說謊。
我坐在海灘上，欣賞這片海灣，
凝視著天空從黎明變成白日，
在心裡幻想自己可能會死亡的那天。

批發價賣給你

昔蘭尼學派由亞里斯提卜所創；在師承蘇格拉底的門徒中，比較少人聽說過的這一支學派，他們主張迴避麻煩是人類所能做到的最大善行。雖然彼得．品特從未聽過亞里斯提卜，但是他已經依循此學派的戒律，度過了他平靜無事的大半生。他是個相當溫和穩健的人，不管做什麼事都會依此戒律，但有一件事除外。（只要有撿便宜的機會，他絕不會錯過；而我們又有誰能完全抗拒這種事呢？）他不走極端，講話得體含蓄，鮮少誇大其辭；不會過度飲酒交際；他並不富有，但也稱不上貧窮；他喜歡人，其他人也喜歡他。有了以上這些印象後，你認為，他有可能出現在倫敦東區墮落地帶的低級酒吧裡嗎？他可能會在酒吧裡把一位幾乎不認識的人「做掉」（這是常見的口語說法）嗎？你不會這麼認為，你甚至覺得他根本連酒吧都不會去。

直到某個星期五下午之前，你的想法都絕對沒錯。愛上女人會對男人造成怪異的影響，即使是像彼得．品特這種生活乏味的人也逃不掉。在他發現關朵琳．索普小姐（二十三歲，住在普利市橡樹臺路九號）竟然跟會計部一位滑頭的年輕男人有一腿（粗俗的說法）**之後**，注意，關朵琳．索普小姐已經接受彼得花了近乎一頓午餐的時間所挑選的訂婚戒指（由真正的紅寶石顆粒、九K的黃金，以及某些可能是鑽石的材質所製成的，售價三十七點五英鎊）——遇到這種情況，不管哪個男人都會變得怪怪的。

彼德發現這項驚人的事實後，度過了一個輾轉難眠的週五夜，眼裡看到的都是關朵琳和亞基・吉本斯（他就是在克雷米基公司會計部工作的唐璜）一起跳舞、游泳的景象。但彼得（在受逼問時）也得承認，對方不可能在他面前上演這種囂張行徑。不過，忌妒的烈火已經在他心裡熾烈燃燒，到了隔天早上，彼得決定一定要除掉這位情敵。

星期六早上的時間，他都在思考要如何聯繫殺手，因為就彼得所知，克雷米基並未雇用任何殺手（就是克雷米基百貨公司雇用了這段三角戀情中的三個成員，而且還意外地供應了那只戒指），他小心翼翼、拐彎抹角地打聽，就害怕會招來別人的注意。

那個星期六下午，他在工商電話簿裡搜尋。

他發現，刺青後面並沒有「刺客」這個分類；殺菌器材前面並沒有「殺手」這個分類；暗房沖洗服務後面並沒有「暗殺者」這個分類；害蟲防治看起來比較有可能，不過，在詳細檢視過害蟲防治的廣告後，他發現那些廣告幾乎只跟「野鼠、家鼠、跳蚤、蟑螂、兔子、鼴鼠，當然還有野鼠」有關（彼得覺得這段引述文字對野鼠相當殘忍），而且根本不是他心裡想要的東西。儘管如此，由於他天性仔細，還是很盡責地檢視那項分類下的所有項目。在第二頁的底端，他發現了用小字寫的廣告，那間公司看起來很有希望。

幫你除掉可惡惱人的哺乳類，那篇廣告這麼寫著，劊子手與野兔公司，殺生當然少不了劊子手。招牌老，品質好。文中並未寫出地址，只有一支電話號碼。

彼得撥了那個號碼，同時也很驚訝自己會這麼做。他的心臟在胸膛裡怦怦跳，但試著表現出一副冷靜的樣子。電話響了一聲、二聲、三聲，就在彼得開始希望沒有人會接電話，希望自己會忘掉這一切之際，話筒裡喀擦一聲，有個輕快的女性聲音說：「這裡是劊子手與野兔公司，殺生當然少不了劊子手。有何需要我效勞的嗎？」

彼得說：「嗯……多大的……我是說，你們……嗯……處理的哺乳類……最大到多大？」他小心翼翼不說出自己的名字。

「喔，那就要看先生您需要處理多大的。」

他鼓起所有勇氣說：「像人那麼大可以嗎？」

她的聲音依舊輕快平靜。「當然可以，先生。您手邊有沒有紙筆呢？好，今晚八點，請你到髒驢酒吧去，就在小寇特尼街E三號。同時您要帶一份捲起來的《金融時報》，也就是粉紅色的那種報紙，先生。然後我們的幹員會在那裡跟您碰面。」接著她把電話掛上。

彼得興高采烈，這一切比他想像中要容易多了，他下樓到報攤買了一份《金融時報》，並且在他那本《倫敦趴趴走》中找到了小寇特尼街，接下來的時間，他看了一整個下午的電視足球轉播，同時還一邊想像著會計部那位滑頭年輕小夥子的葬禮。

彼得花了一點時間才找到那間酒吧。最後他終於注意到酒吧招牌，上頭有隻驢子，而且果真髒得不得了。

髒驢酒吧是一間很小，而且髒到極點的酒吧，裡頭燈光昏暗。酒吧裡四處都是一小群一小群不修邊幅的男人，穿著骯髒的驢子外套[1]，對彼此露出懷疑的眼神。他們吃薯片，喝健力士啤酒。彼得從來就不喜歡那種啤酒。彼得把《金融時報》夾在手臂下，而且盡量讓動作明顯一點，不過卻沒人接近他，於是他點了半罐薑汁啤酒，到角落的桌子旁坐下。因為他想不出自己在等人時可以做些什麼，就把報紙拿起來看，不過報紙裡亂成一團的穀物期貨圖表，還有一家橡膠公司在賣東西或是放空東西（到底是在空什麼，他看不出來），都讓他既困惑又不知所措。於是他放棄看報紙，轉而盯著門看。

等了將近十分鐘後，有位矮小男人匆匆忙忙地闖進來，他俐落地四處張望片刻，便直直朝彼得的桌子走過來並坐下。

他伸出手，「我叫坎柏，波頓・坎柏。劊子手與野兔公司的人，聽說您要委託我們做事。」

他看起來並不像殺手。彼得對他說。

「喔，願主保佑！當然不是。我其實並不是我們公司執行任務的主力成員，先生，我只負責銷售而已。」

彼得點點頭。滿有道理的。「我們能不能……嗯……在這裡談那種事？」

「當然可以，沒人會感興趣的。好了，您想解決掉幾個人呢？」

「只有一個人。他的名字叫亞基柏・吉本斯，在克雷米基百貨的會計部工作。他的住址是……」

坎柏插嘴道：「先生，若您不介意的話，我們晚點再討論那些細節。我們先很快地討論一下價錢。首先，這份契約我們會跟您收五百英鎊……」

彼得點點頭。他付得起這個價錢，況且比他預估的還便宜了些。

「……不過我們永遠都會有優惠價格。」坎柏流暢地做了結論。

彼得的眼睛亮了起來。如我之前所提到的，他超愛撿便宜，經常在大特價或優惠期間買下他不知道要用在哪裡的東西。除了這項缺點外（我們許多人都有這項缺點），他可以說是最中規中矩的年輕人。「什麼優惠價格？」

「只要一個人的價錢，就可以讓您解決掉兩個人，先生。」

嗯，彼得考慮了一下，那樣就等於一個人只要二百五十英鎊，不管你從什麼角度來看，這個價錢都很不錯。只是他有個困難。「恐怕我沒有其他想殺的人。」

坎柏露出失望的神情。「那真是遺憾，先生。有兩個人的話，我們說不定可以把價格壓低到……嗯……大約四百五十英鎊，讓您一次解決掉兩個人。」

「真的？」

「嗯，這可以讓我們的幹員有點事情做，先生。不瞞你說……」他壓低嗓門，「……這行，其實沒有足夠的活兒讓他們做。當年那種好日子已經不復存在了。還有沒有誰是你想解決掉的？」

彼得仔細思考了一下，雖然他很不甘願放棄這個撿便宜的好機會，但是不管他怎麼想，

1 驢子外套（Donkey Jacket），短版鈕釦外套，材質一般為無內襯黑色或深藍色羊毛。原為英國勞工工作外套。

就是想不到其他人。雖然他喜歡人，不過能撿便宜時，就要撿便宜……

「聽著，」彼得說，「我能不能先想一想，明天晚上再到這裡來跟你碰面？」

那位業務員看起來很高興。「當然可以，先生。」他說，「我肯定您絕對想得到其他人。」

那天夜裡，當彼得就快要睡著時，他想到了答案，那是最明顯不過的答案。他立刻從床上坐起來，胡亂打開床頭燈，在信封背面寫下一個名字，以免他忘記。不過說實在的，他認為他絕對不會忘記，因為那實在是明顯到讓人心痛，不過你永遠猜不透這種深夜的思緒。

他在信封背面寫下的名字是：關朵琳·索普。

他把燈關掉，翻過身，很快就睡著了。他做了個相當平和的夢，不帶任何血腥。

星期日晚上，當他來到髒驢酒吧，坎柏已經在那裡等他了。彼得買了飲料，坐在他旁邊。

「我打算接受你們的優惠價格。」他用打招呼的方式跟對方說。

坎柏用力地點頭。「若您不介意我這麼說的話，這真是個聰明的決定，先生。」

彼得·品特溫和地微笑，那態度就像有個人閱讀《金融時報》，做出了明智的商業決策一般。「那樣是四百五十英鎊，對不對？」

「先生，我是說四百五十英鎊嗎？真是不好意思，我得向您致歉，希望您能原諒我，我當時心裡想的是量販價。若只有兩個人，則是四百七十五英鎊。」

彼得和藹年輕的臉上，混雜了失望和貪心的表情。那樣要多花二十五英鎊，不過，坎柏話中的一個詞彙引起他的注意。

「有量販價？」

「當然有，不過我認為先生您應該不會感興趣才對。」

「不，不，我當然感興趣。你說說看。」

「很好，先生。量販價就是四百五十英鎊，讓您解決十個人，這工作的數量相當大。」

彼得懷疑他是不是聽錯了。「十個人？可是那樣的話，一個人就只要四十五英鎊欸。」

「沒錯，先生。就是這種大量訂單，這筆交易才這麼有賺頭。」

「我懂了。」彼得說。「嗯……」彼得說，「你能不能明天晚上同時間再到這裡來？」

「當然可以，先生。」

彼得一到家，馬上拿出一張紙片和一枝筆。他在一側寫下數字一到十，然後開始照依照下列方式把名字填上去：

1、亞基

2、小關

3……

諸如此類。

在他填完了前兩個後，便坐在那裡咬著他的筆，不斷思考他曾經受過什麼委屈，還有世界上少了哪些人會變得更好。

他抽了一根菸，在房間裡來回踱步。

有了！以前就讀的學校裡有位物理老師，他最快樂的事，就是把彼得的日子搞得愁雲慘霧。那個人叫什麼名字呢？而且想要殺他的話，也不知道他是否還活著？雖然彼得並不確定，不過他還是在數字三的旁邊寫下「亞伯特街中學的物理老師」。下一個人就比較簡單了，他的部門主管杭特森先生幾個月前拒絕為他加薪，後來終於加了一點，但那點錢根本不痛不癢，所以他是第四位。

在他五歲時，有個叫做賽門・艾立斯的男生曾經在他頭上倒油漆，另一位叫做詹姆斯什麼的男孩把他壓倒在地上，還有一位叫做雪倫・海茲沙的女孩則在旁邊笑。他們分別占了第五到第七的缺。

還有誰呢？

電視上有個報新聞的，他笑起來的模樣真討人厭。他繼續填寫那份名單。還有住在隔壁公寓的女人，她的狗總是吠個不停，還會在大廳拉屎。他把她和那隻狗填到第九位。第十位是最困難的。他搔搔腦袋，到廚房去喝杯咖啡，然後衝回來，在第十位旁寫下「我的叔公默文」。那位老先生據說相當富有，他有可能會留給彼得一些錢（雖然可能性不大）。

他很滿意自己完成了當晚的工作，之後便上床睡覺了。

星期一在克雷米基的工作都是例行公事。彼得是書籍部門的資深銷售助理，這份工作其實並沒有什麼重要的事情做。他在口袋深處緊緊握住那份名單，對於那份名單帶來的力量感到高興。他跟關朵琳（她並不知道他見到她和亞基一起進入倉庫）在員工餐廳度過了最愉快的午餐時間，甚至當他在走廊上跟會計部的那位滑頭年輕人擦身而過時，還會對他微笑。

當晚，他很得意地向坎柏展示那份名單。

矮小業務員的臉一沉。

「這裡恐怕並不是十個人，品特先生。」他說明道，「你把隔壁公寓的女人和她的狗算成一個人了。這樣要算十一個人才對，多了一個。」他迅速拿出口袋裡的計算機。「多一個人要七十英鎊。不然，我們就別管那隻狗了？」

彼得搖搖頭。「那隻狗就跟那個女人一樣壞，甚至更糟。」

「這樣恐怕會有些問題，除非……」

「除非怎樣？」

「除非你想好好利用我們的批發價，不過先生您當然不會……」

有些字眼會對人產生影響，讓人的臉上閃露出歡愉、興奮、熱情的表情。「環保」屬於這種字眼，「神祕儀式」也是。而彼得的字眼就是「批發」。他向後靠在椅背上。「跟我說說看。」他的語氣帶著購物專家那種經驗老道的熟練自信心。

「這樣子啊，先生，」坎柏說，同時發出一陣咯咯的笑聲。「嗯，我們可以以批發價賣給你。超過五十人的話，一個人十七英鎊五十分；超過兩百人的話，一個人十英鎊。」

「我想，如果我想要除掉一千個人的話，你會把單價降到五英鎊，對吧？」

「喔，不是那樣的，先生。」坎柏看起來有些訝異。「如果數字有那麼大，我們一個人只收一英鎊。」

「一**英鎊**嗎？」

「沒錯，先生。這種行業並沒有很大的獲利率，不過只要營業額高和生產力高，生意就做得起來。」

坎柏站起來。「先生，明天同一時間見嗎？」

彼得點點頭。

一千英鎊，一千個人。彼得．品特根本**不認識**一千個人。儘管如此……還有國會議員，他不喜歡政客。他們不斷爭吵，辯論不休。

要湊到那個人數的話……

有個想法，大膽得令人震驚、魯莽而無所畏懼。不過，儘管如此，那個想法總是在那裡揮之不去。他有位遠房表姊好像嫁給一位伯爵還是男爵的弟弟……

他那天下午下班回家途中，進了一家他路過一千次都沒進去過的店。那間店的窗戶上有個大招牌：保證為您查到族譜。若您忘記了自己的盾型紋章，我們甚至可以為您畫出來。旁邊還有一張大大的宗譜圖。

他們相當有幫助，當天晚上七點過後就打電話給他，告訴他消息。

如果讓大約一千四百七十二萬八百一十一人死掉，彼得．品特就會是**英國國王**了。

他並沒有一千四百七十二萬八百一十一英鎊，不過他覺得，只要他提出這種數字的要求，坎柏先生一定又會有特價優惠。

坎柏先生真的有優惠。

他連眉毛都沒動一下。

「其實，」他解釋道，「解決方法其實很便宜。我告訴您，我們並不需要一個人一個人解決，只要用小規模的核子武器、謹慎的炸彈攻擊、毒氣、瘟疫，或在游泳池裡丟進一臺收音機等等，就可以一次解決掉一群人。我們就開價四千英鎊好了。」

「四千……那實在是**太划算了！**」

那位業務員看來對自己很滿意。「我們的幹員會很高興接下這件差事，先生。」他輕輕笑道，「我們很高興能為我們的批發顧客服務。」

彼得離開酒吧時，風冷颼颼地吹來，老舊的招牌左右晃動。彼得心想，那看起來並不大像是骯髒的驢子，倒比較像一匹蒼白的馬。

那天晚上就寢前，彼得在心裡演練他的加冕典禮演說，當他就快睡著時，心裡忽然冒出一個想法。這個想法懸在心裡，怎麼也消散不去。他會不會……他有沒有**可能**錯過比既有價格還要更多的優惠？他有沒有可能錯過了撿更多便宜的機會？

彼得爬下床，走到電話邊。儘管那時候將近凌晨三點，但是他……

他上星期日放在那裡的電話簿，仍舊翻開攤在那裡。於是他撥了那支電話號碼。

電話似乎會無止盡地響下去。這時，話筒裡傳來喀擦一聲，有個不耐煩的聲音說：「這裡是劊子手與野兔公司，殺戮當然少不了劊子手。有何需要效勞之處？」

「希望我這時候打電話不會太晚……」他開始說話。

「當然不會，先生。」

「我想知道我是否可以跟坎柏先生說話。」

「您能不能稍等一下？我看看他現在有沒有空。」

彼得等了好幾分鐘，一邊聽著鬼魅般的細碎爆裂聲和悄悄說話聲。無人說話時的電話線都會傳來那種回音。

「您還在嗎？打電話的人。」

「是的，我還在。」

「我幫您把電話轉過去。」在一陣嗡嗡聲後，響起「我是坎柏。」

「啊，坎柏先生，你好。不好意思打擾你睡覺。我是……嗯……彼得．品特。」

「有什麼事嗎，彼得．品特？」

「嗯，真抱歉，這麼晚了還打電話給你，我只是想知道……殺光所有人要花多少錢？把世界上所有人都殺光的話？」

「所有人嗎？每一個人嗎？」

「是的，這樣要多少錢？我是說，若是有人下這種訂單，你們一定會有某種大折扣。把所有人殺光要多少錢呢？」

「完全不用錢，平特先生。」

「你是說你們不會做這種事？」

「我是說我們會免費服務，品特先生。只需要有人提出要求就行了，不瞞您說。一定要有人提出要求才行。」

彼得感到困惑。「不過……你們什麼時候會開始呢？」

「開始嗎？馬上就開始，現在就開始。我們已經準備好久了，不過總是要有人提出要求才行，品特先生。晚安。跟您做生意，實在是相當愉快的一件事。」

電話掛掉了。

彼得覺得怪怪的，一切看起來感覺都好遙遠。他需要坐下來。那個男人到底是什麼意思？「總是要有人提出要求才行。」的確很奇怪。世界上沒有人願意免費幫人服務。他很想再打電話給坎柏先生、取消這一切。或許他反應過度，或許關朵琳和亞基一起進入倉庫，其實有完全清白的理由可以解釋。去跟她談談，那就是他要做的事，他明天早上的第一件事，就是跟關朵琳談……

就在這時候，響起了一陣喧鬧聲。

對面街上傳來一陣怪異的叫聲。是貓打架嗎？大概是狐狸吧。他希望有人會朝牠們丟隻鞋子。然後，他聽到公寓外的走廊傳來一陣低沉的隆隆聲，就像有人在地板上拖著相當沉重的東西。那聲音停了下來，有人輕敲他的門，還敲了兩次。

在他窗外的叫喊聲變得愈來愈大，彼得坐在自己的椅子上，明白他已經不知怎地在某處失去了某樣東西，某樣重要的東西。敲門聲加劇，他很慶幸自己晚上永遠會把門鎖起來，還會掛上鎖鍊。

他們已經準備好久了，不過總是要有人提出要求才行……

當那東西穿門而入時，彼得開始尖叫，但是尖叫聲沒有持續多久。

活在摩考克世界的男孩

蒼白的白子王子高高舉起他的黑色巨劍，「這是風暴使者，會把你的靈魂吸出來。」

公主嘆息道：「好吧！如果那樣你才能獲得與龍戰士戰鬥的能量，那你一定要殺了我，用我的靈魂餵養你那把巨劍吧！」

「我不想這麼做。」他對她說。

「沒關係的，」公主說。她一說完便撕破她輕薄的禮服，展露出她的胸部。「這是我的心臟，」她用手指著，「你一定要朝這裡刺下去。」

他從未繼續下去。就在那天，有人跟他說他可以升到下個年級，之後繼續下去也沒什麼意義。他早就學會不再嘗試，也不要在升級後把故事繼續下去。現在他已經十二歲了。

不過，這還真可惜。

作文題目是〈與我最喜歡的文學作品人物有約〉，他選擇了艾爾瑞克。他曾經考慮過寇倫、傑瑞．孔利斯，甚至是蠻王科南，不過梅尼波內的艾爾瑞克還是贏得最終勝利，每次都不例外。

理察第一次讀到〈風暴使者〉是在三年前，那時他九歲。他存了一筆錢買下《唱歌的堡壘》（讀完後覺得上當了，因為書中只有一則艾爾瑞克的故事）；後來，他去年夏天跟父親到蘇格蘭度假時，在一座旋轉書架上發現《沉睡的女魔法師》，於是他跟父親借錢買了這本書。在《沉睡的女魔法師》中，艾爾瑞克認識了艾爾寇瑟和寇倫，他們是另外兩位永恆戰士。三人齊聚一堂。

他看完書後領悟到，這表示寇倫、艾爾寇瑟，甚至連多利安・霍克木的書，其實也都是艾爾瑞克的書。於是他開始買那些書，他也很喜歡那幾本書。

不過那幾本都比不上艾爾瑞克的書，艾爾瑞克才是最棒的。

有時候他會坐在那裡畫艾爾瑞克，試著畫出艾爾瑞克正確的模樣。書本封面上的艾爾瑞克圖像，沒有一個長得像活在他腦子裡的艾爾瑞克。他用自來水筆在他騙來的學校空白練習本上畫艾爾瑞克。並在封面上寫下自己的名字：理察・格雷。不准偷走。

有時候他覺得他應該要回頭完成他自己的艾爾瑞克故事，或許他還可以把故事賣給雜誌。不過，要是摩考克發現怎麼辦？要是他因此惹上麻煩怎麼辦？

教室很大，擺滿木頭桌子。每張桌子都被使用者亂刻亂畫、沾上墨水，而那都是桌子必經的重要過程。牆上有塊黑板，上面用粉筆畫了圖案：一個畫得相當準確的男性陰莖圖，正對著一個Y型的圖案。那個Y代表女性生殖器官。

樓下的門發出「砰」的一聲，有人跑上樓。「格雷，你這蠢蛋，你在這裡幹什麼？我們要下到操場去，你今天要去踢足球。」

「我們？我要踢足球？」

「早上集會時宣布的，名單已經公布在比賽通知欄上了。」傑畢西・麥布萊德一頭黃棕色頭髮，戴著眼鏡，他的組織性只比理察・格雷好一點點。總共有兩位姓麥布萊德的人，這也是為什麼要寫出他的全名。

「喔。」

格雷拿起一本書（那是《地心漫遊記》[1]），跟在他後頭走去。雲是深灰色的，表示晚點一定會下雨或下雪。

別人一直都在宣布他不會注意到的事。他會在到了教室後，才發現教室空無一人；他會錯過學校舉辦的比賽；會在其他人早已回家的日子裡跑到學校。有時候他會覺得他住在跟別人不同的世界。

於是他去踢足球。《地心漫遊記》就塞在他那件刺刺的藍色足球短褲後面。

他非常討厭淋浴和泡澡，不懂為什麼兩種都得做，不過情況就是那樣。

他冷得要死，而且在球賽裡一無是處。他開始對自己產生一種反常的驕傲，得意自己在求學生涯裡，從未踢進一球，從未打擊上壘，從未讓誰出局，從未做過任何事。每次在選隊友時，他總是最後一個被挑走。

來自梅尼波內的蒼白王子艾爾瑞克，從不需要冬天時站在足球場上，乞求比賽快點結束。

---

1 美國作家愛德加・萊斯・巴勒斯（Edgar Rice Burroughs, 1875-1950）創造出家喻戶曉的人物「泰山」，此系列共有二十六本書，《地心漫遊記》（*Tarzan at the Earth's Core*）即為其一。

淋浴間傳來霧氣，他的大腿內側有些紅腫擦傷。男孩們全身赤裸，不停發抖，站成一排等著淋浴，然後再去泡澡。

莫其森先生年紀一大把，幾乎全禿，眼神野蠻，臉就像皮革一樣，滿是皺紋。他站在更衣室裡指揮男孩淋浴，然後叫他們淋完浴後去泡澡。「你，就是你，小呆瓜，傑米森，去淋浴。去淋浴，傑米森。亞特金森，你這小寶寶，快去站在蓮蓬頭下。史密金，去泡澡。葛林，你去他的位置淋浴……」

淋浴的水太燙了，浴缸的水又冰冷混濁。

莫其森先生不在旁邊時，男孩們會相互彈毛巾，嘲笑彼此的陰莖，嘲笑誰的陰毛已經長出來了，而誰又還沒長。

「別蠢了，」理察附近有個人不悅地說道，「要是莫其森回來，他會把你殺了。」有人發出不安的笑聲。

理察轉身一看，有位年紀較大的男孩陰莖勃起，而且他還站在蓮蓬頭下緩慢上下搓揉他的陰莖，一邊得意地向大家展示。

理察馬上把頭撇開。

偽造文書相當容易。

舉例來說，理察模仿莫其森簽名就幾可亂真；他還能維妙維肖地模仿舍監的筆跡和簽名。他的舍監叫做崔利斯，人高高的，禿頭，很無趣。他們互看不順眼已經好幾年了。

理察利用模仿來的簽名，到文具辦公室換得空白練習本，只要有老師簽過名的字條，就可以在那裡取得紙張、鉛筆、鋼筆、尺。

理察在練習本裡寫故事、寫詩、畫圖。

泡完澡後，理察用浴巾把身體包起來，很快地穿上衣服。他還要回去看書，他要回到那片失落的世界。

他慢慢走出那棟房子，領帶有點歪，衣服的後襟擺動著。他邊走邊看格雷史托爵士[2]的故事，心裡想著在這世界裡面是否還有另一個世界，在那裡恐龍會飛翔，天永遠不會黑。

雖然日光開始消逝，不過還是有好幾個男孩待在學校外頭，有些在打網球，有些在長凳旁玩七葉樹的果實。理察靠在紅磚牆上看書，把外頭的世界隔絕起來，更衣室的恥辱早已忘得一乾二淨。

「你真丟臉，格雷。」

我？

「看看你，整個領帶都歪了，你讓學校丟臉，你天生就這樣。」

那男孩名叫林德費，比他大兩個年級，不過已經跟大人一樣高了。「看看你的領帶，我是說，你**看看**。」林德費拉住理察的綠色領帶，緊緊地把領帶扭成一個小結。「真可悲。」

---

2 即泰山，他擁有英國貴族血統，後因意外而流落森林。

然後林德費和他的朋友便漫步走開。

梅尼波內的艾爾瑞克就站在學校建築的紅牆邊，注視著他。理察拉扯領帶上的結，想要把它鬆開。領帶陷進他的脖子裡。

他的手在脖子上摸索著。

雖然他無法呼吸，但是他並不在乎自己能不能呼吸；他擔心的是自己能不能站得住。他發現腳底下的磚道慢慢升起，把他包圍起來，還變得軟軟的，於是他鬆了一口氣。

他們一起站在夜空下，天上掛了一千顆大星星。身旁的那處廢墟，以前可能是座古老廟宇。

艾爾瑞克紅寶石般的眼睛向下凝視著他。理察覺得那雙眼睛就像他以前養的那隻特別邪惡的白兔的眼睛。那隻兔子後來咬斷籠子的鐵絲，逃到薩塞克斯的鄉間去驚嚇無辜的狐狸。艾爾瑞克的皮膚白皙，他的盔甲漆黑，既華麗又典雅，上面還畫了複雜精細的圖案。他柔細的白髮在肩上飄動，就像被微風吹拂一樣，但是當時完全沒有風。

*聽說你想當英雄的同伴？*他問道。他的聲音比理察想像中還要溫柔。

理察點點頭。

艾爾瑞克伸出一根修長的手指放在理察的下巴，抬起他的臉。*血紅的眼睛*，理察心想，*血紅的眼睛*。

你不適合當同伴，孩子。他用梅尼波內的雅語說。

理察知道，他一直都知道他能聽得懂雅語，即使他的拉丁文和法文總是差得不得了。

那麼……那我適合當什麼呢？理察問道。請你告訴我，拜託。

艾爾瑞克沒有回答。他離開理察，走進廟宇廢墟。

理察跟著他跑進去。

在廟宇裡，理察發現有件生命正等著他穿上，要他去過那件生命的生活。在那件生命裡，還有另外一件。每當他試穿一件，他便陷入其中，而且不斷被帶離原本的世界，愈來愈遠，愈來愈遠，遠離一片又一片的世界，一段又一段的生命；夢想的河流；星星的田野；腳爪抓著一隻麻雀的老鷹在草地上空低飛；還有既微小又繁複的人群，等著他把生命填入他們的腦袋裡；數千年的光陰過去了；他正在從事極為重要、極為時髦的奇怪工作；有人愛他，有人敬仰他；然後有一陣拉扯，一陣劇烈的拉扯；那就像……

……那就像從游泳池最深的底部浮上來。星星出現在他頭頂，接著殞落，然後消失在一片藍與綠當中。他感到深沉的失落，因為他又變成理察．格雷，回到他原來的模樣，心中充滿陌生的情緒。那情緒如此獨特，他後來發現上面並沒有他的名字時大感驚訝。那是種厭惡和後悔的情緒。後悔自己必須回到這世界，這片他老早就厭倦、放棄、遺忘、死去的世界。

理察躺在地上，林德費正拽著他領帶上的小結，旁邊還圍著其他男孩，他們注視著他，看起來擔憂、急切、恐懼。

林德費把領帶鬆開。理察奮力地吸氣，大口大口地吸，把空氣用力吸到他肺裡。

「我們還以為你是裝的，你整個人都倒在地上了。」有人說。

「閉嘴。」林德費說，「你還好嗎？我很抱歉，我真的很抱歉，我的天啊，我真很抱歉。」

有那麼一下子，理察以為林德費之所以向他道歉，是因為他把他從廟宇之外的那片世界帶回來。

林德費嚇壞了，滿臉掛念，擔憂到了極點，他顯然從沒有險些殺死人的經驗。當林德費陪著理察一起爬上石階，來到護士長的辦公室時，他解釋說他當時剛從學校的糖果店回來，發現理察躺在走道上，毫無意識，一旁圍著好奇的男孩，覺得大事不妙。理察在護士長的辦公室休息了一下。有人給他一個裝了水的塑膠杯，裡面加了從大罐子裡舀出來的苦味阿斯匹靈溶液。然後他便被帶到舍監的書房去。

「老天，格雷，你真邋遢！」舍監一邊說，一邊抽著惹人厭的菸斗。「我一點也不怪年幼的林德費，畢竟他救了你的命。我不想再聽到任何怨言。」

「我很抱歉。」格雷說。

「就這樣了。」舍監在一片加了味的煙霧裡說。

「你選好宗教了嗎？」學校牧師亞立昆先生問。

理察搖搖頭。「我有好幾個選擇。」他坦承。

學校牧師同時也是理察的生物老師。他最近帶了理察生物課的同學（十五位十三歲的男孩，以及只有十二歲的理察）穿越馬路到他位於學校對面的小屋裡。亞立昆先生先前曾在花園裡用一把銳利的小刀把一隻兔子宰了、剝皮、肢解。然後他用一具腳踏幫浦替兔子的膀胱充氣，直到它像汽球一樣破掉，濺了男孩們一身血。理察吐了，他是唯一吐的人。

「嗯……」牧師說。

牧師的書房擺滿書。只有少數幾個學校老師的書房能這麼舒服。

「那麼自慰呢？你會不會自慰過度？」亞立昆先生的眼睛露出光芒。

「過度是什麼意思？」

「喔，也就是說一天超過三、四次吧。」

「不會，」理察說，「不會過度。」

他比班上其他人小一歲，有時候別人都會忘了這一點。

每週末他會到倫敦北部，跟他的堂兄弟們一起住，去上猶太成年儀式的課。那堂課由一位瘦瘦的苦行領唱者所教授，他比「佛蘭」還要「佛蘭」，是一位猶太祕術家，守護著隱藏的奧祕。只要有人能提出適當的問題，他就會岔題談到隱藏的奧祕。而理察是個擅長提出適當問題的專家。

所謂「佛蘭」就是指強硬、正統的猶太人。吃肉時不配牛奶，分用兩組碗盤和餐具，而且要分別用兩臺洗碗機來洗。

> 不可用山羊羔母的奶煮山羊羔。[3]

3 出自《舊約聖經．申命記》十四：二十五。

理察那些住在倫敦北部的堂兄弟都是「佛蘭」，不過他們放學後倒是會偷偷買起士漢堡吃，還互相吹噓。

理察懷疑自己的身體早已被汙染，沒救了。不過他絕對不吃兔子，他曾吃過兔子好幾年，在他發現自己吃的是什麼東西後，他開始討厭吃兔子。每週四，學校午餐都會有一道他認為相當難吃的燉雞肉；在某個星期四，他發現自己的那碗燉肉上浮著一隻兔掌，他立刻知道那是什麼肉。此後的每週四，他都吃麵包和奶油充飢。

搭乘地下鐵到倫敦北部時，他會掃視其他乘客的臉孔，想知道麥克・摩考克是否就在他們之中。

如果他見到麥克・摩考克，會問他要如何回到那座廟宇廢墟。

如果他見到麥克・摩考克，他會不好意思，不知道要說什麼。

有幾個晚上，他的父母外出時，他曾試著打電話給麥克・摩考克。

他會打電話到查號臺，詢問麥克・摩考克的電話號碼。

「親愛的，我們無法給你他的號碼，電話簿裡沒有。」

他會好言好語地誘騙查號臺說出號碼，不過每次都失敗，但這也讓他鬆了一口氣，如果他成功要到電話，他也不知道要跟摩考克說什麼。

他會在摩考克的小說裡勾出他讀過的書，就在書前列出「作者其它作品」的那頁。

那一年，似乎每週都有摩考克的新書上市。在他去上猶太成年儀式課的途中，他會順便在維多利亞車站買摩考克的新書。

有幾本書他就是找不到：《魂盜》、《廢墟的早餐》。最後，他帶著忐忑不安的心情，向印在書後的那個住址訂購了那兩本書。他還請父親開張支票給他。

書寄到時，裡面附了一張二十五便士的帳單。這兩本書的價格比原先的標價要貴；儘管如此，現在他擁有《魂盜》和《廢墟的早餐》了。

《廢墟的早餐》封底上有摩考克的生平簡介，上面說摩考克在前年已死於肺癌。理察為此難過了好幾個星期，因為這表示以後再也不會有摩考克的書了，永遠都不會有了。

該死的生平簡介。刊出後不久，我正在參加鷹風樂團的搖滾演唱會[4]，我的腦袋不知道被音樂震到哪裡去了，而那些人不斷過來跟我說話，我還以為我已經死了。他們一直說：「你死了，你死了。」後來我才知道，他們其實在說：「我們以為你已經死了。」

——一九七六年，麥克．摩考克於諾丁丘的一段談話

4 鷹風樂團（Hawkwind）是一支英國搖滾樂團，歌詞充滿都市和科幻題材。作家麥克．摩考克有時候會和他們合作。

故事裡有永恆戰士，還有戰士的同伴。孟格倫是艾爾瑞克的同伴，他笑口常開，完美襯托出多愁善感、抑鬱寡歡的蒼白王子。

世界上有多重宇宙存在，那是閃閃發光的神奇世界。還有相抗衡的兩股力量：混亂眾神和律法眾神。有比較古老的種族，他們身子高，皮膚白，長得像精靈；還有年輕的王國，王國裡的人跟他一樣，都是愚蠢、無趣的正常人。

有時候他希望艾爾瑞克不需要那把黑劍就可以讓世界和平，但是情況並不允許，兩者都要存在才行：白王子和黑劍。

那把劍一出鞘就渴望鮮血，必須刺進顫抖的肉體裡，然後它會吸乾受害者的靈魂，把他們的精力餵養到艾爾瑞克虛弱的身形裡。

理察對性愈來愈著迷。他做過一個夢，在夢中他跟一位女孩發生性關係。快醒來之前，他夢到應該是高潮的感覺：那是種激烈、神奇的愛的感受，縈繞於心。在他夢中，高潮就是這種感覺。

那是種心靈上的極樂，既深沉又超我。

他沒有任何一次經歷能比得上那場夢。

沒有任何一次經歷能望其項背。

理察認為，《瞧瞧那人》中的卡爾．葛洛郭爾，並不是《廢墟的早餐》中的卡爾．葛洛郭爾。儘管如此，他在學校小教堂裡的合唱團座位上看《廢墟的早餐》時，還是有一種奇特、褻瀆的得意感。只要他保持低調，似乎沒人會在意。

他是那位看書的男孩。總是如此，永遠如此。

他的腦袋塞滿各種宗教：週末他要學習猶太教的精緻圖樣和語言；星期一到星期五的早上，他要在木頭香和彩色玻璃格窗中，學習莊嚴的英國國教；晚上則屬於他自己的宗教。那個宗教是他自己創立的，有一座色彩繽紛的怪異萬神廟。廟裡供奉著混亂眾神（埃里歐赫、修沐芭格等等），出自DC漫畫公司的鬼魅陌生人，齊拉尼作品《光之王》中的騙子佛陀山姆，還有吸血鬼、會說話的貓、吃人怪物，以及蘭格彩色童話故事書中的一切：故事中所有神話同時存在於一片極致混亂的信仰之中。

不過，理察早已放棄他對納尼亞的信仰（我們必須承認這有點令人遺憾）。從六歲起（至今為止占了他半生），他就一直虔誠相信納尼亞的一切，直到去年，當時他大概是第一百次重讀「納尼亞傳奇」第五集《黎明行者號》，他猛然發現令人討厭的尤斯提．史瓜變身為火龍，後來改變信仰，轉而效忠獅子亞斯蘭的橋段，壓根兒就是《聖經》中聖保羅在前往大馬士革的途中改信耶穌那段情節的翻版；而保羅的瞎眼則可以比喻為化龍……

理察想通這點後，他在故事中到處找得到相對應的情節，數量之大，根本不能說是巧合。

理察把納尼亞的書收起來，他很難過，但就此確信納尼亞的故事都是《聖經》寓言，故事的作者（理察曾經如此相信他）其實想把某種觀念灌注到他心裡。他也同樣厭惡查林傑教授[5]的故事，因為那位粗脖子老教授改變信仰，開始相信唯靈論；理察並不是不相信鬼魂

（理察什麼都相信，不帶疑問，也不會反駁），而是因為柯南・道爾在故事中傳道，字裡行間表露無疑。理察年紀小，而且有屬於他自己的純真，他認為作者不該辜負讀者的信賴，在故事表面下，不該偷偷文以載道。

至少，艾爾瑞克的故事很坦率，故事表面下沒偷渡任何東西。艾爾瑞克是已被滅族的白化症王子，渾身洋溢著自怨自憐，手握劍身又寬又粗的黑色風暴使者。這把劍會為生命歌唱，會吃掉人類的靈魂，為那位慘遭厄運且虛弱的白子帶來力量。

艾爾瑞克的故事，理察讀了一遍又一遍。每當風暴使者刺進敵人胸膛，他會感到高興；每當艾爾瑞克從那把靈魂劍汲取力量，不知怎地，他往往感到既同情又滿足，他就好像平裝驚悚小說中的海洛因成癮者一樣，只是他的海洛因永遠不虞匱乏。

理察堅信，五月花出版社的人總有一天會向他追討二十五便士。他永遠不敢再郵購任何書籍了。

傑畢西・麥布萊德有個祕密。

「你不可以跟別人說。」

「好。」

理察覺得守密是件很容易的事。他長大後，他發現自己像是會走路的陳年祕密儲存室，這些祕密可能連原本向他吐露的朋友都早已遺忘。

他們把手搭在彼此肩上，走進學校後面那片林子裡。

理察先前也在這片林子裡獲知了另外一個祕密（別人主動跟他說的）：有三位理察的同校朋友，就是在這裡跟來自村子的女孩會面，別人還告訴理察，那些人就是在這裡，向彼此展示自己的牛殖器。

「我不能告訴你是誰說的。」

「好啊。」理察說。

「我是說真的，這是說出去會死人的祕密。」

「我不會說出去的。」

麥布萊德最近常常跟學校牧師亞立昆先生待在一起。

「是這樣的，每個人都有兩位天使，上帝給你一位，聖誕老人給你一位。所以當你被催眠時，聖誕老人給的天使會掌控一切，那就是招靈盤[6]的運作方式，一切都是聖誕老人的天使在操縱。你可以乞求上帝的天使透過你說話，不過真正的啟示，只有當你可以跟你的天使對話時才會發生。他會告訴你祕密。」

那是格雷第一次想到，英國國教可能也有自己的祕傳典籍和不為人知的神祕哲學。

麥布萊德神情嚴肅地眨眨眼。「你絕對不可以跟任何人說，如果有人知道是我告訴你

5 查林傑教授（Professor Challenger），英國作家亞瑟・柯南・道爾的科幻小說《失落的世界》（*The Lost World*）中主角。

6 招靈盤（Ouija board）類似碟仙，用來請教神靈問題。

的，我一定會惹上大麻煩。」

「好。」

接著他們的對話停了片刻。

「你有沒有替大人打過手槍？」麥布萊德問。

「沒有。」理察也有自己的祕密，那就是他尚未開始自慰。他所有朋友都會自慰，不停自慰，他們會自己一個人或兩個人或一群人一起自慰。他比他們小一歲，不懂他們到底在搞什麼。自慰這檔事讓他覺得不大自在。

「精液噴得到處都是，又濃又多。他們射的時候，還會想把屌放到你嘴裡。」

「噁！」

「其實沒那麼糟。」他停了一下。「不瞞你說，亞立昆先生覺得你很聰明。如果你想參加他私下舉辦的宗教討論小組，他可能會答應。」

宗教討論小組會在放學後到亞力昆先生住的地方碰面，他們一個星期聚會兩次，都是在晚上。亞力昆先生家就在學校對面，過馬路就到了。

「我又不信基督教。」

「那又怎樣？猶太小子，你的神學成績在班上可是數一數二的。」

「不用了，謝謝你。對了，我買了一本摩考克的新書，你還沒看過，而且主角還是艾爾瑞克。」

「不可能，根本沒有出新的。」

「當然有。那本書叫《玉人的眼睛》，用綠色墨水印刷，我在布萊頓的一家書局找到的。」

「那你看完可以借我嗎？」

「當然。」

天氣變冷了，他們搭著彼此的手臂回去，理察內心覺得他們就像艾爾瑞克和孟格倫，對他來說，這就跟麥布萊德所說的天使一樣有意義。

•

理察做白日夢時，會夢到他綁架了麥克．摩考克，逼他說出祕密。即使你逼迫理察，他也無法告訴你祕密的內容。那個祕密跟寫作有關，也跟神祇有關。

理察想知道摩考克的點子從何而來。

最後他猜測，摩考克的點子大概來自那座廟宇廢墟，不過他早已記不得那座廟宇的模樣。他記得有一道陰影和星星，還記得重回那個他以為早已結束的世界時的那種痛苦。

他想知道，是否所有作者都是從那裡取得靈感，或是只有麥克．摩考克這麼做。

如果你跟他說，那些作者都是靠自己的腦袋憑空捏造出故事，他絕對不會相信。魔法必定有源頭。

不是嗎？

有天晚上這傢伙又從美國打電話給我，他說：「你聽好，我必須跟你談談你的宗教。」

我說：「我不知道你在說什麼，我他媽的什麼教都不信。」

——一九七六年，麥克・摩考克於諾丁丘的一段談話

六個月後，理察已經接受了猶太成年禮，而且不久他就要轉學了。某天傍晚，他跟傑畢西・麥布萊德一起坐在校外的草地上看書。理察的父母要到學校來接他，他們遲到了。

理察正在看《英國殺手》，而麥布萊德正沉醉在《魔鬼出擊》中。

理察發現自己必須瞇起眼才看得到書頁，那時候天色根本還沒暗，但是他就是沒辦法看書了。一切漸漸轉灰。

「麥，你長大後想做什麼？」

那是個溫暖的夜晚，草地乾爽又舒適。

「我不知道，或許當個作家吧，就像麥克・摩考克或懷特[7]一樣，你呢？」

理察坐正思考。天空是泛紫光的灰，鬼魅般的月亮高掛其中，就像夢中的銀幣。他拔起一根草，用手指慢慢撕碎，一點一點地撕碎。這時候他不能再說「作家」了，因為那會讓人覺得他好像在模仿麥布萊德。而且他並不想當作家，不大想，他還有其他選擇。

「我長大後，」他終於若有所思地說出口，「想當一匹狼。」

「那根本就不可能。」麥布萊德說。

「或許吧。」理察說，「以後就知道了。」

學校窗戶的燈光一盞一盞點亮，紫色天空更顯黑暗，夏日夜晚既柔和又寂靜。每年此

時，白晝無盡，黑夜不臨。

「我想當一匹狼，可是不是隨時都是狼，只要有時候是狼就好，而且還是在黑暗裡。我會在夜裡變成一匹狼，奔跑穿越森林。」理察說，他幾乎是在對自己說話。「我不會去傷害任何人，我不想當那種狼。我只想永遠在月光下奔跑……奔跑，穿過樹林，永遠不會累，永遠不會喘不過氣，永遠不需要停下來。我長大後，想變成那樣子……」

他又拔起另一根長長的草，熟稔地去除葉片，開始慢慢咀嚼葉子的莖。

於是，這兩個孩子就在四下無人的灰暗黃昏下，並肩坐在一起，等待未來展開。

7 懷特（T. H. White, 1906-1964），英國作家，亞瑟王小說《永恆之王》為其代表作。

冷色

一

九點鐘，我被郵差吵醒，
結果吵醒我的並不是郵差，
而是四處叫賣的鴿子商人。
他喊著：
「又肥又大的鴿子，純潔的鴿子，亮白的鴿子，暗灰的鴿子，
活生生的鴿子，活蹦亂跳的鴿子。
這些鴿子可不是什麼以假亂真的黑心貨，先生。」

我已經有鴿子了，而且為了省麻煩，我也這麼跟他說。
他告訴我他是這行的新手，
他以前在證券分析公司上班，
那家公司的營運狀況還過得去。

但是他被解雇了，取代他的是一部電腦，
那部電腦用RS232[1]技術連接到一顆石英球上。
「不過，我不能怨天尤人。
一扇門打開，就有另一扇門關上。
我們必須跟上時代才行，先生，
必須跟上時代啊。」
他塞給我一隻免費的鴿子，
（這是為了招攬新客人，先生。
一旦試過我們的鴿子，
別的您就看不上眼了。）
然後他大搖大擺走下階梯，還一邊唱著：
「鴿子活跳跳，活跳跳，活跳跳……」

十點了，洗完澡且刮了鬍子後
（還擦上裝在塑膠罐裡的軟膏，

1 RS232是種藍芽介面產品，可以同時支援六部個人電腦，以及二臺周邊設備。RS232介面無線傳輸的距離為一百公尺以內，可以解決家庭配線不足的問題。

以帶來永恆的年輕和性吸引力。）

我把鴿子帶到書房裡。

我重新描了一次舊戴爾310電腦周圍的粉筆圈，

並在顯示器的每個角落掛上護身符，

接著開始進行必須對鴿子做的事。

我啟動電腦：電腦發出吱吱嘎嘎的聲音，

裡頭的風扇好似暴風吹在古老的海洋上，

隨時都會淹沒可憐的商船。

自動執行完畢，電腦開始嗶嗶叫：

讓我來，讓我來，讓我來……

二

二點鐘，我走在熟悉的倫敦，

……或者說是在游標刪除了某些確定性之前，仍感熟悉的倫敦……

我看到一位穿西裝打領帶的男士，

一具賽音昂[2]掌上型電腦放在他胸前口袋，
緊緊貼住他的乳頭，
它的序列式介面就像一張冰涼的嘴，
在他胸膛獵取養分，
獵取一種熟悉感。
我看著我的呼吸在空氣中凝成霧氣。

倫敦這幾天冷得像巫婆的乳頭一樣，
感覺一點也不像十一月。
地底列車的聲音轟隆隆，
真是神祕：地下鐵列車在這些歲月裡，
幾乎成了傳奇，
只會為處子和清心之人停駐，
第一站是亞維農，或是里昂涅斯，或是福人島。
或許你會收到明信片，或許不會。
無論如何，只要看看地上的裂縫，

2 賽意昂（Psion），英國著名的掌上微型電腦製造商。

任誰都能做出結論：
倫敦底下沒有讓地下鐵行走的空間。
我在一個窯坑上暖手，
火舌向上竄出。

底下深處，有位笑嘻嘻的惡魔看到我，
揮揮手，嘴巴小心地動著，
好似在跟聾子說話，好似距離太遠，好似在跟外國人說話。
它的銷售業績無懈可擊，它模仿了達瓦洛矮人族式的ＩＢＭ相容電腦[3]，
它模仿的軟體，狂野出乎我的想像，
存在三塊軟碟中的阿爾伯特·馬格聶斯軟體[4]，
用來製作ＶＧＡ、ＣＧＡ、四色或單色的所羅門之鎖骨。
模仿。
模仿，
還是模仿。

觀光客靠在通往地獄的縫隙旁，
注視著被打入地獄的人。

（那或許是最嚴厲的詛咒。
因為獨自處於最莊嚴的靜寂中，還有辦法熬過永世的折磨，
但是要待在一群觀眾面前，一群吃洋芋片、薯條、栗子的觀眾……
一群根本興趣缺缺的觀眾……
那群被打入地獄的人在他們面前，
一定覺得自己像在動物園一樣。）

鴿子在地獄裡亂飛，在上升氣流中舞動，
種族記憶或許會告訴牠們，
這裡的某處應該要有四隻獅子，
解凍之水，上面還要有位石頭人。
觀光客群聚。
有一位跟惡魔打交道，用靈魂交換十盒空白軟碟。
有一位認出火焰中的親戚，於是揮揮手：

3 即 Dwarrow Clone。Dwarrow 為奇幻小說中的一支虛構族群。Clone 指的是當電腦剛開始普及後，與 IBM 相容且比較便宜的電腦。

4 阿爾伯特・馬格聶斯（Albertus Magnus, 1192-1280 A.D.），德國哲學家。

喂……喂……約瑟夫叔叔！看啊，娜莉莎，
那是妳的叔公約瑟夫，
他在妳出生前就死了，
就是下面陷在泥沼的那位，
沸騰的浮渣淹到他的眼睛上，
還有蟲子在他臉上爬進爬出。
真是可愛。
在他的葬禮上，我們都哭了。
向妳的叔公揮手，娜莉莎，向妳的叔公揮揮手。

賣鴿子的男人在裂開的砌磚上放了塗上捕鳥膠的小樹枝，
撒了些麵包屑後便開始等待。
他向我脫帽致意。
「先生，今天早上的鴿子，我相信你應該很滿意吧？」
我承認我很滿意，丟給他一枚金幣。
（他鬼鬼祟祟地用他的金屬護手碰觸硬幣，
檢查是不是假黃金，然後藏進手心裡。）

星期二，我跟他說，星期二到我家來。

三

支架細如鳥足的農舍和小屋充斥倫敦街頭，
形單影隻地站在計程車後，
朝單車手排放煤灰，
列隊在街道上的公車後方，
低吼著：轟嗆轟嗆轟嗆轟嗆轟嗆。
裝了鐵牙的老太太們注視窗外，
然後又回去照照她們的魔鏡，
或是回頭打理家事，
在一片迷霧和汙穢的空氣中使用吸塵器。

四

四點鐘，舊蘇活區，
很快地就成為跟不上科技的落後地帶。

機械棘輪爐用銀鑰匙上緊了發條，發出如咒語般的刺耳磨擦聲，
在暗巷的每家鐘錶師、墮胎師、春藥商和煙草商店裡，
嘎嘎作響。

下雨了。

上網留言的年輕人頭戴鬆垮垮的帽子，開著豪華召妓轎車，
數據機皮條客。
耽溺的小孩國王，統治雜音及訊號；
他們霓虹熠熠的點狀畫，在光線下穩定地快速游移旋轉。
有銷售期限和智慧卡眼睛的鬼魅和夢魘，
都是你的，若你擁有了你的編號，
知道你的使用期限，就這樣。
他們其中一人對我眨眼睛，
（燈亮、燈暗、暗、亮、暗），
雜音吞沒了訊號，好似口交的嗚嗚聲。
（我交叉兩根手指，
那是對付魔法的二元預防措施，

跟超級導體或簡單的迷信一樣有效。）
兩位喧鬧鬼共享一份外帶餐。
老蘇活區總是讓我感到緊張。

布爾街。巷弄裡傳來一陣嘶嘶聲：
梅菲斯特[5]拉開他的棕色大衣，
向我展示襯裡（上面有資料庫的老舊禱文，
還有波斯祆教歌謠中的鬼魂——有圖為證。）
　他咒罵了一聲，開始說：
要摧毀敵人嗎？
要使收成枯萎嗎？
要讓配偶不孕嗎？
要讓純真的人墮落嗎？
要糟蹋一場宴會……
你要嗎？先生？不要嗎？先生？再考慮一下吧，懇求你。
只要你把一點點血抹在這張列印出來的紙上，

5 梅菲斯特（Mephistopheles），《浮士德》中有名的魔鬼。

就能擁有一臺讓你引以為傲的全新音效合成器，你聽……
他從不怎麼大的行李箱中，拿出一具顛峰牌電腦，
把電腦立在桌面上，
他這行為吸引了一小群旁觀者。
他把音效盒插入，並輸入：
C>prompt: GO
那臺機器開始用精準美妙的聲音念出：
東方之君別西卜，收復燃燒地域的初潮，
以及蛇法半妖，懇請立誓……[6]
我加速向前走，迅速閃入街道內，
同時卻有鬼魅般的紙張和老舊的列表紙，尾隨在我腳邊，
我還聽到他像市場小販一樣，喋喋不休地說話：
不用二十塊，
不用十八塊，
不用十五塊，
我成本十二塊，小姐，但看在撒旦分上，我該賣妳多少呢？
因為我喜歡妳的漂亮臉蛋，

因為我想讓妳高興點，
只要五塊就好。
沒錯。
五塊。
賣給了那位有美麗眼睛的小姐……

五

羅患青光眼的大主教拱著背，
在黑暗中站在聖保羅教堂的邊緣，
小小的，像鳥一樣，散發光輝，

---

6 本句諧擬馬羅（Christopher Marlowe, 1564-1593）《浮士德》（*The Tragical History of Doctor Faustus*）第一幕第三景，浮士德召喚魔鬼梅菲斯特的咒詞：「東方之君別西卜、烈火熊熊燃燒的地獄君主以及冥府之神，懇請諸位允准……」

嘴裡哼著：唉呦、唉呦、唉呦[7]。
時間近六點，偷來的夢裡正值交通尖峰，
延伸的記憶，在下方的人行道上熙熙攘攘。

我把我的玻璃罐拿給他。
他小心接下，拖著腳步，
走回教堂靜候的影子裡。
當他回來時，那個罐子已經滿了。
我笑著問道：「這東西保證神聖嗎？」
他在結凍的灰塵上寫了一串字：**所見即所得**[8]，
他沒有對我微笑。

（氣喘的大亨。威士忌維新黨。）
他咳出灰色牛奶般的痰，
吐在階梯上。

我在罐子裡看到的：那東西看起來夠神聖了，
但你就是無法確定，

除非你自己就是海妖或魂魄，
在全然的「號碼錯誤」中，
搭乘禱文般的嗶嗶聲，從話筒中現身成形，
這樣你就能區分神聖。
我以前曾經把電話丟在整桶的這種玩意中，
看著東西逐漸成形，
那些東西碰到水就開始冒泡，發出嘶嘶聲：
驅了魔，灑了聖水，最終的制裁。
有天下午，
有一整排的那種玩意，
困在我的答錄機裡，
我把它們拷貝到軟碟裡，歸檔整理。
你想要嗎？
聽好，每件東西都可以賣。

7 即I／O、I／O、I／O，表示電腦「輸入／輸出」的意思。

8 即WYSIWYG（What You See Is What You Get）。下一段的「氣喘大亨。威士忌維新黨」（Wheey wig. Whisky Whig），即是在玩弄WYSIWYG的發音。

修士的鬍子需要刮了，而且他還會抖個不停。
他那件沾到了葡萄酒漬的袍子，根本不能保暖。
我給他錢。
（根本沒多少錢，
那其實只是水而已，有些生物笨極了，
如果你對它們灑沛綠雅礦泉水，
它們會裝作好像被灑了薩維尼油汙溶解劑[9]一樣，
有夠扯的，它們還會不斷哀嚎呢，
喔，我的邪惡力量，喔，我美麗的邪惡力量。）

老修士把錢幣放進口袋，
獎賞我一袋麵包屑，
然後便坐在階梯上，整個人蜷縮成一團。

我覺得我需要在離開前說些話。
聽好，我告訴他，那並不是你的錯，
只是套多重使用者的系統，
你原先並不知道。

要是禱告可以用網路連接起來，
要是聖軟體能開始運作，
要是能讓你這方跟對手一樣可靠……

「所見……」他哀愁地咕噥著，
「所見即所得。」
他把一塊聖餐餅弄碎，
丟給鴿子吃，
他甚至連動作最慢的鴿子也懶得抓。

冷戰使雙方兩敗俱傷。
我回家。

六

「十點新聞，我是亞柏．度羅格，在這裡為您報導……」

9 薩維尼（Savini），知名美國特殊化妝師，曾經為多部恐怖電影擔任特效化妝師。

七

我的眼角瞄到一陣毫無血色的匆忙動作，
是老鼠嗎？
嗯，絕對是某種周邊設備[10]。

八

該上床睡覺了。我餵了鴿子，
脫掉衣服。
心裡想著要從留言版上下載女妖，
或許召喚一隻小嘍囉也行，
（有種公用區域的玩意，又鵪又鮑[11]，
共享軟體，無須付錢，
甚至受版權保護的東西也能拷貝，流通，
萬物皆有其價錢，我們每個人都是）。
乾體，濕體，硬體，軟體……
黑體、暗體
夢體，夢魘

數據機坐在電話旁，叫人動心，
徹夜不睡紅了眼。
我讓它休息，
現在不能相信任何人。
下載東西時，
真該死，根本不知道那東西打哪來的，
也不知道上回有誰碰過。
不是嗎？難道你不怕病毒嗎？
即使是保護周全的檔案還是會遭竄改，
而保護最為周全的絕對會遭竄改。

我聽到鴿子在廚房裡，鳥喙相接排排站，
幻想著左撇子專用刀，
幻想著恆溫熔爐和鏡子。

鴿子血玷汙了書房地板。

---

10 Peripheral，亦有視覺盲點之意。

11 鮑（baud）為一種資料處理的速度單位。作者在這裡玩弄同音字。

我獨自睡覺，獨自作夢。

九

或許我在夜裡醒來，
忽然有所領悟，
伸出手，
在一張帳單背面潦草記下
我的啟示，我的全新見解，
我知道早晨會讓它變得平淡無奇，
我知道魔法只存在於夜裡，
然後我記得當它還存在時……
啟示退縮成了裝腔作勢，聽好：
「在我們有電腦前，世事顯得比較簡單。」

十

在半夢半醒間，我聽到外頭的聲音，

巫婆們交頭接耳、大風狂嘯、錄音帶低吟、金屬機器樂聲。
騎音響的巫婆掩住了月亮，
降落在荒原上，她們赤裸的胴體發出亮光。
沒有人支付任何東西以參加會議，
每個人都已經預繳了，
她們預繳了依然黏著脂肪的嬰兒骨頭。
這些東西都直接從帳戶中扣除，自動續訂，
而我看到了……
或者說我認為我看到了⋯
一張我認得的臉，她們所有人都排好隊，
輪流去親他的屁股，
我們去舔魔鬼的屁股吧！孩子們！冷冷的種[12]！
然後在黑暗中，他轉過身，看看我：
一扇門打開，就有另一扇門關上，
我相信一切都令人滿意吧？
我們盡可能做好，每個人都有權老實賺錢。

12 即cold seed。在奇幻情色小說中，常指吸血鬼的精液。

我們都破產了，先生，
我們都是多餘的，
但是我們要好好利用這一生，
在閃電急襲中吹著口哨，
生意就是這樣。公平交易並不是搶劫。
那麼先生，我就星期二早上帶鴿子來給你囉？

我點點頭，把窗簾拉起來。垃圾信件無所不在，
你就是會收到，
不論用什麼方式，你就是會收到。
有一天我會找到我的地下鐵，而我不會付車錢，
我只會說：「這是地獄，我想要出去，」
然後一切又會再度變得簡單。

那種生活會像黑暗洞穴中的龍一樣，向我靠過來。

掃夢人

在一切的夢都結束後，在你醒來後，在你離開那片瘋狂、榮耀的世界後，在你進入白晝世間的庸庸碌碌後，掃夢人在你遺棄的幻想殘骸中穿梭。

有誰知道當他還活著時是什麼呢？甚至也沒人知道他是否曾經活過。他絕不會回答你的問題。掃夢人沉默寡言，聲音沙啞陰鬱；當他真正開口時，內容卻不外乎天氣、前途、某幾支球隊的勝敗。他看不起別人。

你一醒來，他就會出現，掃去王國和城堡，掃去天使和貓頭鷹，掃去山脈和海洋。他掃去了慾念、愛情、情人，掃去了不是蝴蝶變成的賢者，掃去了肉的花朵，掃去了奔跑的鹿，掃去了沉沒的盧西塔尼亞號[1]。他掃去了你留在夢中的一切，你穿在身上的生命、你凝視的雙眼、你永遠都找不到的考卷。他會一一掃去：那位咬你臉的尖牙女人；森林中的修女；落入浴缸溫水的死亡手臂；拉開上衣時，在你胸膛爬行的鮮紅蚯蚓。

你醒來後遺留的一切，他會掃得一乾二淨。然後他會把一切燒光，為你明天的夢備好煥

1 盧西塔尼亞號（Lusitania），英國輪船，於一九一五年五月七日遭德國潛艇擊沉，間接促使美國參加第一次世界大戰。

然一新的舞臺。

若你見到他，要好好對待他，對他要有禮貌，不要問他問題；為他支持的球隊勝利而鼓掌，為他們落敗而同情他；同意他對天氣的看法；以他認為自己應得的尊敬態度對待他。

因為有些人他再也不會造訪了，他的手捲菸和身上的龍形紋身亦然。

你見過那些人，他們有不停抽動的嘴巴和凝望的眼神，他們嘰嘰喳喳叫，他們喵喵叫，他們嗚嗚叫。有些穿著破爛的衣服在都市裡走動，臂下夾著自己的財產；另一些則被困在黑暗裡，在那裡，他們不能再傷己或傷人。他們並不瘋狂，或者說，理智失去與否對他們而言根本無關緊要，這比瘋狂還糟。若你願意讓他們告訴你，他們會說：他們每天都活在自己的夢境殘骸裡。

一旦掃夢人離開你，他就再也不會回來了。

異物

「性病」是由不純潔的性關係所引起。這種感染可能在身體造成可怕的後果（對此後果的恐懼會困擾你的心靈多年，因而玷汙你健康的青壯時期，且還會傳染到無辜後代的年輕血液裡）。我們確實要好好考慮這種後果，它相當嚴重，一定要把這種疾病歸類於必須立刻治療的類型。

——史賓塞・湯瑪士醫生，具愛丁堡皇家內外科醫院執照。
《家庭醫藥暨家庭外科字典》。一八八二年

賽門・鮑爾斯不喜歡性，壓根就不喜歡。

他不喜歡跟別人同睡一床；他懷疑自己早洩；做愛時他感到很不自在，總是覺得別人會為他的床上功夫打分數，好似他在考駕照或術科考試一樣。

他大學時有過幾次性經驗，還有一次是在三年前，發生在辦公室的新年晚會結束後。不過，總共也就這麼多，賽門根本就過著無性生活。

他有次在辦公室打混時忽然想到，他應該會很喜歡生活在維多利亞時代。當時教養良好的女人，只不過是臥室裡滿懷恨意的性交娃娃而已。她們會解開束腹，鬆開襯裙（露出粉嫩的白淨肌膚），然後躺下來，遭受淫慾的凌遲。她們不曾想過應該好好享受這種凌遲才對。

他先把這念頭留著，留待日後自慰幻想時用。

賽門自慰非常頻繁，每天晚上都會，失眠時，甚至會自慰好幾次。他可以隨自己意願，調整達到高潮的時間長短。而且在他心裡，他跟每個人都發生過性關係：電影和電視明星、辦公室女同事、女學生、《鹹濕》雜誌皺掉那頁上的噘嘴裸體女模特兒、被鐵鍊捆住且看不到臉的奴隸、身體如希臘神祉般雄壯的古銅膚色男孩……

每天晚上，他們就在他眼前遊行。

這樣比較安全。

就在他心裡。

自慰完後他便入睡，安穩舒適地躺在他可以控制的世界裡，他睡覺時不會作夢，至少，他早上起床時從不記得他的夢。

早上他會先被收音機吵醒（「共二百人死亡，還有多人受傷。現在我們把現場交給傑克主持的氣象預報和路況報導……」）拖著身子起床，跌跌撞撞走到浴室，他的膀胱快爆了。

他掀起馬桶蓋，開始尿尿。覺得自己好像在尿尖銳的針。

吃完早餐後他又得尿了（這次沒那麼痛，因為尿液不那麼濃稠了），吃午餐前還會再尿三次。

每次都會痛。

他告訴自己那不可能是性病。別人才會得那種病，而且非得有人傳染給你，你才會得

（他想到自己最後一次性經驗是在三年前）。總不可能被馬桶座給傳染吧，對不對？那不是笑話嗎？

賽門・鮑爾斯二十六歲，在倫敦一家大型銀行的證券部工作。他在職場沒什麼朋友，唯一真正的朋友，是一位寂寞的加拿大人——尼克・羅倫斯，他最近被調到另一家分行了。賽門獨自坐在員工餐廳裡，一邊注視著外面樂高碼頭區的風景，一邊挑揀沙拉裡爛掉的綠生菜。

有人拍拍他的肩膀。

「賽門，我今天聽到一則很讚的冷笑話，你想不想聽？」吉姆・瓊斯是辦公室開心果。他是個有著深色頭髮、情感強烈的年輕人，他宣稱自己的四角內褲附有一個特殊口袋，可以用來放保險套。

「唔，好啊。」

「我要說囉。第一名的銀行簡稱什麼？」

「什麼簡稱？」

「就是簡稱啊。你知道的，好比客戶服務叫『客服』、流行性感冒簡稱『流感』啊。你不猜嗎？」

賽門搖頭。

「手淫。」

賽門看起來一定滿臉疑惑，因為吉姆嘆了口氣，「第一名就是『首』，首銀——手淫。老天，你有夠呆……」這時吉姆看到遠方桌子旁有群年輕女士，於是理理自己的領帶，帶著他的餐盤往那邊走去。

他聽得到吉姆說笑話給那群女人聽，這一次還加了手勢。

她們都立刻猜到答案。

賽門把沙拉留在桌上，回去做他的工作。

那天晚上，他坐在套房式公寓裡的椅子上，電視沒開。他試圖喚起他對性病的所有認知。

梅毒會讓你滿臉坑坑疤疤，還讓英格蘭國王發瘋[1]；淋病（也叫花柳病）會讓人流出綠色液體，也會讓人發瘋；陰蝨是種寄生在陰毛的小蝨子，會讓人發癢（他用放大鏡檢視自己的陰毛，不過沒任何動靜）；八〇年代的黑死病──愛滋，大家因此開始鼓吹使用乾淨的針頭和安全性行為（不過對於只喜歡用白色衛生紙打手槍的人來說，還有什麼比自慰還安全）；皰疹跟嘴邊皰疹有關（他照鏡子檢查自己的嘴脣，看起來沒事）。他只知道這麼多。

他上床就寢，悶悶不樂地入睡，根本不敢自慰。

那天晚上，他夢到沒有臉的迷你女人，就像一群螞蟻雄兵一樣，無止境的行列在龐然辦公大樓間徘迴。

接下來兩週裡，賽門並未處理尿尿會痛的問題。他希望那陣痛楚會消失，或是自行痊癒。不過那陣痛楚依舊存在，而且變本加厲。尿尿完過了一個小時還是會痛，他的陰莖內部感到刺痛，他覺得陰莖上布滿傷口。

到了第三天，他打電話到他醫師的診所掛號。他本來很害怕必須跟接電話的小姐說自己有什麼問題，不過她什麼都沒問，只替他在隔天掛了號。他鬆了口氣，或許還有一點小小的失落。

他跟銀行女上司說他喉嚨痛，要去看醫生。當他告訴她的時候，感覺到兩頰發燙，不過她沒多說什麼，只跟他說沒問題。

他離開她的辦公室時，發現自己正在發抖。

那是個陰暗潮濕的日子，他抵達診所，發現沒人在排隊，於是他直接進去找醫生。這醫生並不是他平常看的那位，這讓賽門感到安心。這位醫生是位年輕的巴基斯坦人，跟賽門差不多年紀。賽門吞吞吐吐地敘述自己的症狀時，他插嘴問道：「尿得比平常多？」

賽門點頭。

「有沒有分泌物？」

賽門搖頭。

「這樣啊，能不能拉下褲子讓我看看？」

賽門拉下褲子。醫生盯著他的陰莖看。「老實說，你確實有分泌物。」他說。

賽門穿上褲子。

「好了，鮑爾斯先生，告訴我，你覺得你有沒有可能被某個人呢……嗯……傳染了性病？」

1 指英王亨利八世，有人認為其乖張跋扈的暴虐行徑乃梅毒損害神經所致。

賽門用力搖搖頭。「我已經將近三年沒有跟……嗯……任何人發生性關係了。」他差點把任何人說成「別人」。

「是嗎？」醫生顯然不相信他。醫生聞起來有異國香料的味道，而且是賽門見過牙齒最白的人。「嗯，你要不是感染了淋病，就是感染了NSU，我覺得大概是NSU，也就是非特異性尿道炎，這種病比較少人聽過，也不像淋病那麼痛苦，不過治療起來可能有點棘手。淋病只要用大劑量的抗生素就可以解決；而要把這鬼東西殺死……」他大聲地拍了兩下手，說：「就像這樣。」

「那你是不知道囉？」

「到底是哪一種？我的老天。不，我可不想找出答案，我要把你轉到專門診所，他們能處理各種疑難雜症。我寫張字條讓你帶過去。」他從抽屜裡拿出一疊印有抬頭的紙籤。「鮑爾斯先生，你的職業是什麼？」

「我在銀行工作。」

「是出納員嗎？」

「不是。」他搖搖頭。「我在證券部門工作，幫兩位協理處理事情。」他忽然想到一件事。「不需要讓他們知道這件事，對吧？」

醫生看起來有些驚訝。「老天，當然不需要。」

他寫了一張字條，字跡工整渾圓。字條上寫：賽門．鮑爾斯，今年二十六歲，有可能感染NSU，有分泌物。病患表示已三年未從事性行為，他感到很不舒服；請盡快讓他知道檢驗結果。他潦草地簽了名，給賽門一張載有那間專門診所地址和電話的名片。「給你，這就是你要去的地方。不用擔心，很多人都有這種症狀。你瞧瞧我這裡的名片就知道了，好大一疊對吧？不用擔心，不久你就會活蹦亂跳了。回家後打電話跟他們掛號。」

賽門拿了名片，起身準備離開。

「不用擔心。」醫生說，「治療並不困難。」

賽門點點頭，試著微笑。

他打開門要準備往外走。

「再說，不管怎麼樣，都不會像梅毒那麼棘手。」醫生說。

坐在走廊候診區的兩位老太太很慶幸自己在無意中聽到這段談話，高興地抬頭看了看，賽門離開時，還饑渴地緊盯著他。

他真希望自己死掉。

賽門在外頭人行道上等候回家的公車時，心裡想著：**我有性病，我有性病，我有性病**。他一次又一次重複想著，好似在朗誦真言。

他應該要一邊走路，一邊敲鐘才對。

在公車上，他試著不要跟同車乘客距離太近。他很確定他們都知道（難道他們看不出他額頭上的瘟疫記號嗎？）同時他也感到慚愧，因為他不能跟他們分享這則祕密。

他回到公寓後直接走進浴室，預期會看到一張恐怖電影裡才會出現的憔悴臉孔——腐爛的骷髏頭，長滿毛茸茸的藍色霉菌——與他相視而望。可是他看到的卻是一位臉頰紅潤的銀行員，二十幾歲，金髮，皮膚完美。

他笨拙地掏出自己的陰莖，仔細檢視。他的陰莖並沒有因生壞疽而發綠，也沒有因長鱗斑而發白，看起來相當正常完美，只是尖端有點腫腫的，尿道口有些滑滑的透明分泌物。他發現白色內褲的褲襠被分泌物弄髒了。

賽門對自己感到生氣，對上帝感到更加生氣，因為上帝給了他這種顯然是別人才會得到的東西（花柳病）。

那天晚上他自慰了，那是他四天來第一次自慰。

他幻想一位穿著藍色棉質內褲的女學生，她變身為女警，接著變成兩位，三位。一直到他高潮時，陰莖才開始痛了起來。那時候他覺得好像有人想從他的陰莖裡推出一把彈簧刀，好像他射精時射出了一塊插針墊似的。

於是他開始在黑暗中哭泣，不過到底是因痛苦而哭泣，還是因其它原因，根本難以辨別，就連賽門自己也不知道。

那是他最後一次自慰。

診所位於倫敦市中心一間沉悶的維多利亞式醫院裡。一位穿著白袍的年輕人看看賽門拿的名片以及醫生給他的字條，隨即叫他找地方坐下。

賽門坐在一張橘色塑膠椅上。椅子上都是棕色的香菸焦痕。

他瞪著地板看了好幾分鐘；當他厭倦了那種消遣後，轉而開始瞪著牆壁看；最後，因為別無選擇了，只好瞪著別人看。

他們都是男性，真是感謝老天，而且總共有十來個人。女性的診間要再上一層樓。

感到最怡然自得的是長得像建築工人的粗壯男人，他們可能已經到這裡看了十七次或七十次了，一臉自鳴得意，好似染上性病能證明自己性能力有多強似的。還有幾位穿西裝打領帶的都會紳士，其中一人看起來相當愜意，他帶著手機；另一位則藏身在《每日電訊報》之後，他滿臉通紅，看起來很難為情。還有幾位留著一小撮鬍子、穿著破爛雨衣的矮小男人，他們大概是賣報紙的或者是退休老師。有位圓滾滾的馬來西亞男士抽著無濾嘴的香菸，一根接一根，不斷用前一枝菸的菸屁股點燃下一枝菸，所以火焰從未熄滅，而是從即將抽完的香菸傳遞到下一根菸。在房間的一角，坐著一對惶恐的同性戀情侶，兩人看起來都未滿十八歲，不斷四處張望，顯然是第一次來看診，他們低調地緊緊牽著手，嚇壞了。

賽門感到安慰，他覺得自己並不孤單。

「鮑爾斯先生，請進。」櫃臺的男人說。賽門站了起來，同時也意識到所有人的眼睛都注視著他，意識到他剛剛就在這群人面前曝光了自己的身分和姓名。有位身穿白袍、神情愉快的紅髮醫生正等著他。

「跟我來。」他說。

他們穿過幾條走廊，進入一扇門（門上的霧玻璃用膠帶貼了張白紙，上頭用毛氈筆寫了「班漢醫生」）來到醫生的診間。

「我是班漢醫生。」醫生說。他沒有伸出手來握手。「你的醫生有字條要給我嗎？」

「我把字條給了櫃臺的人。」

「喔。」班漢先生打開他面前桌上的一個檔案夾，一側有張電腦印出來的標籤，上頭寫著：

90/00666.L

一九九〇年七月二日初診

鮑爾斯，賽門。男性

一九六三年十月十二日生。單身。

班漢看看那張字條，檢視了賽門的陰莖，從檔案夾裡抽出一張藍色紙張給他。那張紙的頂端也有同樣的標籤。

「到走廊上稍坐，」他告訴他，「會有護士去找你。」

賽門在走廊上等待。

「它們脆弱極了。」坐在他旁邊那位晒傷的男人說，他的口音像是南非或辛巴威來的。不管怎樣，都是英國殖民地的口音。

「你說什麼？」

「性病都非常脆弱。你想想看，只要你跟有感冒或流感的人待在同一個房間，就可能受到傳染。性病卻需要溫暖、濕度及親密接觸才能傳染。」

我的可不是那樣，賽門心想，但是他什麼都沒說。

「你知道我怕什麼嗎？」那位南非人說。

賽門搖搖頭。

「害怕跟我太太講。」那男人說完便安靜了。

有位護士過來把賽門帶開。那位護士年輕貌美，他跟著她走到一間小隔間裡，她拿走那張藍色的紙。

「把外套脫掉，袖子捲起來。」

「我的外套？」

她嘆了一口氣，「要做血液檢驗啊。」

「喔。」

跟接下來的檢驗相比，血液檢驗還算好的。

「把你的褲子拉下來。」她跟他說。她有明顯的澳洲口音。他的陰莖早已縮起來，緊緊黏在一塊，看起來灰灰皺皺。他發現自己很想告訴她，他的陰莖平常會比現在大許多，不過就在此時，她拿起一個金屬儀器，儀器前端有一圈鐵絲，一看之下他就希望自己的陰莖能再小一點。「把你的陰莖從根部向前擠壓幾次。」他照做，她把那圈鐵絲插進他的龜頭裡，並且在裡面轉一轉，他痛得整個人畏縮了起來。她把分泌物抹在一片玻璃上，然後指著架子上的一只玻璃罐，並說：「請尿在那個罐子裡。」

「什麼，要從這裡尿過去？」

她噘起嘴唇。賽門猜想因為她一直都在這裡工作，所以這種玩笑話她大概每天要聽上三十遍。

她走到隔間外，留下他自己一個人解尿。

賽門覺得即使是平常時候，解尿就已經夠難的了，他經常必須在小便斗旁等到所有人都走了才尿得出來。有些男人可以輕鬆自若地走進廁所、拉下拉鍊，繼續跟隔壁小便斗的人快樂地聊天，同時間還可以對著白色瓷製小便斗撒出黃色尿液。賽門很羨慕這種人，多半時候他根本就做不到。

他這時候也做不到。

那位護士又回來了。「尿不出來嗎？不用擔心，到候診室坐下，醫生等一下會叫你進去。」

「嗯，」班漢醫生說，「你得了NSU，也就是非特異性尿道炎。」

賽門點點頭，然後問：「那是什麼意思？」

「意思就是說你沒有淋病，鮑爾斯先生。」

「但是我沒有跟任何人有性關係，已經……」

「喔，沒什麼好擔心的。這有可能是自體產生的疾病，就算沒有……嗯……縱慾，也可能會得。」班漢伸手到桌子抽屜裡拿出一罐藥丸。「一天服用四次，餐前吃。不要喝酒，不要有性行為。服用後幾個小時才能喝牛奶，知道嗎？」

賽門緊張地咧嘴笑了笑。

「下個星期再過來，你到樓下去預約掛號。」

到了樓下，有人給他一張紅色卡片，上面寫著他的姓名以及預約掛號的時間，還寫了一串數字：90/00666.L.

賽門在雨中步行回家，經過一家旅行社時，他停了下來。窗戶上的海報是一處陽光下的海灘，三位穿比基尼的古銅膚色女人喝著大杯飲料。

賽門從未出過國。陌生的地方會讓他緊張。

那週過去，痛楚也消去了。四天後，賽門已經不會畏懼排尿了。

不過，出現其他變化。

一開始只是顆小種子，之後在賽門的心裡生根滋長。下一次看診時，他把這件事告訴班漢醫生，

班漢感到困惑。

「鮑爾斯先生，你是說你覺得你的陰莖不再屬於你了？」

「沒錯，醫生。」

「恐怕我不大懂你在說什麼。是不是你的陰莖失去了知覺呢？」

賽門感覺得到他的陰莖在褲子裡，感覺得到摩擦在陰莖上的布料。黑暗中，它微微動了一下。

「並不是那樣的。我的陰莖還是感覺得到一切，就跟以前一樣。而是我覺得它……

嗯……不一樣了，我想可以這樣說吧，就像它不再屬於我，就像……」他停頓一下，「就像它是屬於別人的。」

班漢醫生搖搖頭。「鮑爾斯先生，讓我回答你的問題，這並不是NSU的症狀，不過對於曾經感染過NSU的人，這還算是相當合理的心理反應。那或許是種……對自身的反感，而你已將這種感受外化為對你生殖器的排斥。」

聽起來似乎沒錯，班漢醫生心想。他希望自己使用了正確的心理學術語。他以前從未特別專心上心理學課或研讀心理學課本，這一點大概可以用來解釋為什麼他目前在一家倫敦的性病診所裡工作；至少他的老婆是這麼認為。

鮑爾斯看起來稍微放心了一點。

「我只是有點擔心而已，醫生，就這樣。」他咬了咬下脣。「嗯……到底NSU是什麼？」

班漢露出要他寬心的微笑。「有可能是好幾種東西。NSU只是我們用來指稱我們不知道的東西。那並不是淋病，不是衣原體。你瞧，那就是『非特異性』的意思，是一種感染，對抗生素也有所反應。說到這裡，我就想到……」他打開一個桌子抽屜，拿出下週份的藥。「到樓下預約下週來看診。不要有性行為，不要喝酒。」

不要有性行為？賽門想，根本門兒都沒有。

不過當他在走廊上經過那位美麗的澳洲護士身旁，他感覺到陰莖動了動，開始變得溫暖、變硬。

一週後，班漢再次診視了賽門。檢驗結果顯示他仍帶有那種疾病。

班漢聳聳肩。

「感染持續這麼久也不算罕見。你說你不會覺得不舒服，是吧？」

「完全不會不舒服，而且我也沒看到任何分泌物了。」

班漢累了，他左眼後方隱隱作痛。他掃視檔案夾中的檢驗報告。「恐怕你尚未痊癒。」

賽門．鮑爾斯移動他的座位。他有水亮的藍色大眼和一張不愉快的蒼白臉孔。「醫生，那另一種症狀呢？」

醫生搖搖頭。「什麼另一種症狀？」

「我**告訴過**你啊，」賽門說，「上個星期我**告訴過**你。就是我的陰莖感覺不像……嗯……不再像是**我自己的**陰莖了。」

當然，班漢想起來了，就是**那位**病人嘛。病人一個接一個來，他永遠記不得他們的姓名、臉孔、陰莖，也記不得他們的尷尬、他們的自誇、他們緊張不安的汗味，以及他們可悲的小疾病。

「嗯，怎麼樣呢？」

「那種症狀正在擴散，醫生。我整個下半身都感覺好像是別人的，也就是腿部以下。我可以感覺得到它們沒問題，它們也會走到我要它們去的地方，但是有時候我會覺得，如果它們想去別的地方……如果它們想要走到外頭的世界去……它們可以做到，而且還會把我一起帶去。」

「我沒有辦法阻止這種情況。」

班漢先生搖搖頭，他其實並沒有仔細在聽。「我們會替你更換抗生素。如果先前用的抗生素沒有把這病症除掉，我確定我新開的這種藥可以，而且還有可能會去除那種異物的感覺，那有可能只是抗生素的副作用。」

那位年輕人就這麼盯著他看。

班漢覺得他應該說點什麼才對。「或許你應該多到外面走走。」他說。

那位年輕人站了起來。

「下週同一時間再來找我。不要有性行為，不要喝酒，吃完藥不要喝牛奶。」醫生重複他那段叮嚀。

那位年輕人離開了。班漢小心翼翼地看著他，但是看不出他走路的姿勢有什麼奇怪之處。

星期六晚上，傑若米．班漢醫生和他老婆賽麗雅參加了一場由醫療同業所舉辦的晚餐會。班漢坐在一位外國精神科醫師旁邊。

他們一邊吃開胃小菜，一邊聊起天來。

那位精神科醫師是美國人，體型龐大，頭圓圓的，看起來像一位商船船員。「跟別人說自己是精神科醫師，會造成一種問題……」精神科醫師說，「……那就是接下來的整個晚上，你會看到他們試著讓自己的舉止正常一點。」他輕聲地笑了，那笑聲低沉又下流。

班漢也輕聲笑了笑。由於他坐在精神科醫師旁邊，所以他接下來整晚都試著想讓自己的舉止正常一點。

他晚餐時喝了太多葡萄酒。

咖啡喝完後，他想不到該說什麼了，於是他告訴精神科醫師（雖然他叫馬歇爾，但是他要班漢稱呼他麥克）賽門・鮑爾斯的妄想症。

麥克笑了出來。「聽起來很有趣，或許還有一點點讓人發毛，不過沒什麼好擔心的，大概只是身體對抗生素的反應所引起的幻覺，聽起來有點像是開普格拉斯症狀，你們英國這裡聽過這東西嗎？」

班漢點點頭，想一想後又說：「沒聽過。」他替自己再倒一杯葡萄酒，不理會他老婆嘟起來的嘴，幾乎也未曾察覺她左右搖動的頭。

「嗯，開普格拉斯症狀……」麥克說，「……就是這種古怪的幻覺，大概五年前在《美國精神科學期刊》曾有篇文章討論到。基本上，就是一個人認為他生命中重要的人，像是家人、同事、父母、心愛的人等等……你聽好喔……已經被長相酷似的人所取代。

「並非所有認識的人都被取代，只有某些人，通常是他們生命中的一個人而已，也不會伴隨幻覺，就只會有那種症狀。他們都情緒極端不穩，而且有偏執傾向。」

精神科醫師用拇指甲挖挖鼻子。「我好幾年……二、三年前，就遇過一個案例。」

「你有沒有治癒他？」

精神科醫師側過頭來看著他，咧嘴笑了笑，露出他的牙齒。「醫生啊，精神科並不像……好比說性病的診斷，並沒有所謂的治癒方法，只能調適而已。」

班漢啜了口紅酒。事後他想到，要不是他喝了葡萄酒，他絕對不會說出他接下來要說的話，不過至少他沒有說得很大聲。「該不會……」他停頓了一下，想起他青少年時看過的一部電影。（片名好像叫變形什麼[2]的？）「……該不會沒有人檢查過那些人是否真的被殺了，而且還被用完全一模一樣的人取代……」

麥克還是馬歇爾（不管他叫什麼）用奇怪的表情瞧了瞧班漢，便椅子一轉，跟坐在另一邊的人說話去了。

班漢自己呢，則繼續試著讓自己的舉止正常（不管什麼是正常），但是他做不到，反而變得更悽慘。他喝得相當醉，開始含糊地叫喊：「去他媽的殖民！」晚餐結束後，還跟他老婆大吵一架。以上這些都不是正常會發生的事。

吵了一架後，班漢的老婆把他鎖在房間外。

他躺在樓下的沙發上，蓋著皺皺的毯子。他在內褲裡自慰，熱熱的精液噴到他肚子上。

下半夜，他被胯下一陣冷冷的感覺驚醒。

他用襯衫把身體擦一擦，回頭繼續睡覺。

賽門無法自慰。

他很想自慰，但是他的手就是不肯配合。他的手躺在一旁，健健康康的，無病無恙，但他就是好像忘了要怎麼讓手有所回應。這聽來有點蠢，不是嗎？

不是嗎？

他開始流汗，汗水從他的臉和額頭滴到白色的棉質床單上，但是他身體的其他部分都是乾的。

一個細胞接著一個細胞，有種東西從他體內占據他。它輕柔地掃過他的臉，就像愛人的吻；它舔舔他的喉嚨，在他的臉頰上呼吸，撫摸他。

他必須起身下床，但他就是沒辦法。

他試著尖叫，但是他張不開嘴。他的喉頭拒絕振動。

賽門仍舊看得到天花板被來往的車燈照亮。天花板變得模糊不清，他的眼睛仍舊是自己的，而眼淚正從眼裡冒出來，淌下他的臉孔，浸濕他的枕頭。

沒人知道我得了什麼病，他心想，他們都說我得了別人也會得的病，但是我並沒有得到那種病，我得的是不一樣的病。

黑暗吞噬殘存的賽門．鮑爾斯，他的視力變得一片朦朧之際，他心想，或許是它自己找上我的。

不久之後，賽門起身梳洗，在浴室的鏡子前仔細端詳自己，然後露出微笑，好似他喜歡

---

2 指一九七八年的電影《變形邪魔》（*Invansion of the Body Snatchers*），片中描寫外星生物入侵地球，起先以莢狀植物的外貌現身，成長開花後則生出人形，進而趁人類入睡時取而代之。

他眼前所見。

班漢微笑道：「好消息，你已經完全沒問題了。」

賽門・鮑爾斯在座位上伸了個懶腰，點頭說道：「我覺得棒極了。」

他看起來的確很好，班漢心想。他容光煥發，看起來比之前高。醫生覺得賽門變成一位很有吸引力的年輕人。「那麼……不會有那種感覺了嗎？」

「什麼感覺？」

「就是你跟我說的那種感覺啊，你覺得你的身體不再屬於你。」

賽門輕輕地揮揮手，用手搧搧他的臉。天氣不再寒冷，倫敦在一陣驟然來襲的熱浪中悶燒。感覺完全不像英國。

賽門覺得有趣極了。

「這整個身體都屬於我，醫生。我很確定。」

賽門・鮑爾斯（90/00666.L。單身，男性。）微笑了一下，好似整個世界也屬於他。

他走出診間時，醫生注視著他。他這時看起來比較強壯，比較不虛弱。

傑若米・班漢的掛號單上的下位病人是位二十二歲的男孩。班漢即將跟他說他是HIV陽性[3]。我討厭這種工作，他想，我需要放假。

他到走廊上叫那位男孩進來。他經過賽門・鮑爾斯的旁邊，看到他正在跟一位年輕漂亮的澳洲護士說話。「那一定是相當漂亮的地方，」他跟她說，「我想要去看看，我什麼地方都想去，我想要認識**所有人**。」他一隻手搭在她手臂上，而她無意躲開。

班漢醫生在他身旁停下來，拍拍賽門的肩膀。「年輕人，」他說，「不要再讓我在這裡看到你喔。」

賽門．鮑爾斯咧嘴笑了笑。「醫生，你不會再看到我了。」他說，「至少並不會像現在這樣子看到我。我已經辭掉工作了，我要去環遊世界。」

他們握手。鮑爾斯的手摸起來溫暖、舒服、乾燥。

班漢離開了，但是仍聽得到賽門．鮑爾斯繼續跟護士聊天。「絕對會很棒。」他跟她說。班漢想知道他到底在跟她談性，還是談環遊世界，也可能兩者皆是。

「我絕對會玩得非常**愉快**，」賽門說，「我現在愛死那檔子事了。」

3 HIV（Human Immunodeficiendy Virus，人類免疫缺乏病毒），是一種導致愛滋病的病毒，呈陽性反應者即為愛滋病帶原者。

吸血鬼詩[1]

等待，我在夢的疆界裡，
黑影幢幢，陰鬱氛圍，味如暗夜，
於冰冷脆洌之夜，守候吾愛。
月亮褪去她墓碑的色澤。
她即將到來，而我們將潛伏在這美麗世界，
徘徊在黑夜，不斷追逐鮮血。

這是一場孤獨的獵殺，獵捕鮮血，
軀體依舊有作夢的權利，
我不會放棄，以全世界交換亦然，
月亮吸取了夜之黑。
我站在陰影中，凝視她的墓碑，
未死之人，吾愛……喔，未死之愛？

今日妳在我夢裡，
愛情對我而言意義非凡，更甚生命，更甚鮮血。
陽光深深射入我的墓碑，
比任何屍體都還要死寂，但仍舊是場夢，
直到我像水蒸汽般，甦醒在夜裡，
日落逼我進入這個世界。

數百年來我行遍世界，
散布愛的仿製品：
一個偷來的吻，又重歸夜裡，
滿足於自己吸取的生命和鮮血。
當黎明降臨，我成了一場夢，
冰冷的軀體，安息在墓碑下。

我說我不會傷妳。難道我是塊墓碑，

---

1 賽斯丁納詩（Sestina），這種詩共有七段，前六段每段有六行。在英文中，前六行每行最後一個字，在整首詩中不斷改變順序，出現在接下來每一段每一行的最後一個字；而最後一段只有三行。礙於語言的因素，中文譯文無法像英文般每行都是以那六個字結尾。

會讓妳束縛在時間和世界裡？
我願給妳夢境外的真實，
而妳只需給予妳的愛。
我告訴過妳毋須擔心，
深夜展翼之際，鮮血尤為甜美。

有時吾愛起身夜行……
有時她們冰冷的屍體靜臥墓碑下，
永遠不識床榻和鮮血的歡愉，
永遠不識橫行陰暗世界的滋味，
反而遭蛆敗壞。噢，吾愛，
他們竊竊私語，妳已在我夢裡醒來。

我已在妳墓碑旁等候大半夜，
但妳不願離開夢境，獵捕鮮血。
晚安，吾愛。我願給妳全世界。

老鼠

他們有許多能迅速殺死老鼠的器材，也有能慢慢殺死老鼠的器材。傳統捕鼠器有十二種變化型，而所謂傳統的捕鼠器，就是往往被雷根視為「湯姆貓與傑利鼠式」的捕鼠器：只要碰一下，捕鼠器上的金屬彈簧夾就會啪噠一聲，猛力合起，夾斷老鼠的背脊。店裡貨架上還有其它器材：讓老鼠窒息的、把老鼠電死的，甚至把老鼠淹死的都有，每一種都被安全地放在彩色硬包裝紙盒裡。

「這些都不是我要的。」雷根說。

「嗯，捕捉式的捕鼠器，我們就只有這幾種。」那位女人說。她戴著一塊大大的塑膠名牌，上面寫說她名叫「貝琪」，她「樂意在馬克亞動物飼料及用品店**為您**服務」。「那麼，這裡呢……」

她指了指專門擺放「餓貓老鼠藥」小包裝的展示架。架上躺了一隻四腳朝天的橡膠老鼠。

一陣記憶忽然沒來由地湧上雷根心頭：關伸出她粉紅色的纖纖玉手，手指向上彎起。

「那是什麼？」她問。事情發生在他動身到美國前的那個星期。

「我不知道。」雷根說。他們當時在英國西部一間小旅館的酒吧裡，地毯酒紅，壁紙淡黃。他喝琴湯尼，她正啜飲第二杯夏布利酒[1]。關曾告訴雷根，金髮的人只能喝白酒，因為畫面看起來比較漂亮，他笑出來，直到他了解到她不是在開玩笑後才停下。

「那是**這種東西**死掉的樣子。」她邊說邊把手翻過來，垂下手指，像一隻動作遲緩的粉紅色動物的腿。他笑了笑。之後他付了錢，然後他們上樓回到雷根的房間……

「不，不要毒藥。我不想把牠殺死，妳懂嗎？」他跟銷售員貝琪說。

她看著他，面露不解，好似他突然開始說起外語。「可是你說你想買捕鼠器啊？」

「聽好，我要的是人道一點的捕鼠器，就像條通道一樣，可以讓老鼠走進去，然後門關上，牠就出不來了。」

「那你要怎麼把牠殺掉呢？」

「不是要殺掉牠，而是開車到幾英里外的地方，把牠放了，然後牠就不會再回來煩你。」

貝琪這時候微笑起來，她注視他的樣子，好似他是最親愛的生物，最貼心、最愚蠢、最可愛的小生物。「你在這裡等等，」她說，「我到後面找找。」

她穿過一扇寫著「員工專用」的門。雷根心想，她的臀部還滿漂亮的，而且以單調的美國中西部標準而言，還算稍有魅力。

他看看窗戶外頭。珍妮絲正坐在車上看雜誌。一頭紅髮的她穿著一件寒酸的居家服。他向她揮揮手，但是她根本沒在看他。

貝琪穿過那扇門走回來。「找到了！」她說，「你想要幾個？」

「兩個。」

「沒問題。」她又離開片刻，拿了兩具小小的綠色塑膠容器回來，然後在收銀機上結帳。正當他笨拙地摸索著還不熟悉的紙鈔和硬幣，想湊到剛好的零錢時，她面露微笑，在手中翻轉捕鼠器的包裝，檢視捕鼠器。

「我的天，」她說，「真不知道他們接下來還會出什麼花招？」

當雷根走出商店，一股熱氣迎面襲來。

他匆忙回到車子那裡，金屬車門把手摸起來很燙。車引擎正在空轉。

他爬上車。「我買了兩個。」他說。車上的冷氣涼爽舒適。

「繫上安全帶，」珍妮絲說，「你一定要學學怎麼在這裡開車。」她放下雜誌。

「我會，」他說，「總有一天一定會。」

雷根很害怕在美國開車，那感覺就像在鏡中世界開車一樣。

他們沒再說話。雷根閱讀了捕鼠器盒子背面的說明。根據說明，這種捕鼠器最大的優點就是你不需要看到、碰到、處理老鼠。那扇門會自己關起來，就這樣。說明裡並未提到是否會把老鼠殺了。

他們回到家，他把捕鼠器從盒子裡拿出來，在其中一個裡面最深處放點花生醬，另一個則放一塊烹飪用巧克力。他把這兩具捕鼠器放到食品儲藏間裡，一個靠在牆邊，另一個則放在疑似老鼠出入食品儲藏間的洞口。

那種捕鼠器只不過是通道，一端是門，另一端是盡頭。

---

1 夏布利酒（Chablis），生產於法國勃艮地最北邊的上等白葡萄酒。

那天夜裡，雷根躺在床上。珍妮絲睡著後，他伸出手撫摸她的乳房。他溫柔地撫摸，不想吵醒她。她的乳房顯然豐滿了些，他希望大乳房會勾起他的性慾。他想知道，當女人在分泌乳汁時，吸吮她的乳房會是什麼感覺。在他的想像中，那應該會很甜美，但是他想像不到什麼特定的味道。

珍妮絲睡得很熟，但她還是偎向他。

他挪到一側，躺在黑暗裡，想要記起如何睡覺，在心中尋找入睡的方法。那裡又熱又悶，當他們還住在伊令時，他可以很快入睡，他很確定他可以。

花園裡傳來一陣尖銳的尖叫聲。珍妮絲動了一下，翻過身去。那聲音聽起來幾乎像人類的聲音，狐狸的聲音有可能聽起來像小孩子痛苦時的聲音，雷根好久以前曾經聽過。或許那是貓的聲音，也或許是某種夜行鳥。

不過無論如何，那天夜裡有東西死去，這完全無庸置疑。

隔天早上，有一具捕鼠器已經關了起來，不過當雷根小心地打開它時，裡面卻是空的。那塊巧克力誘餌曾被嚙咬過。他再把捕鼠器的門打開，重新放到牆壁旁邊。

珍妮絲在客廳裡哭泣。雷根站在她身旁。她伸出手，他緊緊握住。她的手指冰涼，仍舊穿著她的睡衣，還沒化妝。

後來，她打了通電話。

將近中午時，聯邦快遞替雷根送來一個包裹。包裹裡裝了十二張磁碟片，每張磁片裡都裝滿要他檢視、整理、分類的數字。

他在電腦前工作到傍晚六點，坐在一具小金屬電扇前面。那具電扇呼隆呼隆作響，把炙熱的空氣吹過來又吹過去。

他那天晚上煮飯時扭開了收音機。

「……我的書將**告訴**大家自由派人士**不希望**我們知道的事。」那聲音相當高亢，感覺很緊張、很自大。

「沒錯，有些內容就是這樣，實在有點令人難以相信。」主持人在一旁唱和，那是廣播人的典型聲音，低沉，可靠，聽起來很舒服。

「**當然**很難相信，因為那跟他們要你相信的一切根本南轅北轍。媒體上的那些自由派人士和同性戀不會**讓**你知道真相的。」

「嗯，我們都知道，朋友。我們聽完這首歌後馬上回來。」

那是首西部鄉村歌曲。雷根把廣播設定在當地的國家公共電臺，他們有時候會播放英國國家廣播公司的世界新聞。他猜想，一定有人調過他的頻道，不過他想不到會是誰。

他拿了把鋒利的刀，小心地劃過雞胸肉，把那塊粉紅色的肉切成一條條的肉塊，準備下鍋炒。同時他一邊聽著音樂。

有人的心碎了，有人不再在乎了，那首歌結束了。然後有段啤酒的廣告，然後那些人又開始說話。

「問題是，剛開使沒人相信，但是我取得了**文件**，我取得了**照片**，讀過我的書後，你們就**會**理解了。他們是邪惡的聯盟，我說的**就是**邪惡。那是由墮胎支持者、醫療群體、同性戀所組成的聯盟。那些同性戀需要有人從事墮胎這種謀殺行為，他們才能取得用來做**實驗**的小嬰孩，好尋找愛滋病的解藥。

「我是說，那些自由派人士提到納粹有多殘暴，但是納粹所做的事，根本**比不上**他們的所作所為，甚至就在我們說話的當下，他們依然如此。他們在做實驗時，會把那些人類胚胎嫁接到小老鼠身上，創造出人鼠混種的生物，**然後**替牠們注射愛滋……」

雷根想到門格勒[2]，他弄了一面繫滿眼球的牆，藍色眼睛、棕色眼睛、褐色眼睛……

「媽的！」他切到自己的大拇指。他把拇指放到嘴巴裡含著止血，然後跑到浴室尋找OK繃。

「你要記得，我明天十點前必須出門。」珍妮絲站在他身後。他看著她在浴室鏡子中的藍色眼睛，她看起來很冷靜。

「好。」他把OK繃貼在拇指上，將傷口覆蓋纏繞起來，然後轉身面對她。

「我今天看見一隻貓在花園裡，」她說，「那是隻大灰貓，或許是流浪貓。」

「或許吧。」

「你有沒有想過養寵物呢？」

「沒有，那只會讓我們增加煩惱而已，我以為我們已經同意不養寵物了。」

她聳聳肩。

他們回到廚房，他把油倒進煎鍋裡，點燃瓦斯，把一條條粉紅色的肉丟進去，然後看著那些肉縮小、褪色、變形。

隔天早上，珍妮絲自己開車到公車站。開車到市區要很久，而且等她辦完事要回家時，她絕對沒辦法再開車了。她帶了五百元的現金。

雷根檢查了捕鼠器，它們沒有任何動靜。於是他在屋子走廊上四處巡查。

最後他打了電話給關。第一次打電話時，他撥錯號碼，手指按到別的鍵，而且長長一串電話號碼讓他感到困惑。於是他再試一次。

電話響起，接著她的聲音出現在話筒裡。「聯盟會計公司，午安您好。」

「關嗎？是我。」

「雷根？是你嗎？我一直希望你會打電話來，我很想你。」她的聲音聽來很遙遠。橫跨大西洋的細碎爆破音和嗡嗡聲，把她帶得更加遙遠。

「打電話很貴的。」

「不考慮回來嗎？」

「我不知道。」

---

2 門格勒（Josef Mengele），納粹時期的滅絕營醫師。

「那麼你老婆好嗎？」

「珍妮絲……」他停頓了一下，嘆口氣。「……珍妮絲很好。」

「我已經跟我們新的業務部主任搞上了，」關說，「他在你離開後才來，你不認識他。你已經離開六個月了，我是說，女孩子也是有需求的。」

雷根這時忽然想到，那就是女人最讓他討厭的地方：她們的務實。儘管他很不喜歡戴保險套，關還是要他每次都戴保險套，另外她還會用子宮帽和殺精劑。雷根覺得用了那堆東西後，那種自發、浪漫、熱情的感覺全都沒了。他喜歡自然而然發生的性行為，一半是他自己想要，一半是外在環境配合，某種臨時起意的事情，既淫穢又強烈。

他的前額開始抽痛。

「那裡的天氣怎樣？」關爽朗地問。

「很熱。」雷根說。

「真希望這裡也很熱，雨已經下好幾週了。」

他說了些很高興再聽到她聲音之類的話，然後掛上電話。

雷根檢查了捕鼠器，裡面仍是空的。

他悠閒地走到他的辦公間，打開電視。

「……這是小的，就是**胚胎**的意思。有一天她會成長變大，她會長出小手指、小腳趾，甚至還會有小腳趾甲。」

螢幕上的畫面紅紅的，很模糊，還有脈動。畫面切換到一位笑容燦爛的女人，她手裡抱著一位嬰兒。

「像她這樣的小嬰兒，長大後會成為護士、老師、音樂家，有一天還可能成為總統。」

然後剛才那種粉紅色的東西又填滿了畫面。

「但是**這個**小東西永遠都不會長大，她明天就會被殺掉，而她母親卻說那不算謀殺。」

他不停轉臺，直到他找到《我愛露西》。那是最完美、最沒內容的背景聲音，然後他打開電腦開始工作。

他花了兩個小時的時間，在看似無止境的數字欄裡尋找那不到一百元的誤差後，他的頭痛了起來。於是他起身走到花園。

他想念花園，想念規規矩矩的英國草坪，想念規規矩矩的英國草。這裡的草稀疏枯黃。樹木表面都長了一層西班牙苔，就像科幻電影裡會有的東西。他沿著屋後的小徑走進樹林。有個動作俐落的灰色東西在樹木間跳來跳去。

「過來，小貓咪。」雷根叫喚，「喵咪，過來，喵咪，過來。」

他走到那棵樹旁，看看樹後。那隻貓（或者不管是什麼）已經不見了。

有東西刺到他的臉頰，他想都沒想就伸手拍打。他低頭看看手掌，上面沾了血，那是隻蚊子，已經扁了一半，仍然在他手上抽動。

他回到廚房，替自己倒了杯咖啡。他想念茶，但是這裡的茶味道就是不一樣。

珍妮絲在六點左右到家。

「結果怎樣？」

她聳聳肩。「很好。」

「是嗎？」

「對啊。」

「我下個星期還要回診，」她說，「再檢查一次。」

「好確認他們有沒有把東西遺留在妳體內嗎？」

「隨你怎麼說。」她說。

「我做了義大利肉醬麵。」雷根說。

「我不餓。」珍妮絲說，「我要上床睡覺了。」

她隨即上樓。

雷根繼續工作，直到數字的加總沒有出入後，他才上樓。他靜靜走到黑暗的臥室裡，在月光下脫去衣服，丟在地毯上，然後鑽進被子。

他感覺得到珍妮絲就躺在他身旁。她的身體在發抖，枕頭也濕濕的。

「珍？」

她背向他。

「那實在可怕極了，」她對著枕頭小聲說，「而且痛死了。他們不願意替我打麻醉或是做任何事。他們說若我想要的話，可以打一針『安定』[3]，但是他們已經沒有麻醉師了，那位小姐說麻醉師受不了壓力離職了，而且打麻醉還要再花兩百元，沒人想付那筆錢……」

「實在痛死了。」她這時候已經在啜泣，斷斷續續地說話，那些話彷彿是被從她身體扯出。「痛死了。」

雷根下床。

「你要去哪裡？」

「我沒有必要聽這些，」雷根說，「真的沒必要。」

屋子裡很熱。雷根只穿著內褲就下樓了。他走到廚房裡，沒穿鞋的腳在塑膠地板上發出黏滯的唧唧聲。

有一具捕鼠器的門關起來了。

他把那具捕鼠器拿起來，覺得比之前還要重一些些。他小心地打開門，只開了一點點。兩顆圓滾滾的眼睛瞪著他看，毛是淺棕色的。他再把門關起來，聽到捕鼠器裡發出亂抓亂扒的聲音。

然後呢？

他無法殺死牠，他根本無法殺死任何東西。

那具綠色的捕鼠器有股刺鼻的氣味，底部沾了黏黏的老鼠尿。雷根小心翼翼地把捕鼠器

---

3 即Valium，一種抗焦慮劑的商標名。

拿到花園裡。

一陣清風吹來，幾乎要月圓了。他跪在地上，輕輕把捕鼠器放在乾燥的草地上。

他把那具綠色小通道的門打開。

「快走吧。」他輕聲說，對自己在戶外的聲音感到不好意思。「快走吧，小老鼠。」

老鼠沒有動。他看得到牠的鼻子就在捕鼠器門口。

「快點。」雷根說。月光明亮，他看得一清二楚，亮處和暗處形成強烈對比，只是缺了點顏色。

他踢了捕鼠器一下。

老鼠向前猛地一衝，跑出捕鼠器，然後停住，轉個方向，朝樹林裡跳去。

然後老鼠又停了下來，往雷根的方向看了看。雷根確信牠正注視著他。牠有粉紅色的小手，雷根突然生出一股父愛的衝動，於是他露出了留戀的微笑。

夜色中閃過一道灰色的東西，老鼠隨即被一隻大灰貓咬了起來，老鼠無助地掙扎，大灰貓的眼睛在夜裡露出燃燒般的綠色。然後那隻貓躍進樹叢裡。

他有短暫的一刻想要去追那隻貓，想要從貓的嘴裡解救那隻老鼠……

樹林裡傳來一陣尖銳的叫聲，那只是夜晚的聲音，但是有那麼一下子，雷根覺得那聽起來像人類的聲音，像是女人痛苦時發出的聲音。

他把那具小小的塑膠捕鼠器丟出去，丟得愈遠愈好。他希望捕鼠器撞到東西時會發出讓他感到滿意的撞擊聲，但是捕鼠器無聲無息地墜入了樹叢。

雷根走回屋內，關上身後的門。

海變

現在是寫下這段故事的好時機，
就是現在，浪花耙過圓卵石，沙沙作響，
歪歪斜斜的冰冷雨水，打在錫製屋頂上，
啪嗒啪嗒響，我幾乎聽不見自己思考的聲音。
除此之外，還有風的低沉嚎嘯。相信我，
我現在就可以爬到黑色浪花那裡，
但是在烏黑的雲朵下，這麼做相當愚蠢。

當我們向你吶喊，請聽我們說，
請保佑在海上遇險的人[1]。

那首老調兒自動在我嘴邊盤旋，
或許我唱得很大聲，我自己也無法分辨。
我不老，但是起床時總全身痠痛，

就像古老的海底殘骸。看看我的手，
被波浪和海洋截斷扭曲，
看起來像是暴風雨過後遺留在海灘上的東西。
我像個老頭兒一樣地握著筆。

我的父親稱這樣子的海洋為「寡婦製造機」。
我的母親說，海洋永遠都是寡婦製造機，
即使它像天空一樣灰、一樣平靜，也不會因此有所不同。
她說的沒錯。
我父親在天氣良好的情況下溺斃。
有時候我會納悶，他的骨骸會不會被沖上岸，
還有如果被沖上岸，我是否會知道，
他的骨骸也許會變得糾結扭曲，也可能像海面一般平滑。

我當時是十七歲的小伙子，就跟其他年輕人一樣趾高氣昂，
認為可以把海洋變成自己的情婦。

---

1 出自〈美國海軍讚美詩〉（*Eternal Father, Strang to Save*）。

我答應母親，我不會到海上去。
她要我到文具店去做學徒，我的日子
就在成千上萬的紙張裡度過。
不過在她死後，我拿了她的存款，
替自己買下一艘小船。取出我父親滿是灰塵的漁網和龍蝦籠，
雇了三位年紀都比我大的船員。
永遠離開墨水瓶和鵝毛筆的生活。

日子有好有壞。
除了寒冷還是寒冷；海水又苦又鹹；漁網割傷我的手，
漁線是難纏的危險東西。儘管如此，
我不會因此放棄。時候未到。
我的世界染上鹽味，我因此確信我會永遠活下去。
在舒爽的微風中，掠過海浪，
太陽在身後，我以快過十二匹馬的速度越過白花花的浪頭。
那才是真正的生活。

海洋有脾氣。你很快就能學會。

我寫這段話的那天，她難以捉摸，脾氣暴躁。
風吹來了，來自羅盤的四個角落，
波濤洶湧起伏。我無法衡量她。
我們四周看不到陸地。那時我看到一隻手，
我看到某種東西，從灰濛濛的海洋中伸出來。
我想起父親，於是我跑到船頭，大聲叫喊。

沒有應答聲，只有海鷗寂寥的哀嚎。
空中充斥著呼嘯的白色羽翼，就在那時，
船的吊杆擺了過來，擊中我後腦杓下端，
我記得冰冷的海水慢慢向我湧來，
把我包圍，把我吞沒，把我帶走。

我嘗到鹽的味道。我們是由海水和骨頭組成。
那是小時候文具店老闆跟我說的。
我曾經想過，在每一次的誕生之前，總由羊水通報，
而我很肯定羊水嘗起來一定是鹹的，
或許吧，我回想我出生時的感覺。

海底下的世界朦朧不清。好冷，好冷，好冷……

我不相信我見到她了，我無法相信。
或許那是一場夢，或許我瘋了，或許我缺氧，
或許是因為我撞到頭，她才會出現。
但是，當我在夢中看到她，在夢中，我絕不會懷疑。
她跟海水一樣古老，也跟新生的浪花或漲潮一樣年輕。
她妖精般的眼睛曾暗中察看我，而我知道她想得到我。
有人說討海的人沒有靈魂：或許海洋就是一大片靈魂，供他們呼吸、飲用、生活。
她想得到我。而她可以得到我，應該不會有什麼差錯，
可是……

有人把我從海裡拉了出來，對我的胸膛施壓，
直到我吐出大量的海水到被浪打濕的木板上。
我很冷，很冷，很冷，發抖，打顫，難受。
我的手受傷了，我的腿骨折了，
好似我剛從深海裡浮出來一樣，
貝殼雕刻品和浮木構成我的骨頭，

雕刻所言的寓意被隱藏在肌理之下。

我的船再也沒回來，也無人再見過那群船員。
我靠著村裡的施捨過活：
「那時候是看在海洋的分上，」他們說，「我們才出航的。」
過了將近二十年後，
所有的女人看我的眼神都帶著憐憫或藐視。

我的小屋外，風從咆哮變成尖叫，
激得雨水猛力打在錫牆上，
堅硬的圓卵石正一個挨著一個，嘎吱作響。

當我們向你吶喊，請聽我們說，
請保佑在海上遇險的人。

相信我，我今晚可以到海上去，
用我的手和膝蓋把自己拖到那裡，
把自己獻給海水和黑夜，

獻給那位女孩。
讓她從糾結在一起的骨頭上吮肉，
把我變成像象牙一樣永不腐朽的東西，
把我變成某種瑰麗奇異的東西。
但是那實在相當愚蠢。
風雨的聲音正在對我低語。
海灘的聲音正在對我低語。
海浪的聲音正在對我低語。

世界盡頭一遊

作者：堂妮・莫寧塞，十一歲又三個月

我在創建日放假時做的事：爸爸說我們要去野餐，媽媽問去哪裡，我說我想去馬谷騎小馬，但是爸爸說我們要去世界盡頭，媽媽說我的天啊，爸爸說坦雅，該是讓孩子看看真相的時候了，媽媽說不行不行，她的意思是她覺得今天去強森奇異光之花園就可以了。

媽媽愛死了強森奇異光之花園。強森奇異光之花園在路克斯，就在第十二街和河流之間。我也喜歡那裡，因為他們會給你馬鈴薯條，讓你餵那些跑到野餐桌的白色小花栗鼠。

我們都用這個詞來形容白色小花栗鼠：白子。

朵羅莉塔・杭斯寇說，如果你捉到花栗鼠，牠們會預測你的未來，但是我從來沒捉到過。她說有隻花栗鼠告訴她，她長大後會成為芭蕾舞者，還說她會因為肺癆死在布拉格的宿舍，沒人愛憐。

於是爸爸做了馬鈴薯沙拉。

食譜是這樣子的：

爸爸的馬鈴薯沙拉是用新鮮的迷你馬鈴薯製成。他會用滾水把馬鈴薯煮熟，然後趁馬鈴薯還熱的時候，淋上他的調味祕方。他的調味祕方就是把美奶滋、酸奶油，還有一種叫「細香蔥」的小洋蔥，跟培根肥肉和酥脆培根片炒一炒，等到冷了之後，就是世界上最好吃的馬鈴薯沙拉，比學校的還要好吃，因為學校的馬鈴薯沙拉讓人一吃就想吐。

我們順路到商店買水果、可口可樂、馬鈴薯條。我們把這些東西裝在箱子裡，然後把箱子放進後車廂。我們上了車，還有媽媽、爸爸、妹妹，**我們上路了！**

離開時，我們家住的地方是早上，接著開車上高速公路，在黃昏時經過一座橋，不久天色就暗了。我喜歡在黑暗中開車。

我坐在車子後座，唱歌唱到歌詞全部混在一起，腦子裡都是「啦啦啦」的聲音；爸爸忍不住說，親愛的堂妮，不要再發出那種聲音，但是我還是繼續唱著啦啦啦。

啦啦啦。

高速公路因為維修而關閉，所以我們就跟著指標走。指標上寫著：「繞路」。

媽媽要爸爸在開車時把車門鎖上，她要我也把車門鎖上。

天色愈來愈暗。

當我們穿過市中心時，看到窗外的景象：我看到一位留鬍子的男人，他在我們停紅燈時跑過來，用髒兮兮的抹布在我們車窗上擦來擦去。

他走到車子後面，用他蒼老的眼睛透過車窗對我眨眨眼。

然後他就不見了。媽媽和爸爸開始爭論那個人是誰，到底他會帶來好運還是壞運。但是他們沒有因為這樣就吵起架來。

後來出現更多寫著「繞路」的標誌，它們都是黃色的。

我在一條街上看到我所見過最漂亮的一群男人，他們一邊向我們拋來飛吻，還一邊唱歌；我在一條街上看到一個女人在藍色燈光下，用手撐著她的臉龐，但是她的臉在流血，而且還濕濕的；還有一條街上只有瞪著我們看的貓。

妹妹說喀喀，其實她是在說「看看」，她還說喵咪。

妹妹叫做麥莉森，但是我都叫她小黛西，那是我給她取的祕密名字，來自一首叫做〈黛西、黛西〉的歌。那首歌是這麼唱的：黛西、黛西，一定要給我妳的答案，我為了愛妳而瘋狂，婚禮不會很時髦，因為我請不起馬車，但是雙人單車上，妳會看起來很甜美。

我們離開了都市，駛進山區。

然後，在道路兩側，比較遠一點的地方，有些看起來像是宮殿的房子。

爸爸就是在其中一間房子裡出生的。他和媽媽又開始為錢吵架了，他說他拋棄了這一切，就是為了跟她在一起，然後她說是喔，你又要提起那件事了，對不對？

我看看那些房子，問爸爸以前奶奶住在哪一間，他說他不知道，他在說謊。我不知道為什麼大人這麼愛撒謊，例如他們會說我晚點再告訴你，或是晚點再說，可是他們的意思其實是不行，或是我根本不會跟你說，即使你已經長大了也不會跟你說。

在其中一間房子，有人在花園裡跳舞。然後馬路就開始彎來彎去了，爸爸開車載著我們，在黑暗中穿越鄉村。

你看！媽媽說。有隻白鹿在馬路上奔跑，後面有人在追逐。爸爸說牠們很討人厭，牠們是害蟲，就像是有角的老鼠。而且撞到鹿時，最糟的情況就是鹿直接衝進車子的擋風玻璃裡。他說他有個朋友，就是因為有隻蹄子鋒利的鹿撞破擋風玻璃，結果把他給踢死的。

然後媽媽說喔，我的天，我們並不需要知道那種事情。爸爸說坦雅，世事難料。媽媽說說真的，你真是無可救藥。

我想要問那些追鹿的人是誰，但是我卻開始哼起歌來，啦啦啦啦啦。

爸爸說別再唱了。媽媽說看在老天的分上，讓女兒好好表達自己，行不行？爸爸說我猜妳也喜歡嚼鋁箔紙吧？我媽媽問那是什麼意思，爸爸什麼話都沒說，然後我問我們到了沒？

馬路旁有一堆堆營火，有時候還會有一堆堆骨頭。

我們在一處山坡旁停下來。世界盡頭就在山坡的另外一邊，爸爸說。

我想知道那到底是什麼樣子。我們把車子停在停車場然後下車。媽媽抱著小黛西，爸爸提著野餐籃。我們沿著燭光照亮的小徑爬上山坡，途中有隻獨角獸走到我身旁，用嘴巴在我身上磨蹭。

我問爸爸可不可以餵牠吃蘋果，爸爸說牠可能有跳蚤，媽媽說牠沒有。牠的尾巴不斷地搖啊搖，搖啊搖，搖啊搖。

我把我的蘋果餵牠吃，牠用銀色的大眼睛看著我，然後發出「哼嗯呼」的鼻息聲，就往山坡上跑走了。

小黛西說咯咯。

世界盡頭是世界上最棒的地方，那裡看起來就像這樣子：

地上有個洞，又寬又大的洞，漂亮的人手裡拿著燃燒的棍子和彎刀，從洞裡跑出來。他們有長長的金髮，看起來就像公主一樣，只是比較兇一點。他們有些人有翅膀，有些人沒有。

天空也有一個洞，從那個洞落下許多東西，例如貓頭人和蛇。那些蛇看起來像是用亮光膠做成的，就是我在萬聖節早上抹在頭髮上的那種亮光膠。我還看到有東西從天空飛下來，像又大又老的嗡嗡蒼蠅，數量非常多，多得跟星星一樣。

牠們不會動，就掛在那裡，什麼事都不做。我問爸爸為什麼牠們不動，爸爸說牠們只是動得非常非常慢而已，但是我覺得不是。

我們在把東西放在野餐桌上擺好。

爸爸說世界盡頭最棒的地方，就是沒有黃蜂也沒有蚊子。媽媽說強森奇異光之花園也沒什麼黃蜂。我說小馬谷有很多黃蜂和蚊子，還有我們可以騎的小馬。爸爸說他帶我們來這裡，是要我們玩得愉快。

我說想要四處逛逛，看看能不能再見到那隻獨角獸。媽媽和爸爸說不要跑太遠。

隔壁桌的人都戴了面具。我跟小黛西一起走過去看他們。

他們向一位又胖又壯的女士獻唱生日快樂歌，那位女士沒有穿衣服，戴著一頂好笑的大帽子。她身上有許多乳房，一路長到她的肚子。我在那裡等著看她把蛋糕上的蠟燭吹熄，可是那裡沒有蛋糕。

妳要不要許個願呢？我說。

她說她不能再許願了，她年紀太大了。我跟她說我上次過生日時，一口氣就吹熄蠟燭，而且我很早就開始想要許什麼願望，我本來想許願，希望媽媽和爸爸不會在晚上吵架，可是真的許願時，我卻希望能得到一匹昔德蘭小馬，然後我的願望一直沒有實現。

那位女士抱了我一下，跟我說我實在有夠可愛，她可以把我整個人吃掉，連骨頭、頭髮……統統都可以吞下去。她的味道聞起來像乾掉的甜牛奶。

然後小黛西開始放聲大哭，於是那位女士把我放下來。

我大聲呼叫獨角獸，但是我沒看到牠。有時候，我以為我聽到一陣喇叭聲，有時候我以為那只是我耳朵裡的噪音。

然後我回到野餐桌那裡。我問爸爸世界盡頭再過去有什麼東西？他說什麼都沒有，什麼都沒有，那就是為什麼這裡叫做盡頭。

然後小黛西吐了東西在爸爸的鞋子上，於是我們把嘔吐物清乾淨。

我坐在桌子旁。我們吃了馬鈴薯沙拉（我已經跟你們說要怎麼做了，你們應該自己做做看，很好吃），還吃了柳橙汁和馬鈴薯條和黏黏的蛋和水芹三明治。我們喝可口可樂。

然後媽媽跟爸爸說話，我沒聽到媽媽說什麼，接著爸爸用力甩了媽媽一巴掌，然後媽媽哭了起來。

爸爸叫我把小黛西帶走，他們講話時到旁邊散步去。

我把小黛西帶走。因為她也在哭，所以我跟她說別這樣，黛西，別這樣子嘛，小黛西鈴鐺；我已經長大了，我哭不出來。

我聽不到他們在說什麼，我看看那位貓臉人，想知道他是不是動得很緩慢，我聽到世界盡頭的喇叭，在我腦子裡發出噠噠噠的聲音。

啦啦啦啦啦啦啦。

啦啦啦。

然後媽媽和爸爸走過來，跟我說我們要回家了，不過一切真的都沒怎麼樣。媽媽的眼睛都是紫色的，看起來很好笑，就像電視上的小姐一樣。

小黛西說喵頭衣，我跟她說沒錯，那是喵頭衣。我們都回到車上。

回家的路上，沒有人說話，小嬰兒在睡覺。

路旁有隻死掉的動物，那是被別人車子撞到的。爸爸說那是隻白鹿，我認為是我見到的那隻獨角獸，不過媽媽說沒有人能殺死獨角獸，可是我覺得媽媽又在說謊了，就像大人會說謊一樣。

天快亮的時候，我問爸爸如果跟別人說出你的願望，那個願望是不是就不會實現？

爸爸問是什麼願望？

生日願望，當你吹熄蠟燭時許的願。

他說，不管你有沒有說出去願望都不會實現，他說那只不過是願望而已。他說你不能相信願望。

我問媽媽，她說隨妳爸爸怎麼說都行。她用那種冷淡的聲音說著，就是當她連名帶姓叫我還罵我時的那種聲音。

後來我也睡著了。

然後我們就到家了，那時候已經是早上，我不想再看到世界盡頭。就在我下車前，當媽媽把小黛西抱進屋子裡的時候，我閉上眼睛，不想看到任何東西，我拚命許願，拚命許願，許願，許願，許願……我希望我們去的是小馬谷，我希望我們哪裡都沒去，我希望我是別人。

我希望。

沙漠之風

有位老先生，皮膚被沙漠太陽烤得黝黑，
他告訴我，當他年輕時，
有陣風暴拆散了他和他的駱駝商隊
和香料，他在石頭和沙子上走了幾天幾夜，
目光所及只有小蜥蜴和沙礫色的野鼠。

不過，到了第三天，
他來到一座城市，
那座城市完全用鮮豔的絲綢帳棚搭成。
有位女人帶他走進最大的帳棚，
火紅色的絲綢帳棚。
她在他面前擺了一個托盤，給他冰果露喝，
給他墊子躺，
然後用她鮮紅的嘴脣，吻了他的額。

戴面紗的舞者在他面前翩翩起舞，
她們的肚子像沙丘，
眼睛像綠洲裡的黑水池，
身上的絲綢全是紫色，
戒指是金色。
他欣賞舞者跳舞，佣人帶了食物來給他，
琳瑯滿目的食物，
白如絲的葡萄酒，紅如罪的葡萄酒。
然後，葡萄酒使他肚子和腦子一陣天旋地轉，
他跳了起來，
跳進那群舞者中，與之共舞，
雙腳踩在沙子上，又跳又踏，
他還把最漂亮的舞者摟在懷裡，親吻她。
但是他嘴唇碰到的，是被沙漠風乾的骷髏頭。
每位身著紫衣的舞者都變成了骷髏，

但是她們依舊跳著舞，扭著腰，踏著腳，
他感覺那座帳棚城市這時變得像乾沙，
在他指間沙沙流逝，
他開始發抖，把頭埋進他的連帽斗篷[1]，
發出啜泣聲，這樣才不會再聽見鼓聲。

他說當他醒來時，四下無人。
帳棚不見了，火精靈[2]也不見了。
天空湛藍，烈日無情，
那是大半輩子前發生的事。
他活了下來，就是為了傳述這段故事，
他露出沒有牙齒的牙齦大笑，跟我們說：
在那天之後，他曾經看到絲綢帳棚之城，
在地平線上的薄霧中跳舞。

1 原文為burnous，阿拉伯人或摩爾人穿的粗羊毛連帽長斗篷，通常為白色。
2 原文為ifreet，阿拉伯民間傳說生物，體形巨大有翼。

我問他那是不是海市蜃樓，他說是。
我說那是場夢，他也同意，
但是他說那是沙漠的夢，不是他的夢。
他告訴我，
再過一年多後，當他已經老得差不多了，
他會再次走入風中，直到見到帳棚。
他說這次他會隨他們而去。

回味

他上臂有幅刺青，那是顆小小的愛心，由紅色和藍色構成。那顆心下是塊粉紅色的皮膚，原本在那裡的名字已被磨去。

他正慢慢舔舐著她左邊的乳頭，右手撫摸著她的後頸。

「怎麼了嗎？」她問。

他抬頭看。「什麼意思？」

「你看來好像……我也不知道怎麼說……好像心不在焉。」她說，「啊……真舒服，真的很舒服。」

他們在一家飯店的套房，那是她的套房。他知道她是誰，他一眼就認出她來，但有人警告他不要說出她的名字。

他抬起頭，注視她的眼睛，同時把手向下移到她乳房上。他們兩人都赤裸上身。她只穿著絲裙，他只穿著藍色牛仔褲。

「怎樣？」她說。

他把嘴巴貼在她嘴上，他們的嘴唇相觸，她的舌頭在他的舌頭上來回擺動。她嘆了口氣，把舌頭縮回來。「所以，到底是怎樣？你不喜歡我嗎？」

他咧嘴一笑，安撫道。「喜歡妳？我覺得妳棒極了。」他緊緊抱住她，用他的手捧住她的左乳房，緩緩按壓。她閉上眼睛。

「這樣的話……」她悄聲說，「那你到底是怎麼回事？」

「沒事。」他說，「一切都很棒，妳也很棒，妳漂亮極了。」

「我前夫常說我懂得利用我的美麗。」她告訴他。她把手背放到他牛仔褲的褲襠上，上下摩擦。「我想他說的沒錯。」她知道他告訴她的名字是什麼，但是那肯定是假名，一個便宜行事的名字，所以她不願用那個名字稱呼他。

他碰觸她的臉頰，然後又把嘴巴湊到她乳頭上，這一次在他舔舐的同時，他把一隻手移到她雙腿間。她的絲綢裙子摸起來真軟，他把手指頭併攏，按在她的恥骨上，慢慢施加壓力。

「不管怎樣，一定有什麼不對勁，」她說，「你那顆俊俏的腦袋裡，一定有什麼事情不對勁。你確定你不想談談？」

「那太蠢了，」他說，「再說，我來這裡不是為了自己，而是為了妳。」

她解開他牛仔褲的釦子，他翻身把褲子脫掉，丟到床邊的地板上。他穿著鮮紅色的內褲，勃起的陰莖把內褲撐了起來。

在他脫牛仔褲時，她取下她的耳環。耳環是用銀質金屬線繞成的圓圈，很精緻。她小心地把耳環放到床的一旁。

他忽然笑了出來。

「怎麼？」她問。

「只是想到以前的事而已，就是脫衣撲克牌遊戲。」他說。「在我小時候，我也不記得了，大概十三、十四歲左右，我們會跟隔壁家的女孩子一起玩脫衣撲克牌。她們總是會戴著一堆隨身飾品重裝上陣，像是項鍊、耳環、圍巾等東西，輸的時候，就可以取下一只耳環之類的。過了十分鐘後，我們早就脫得光溜溜，尷尬得要命，她們卻仍然穿得整整齊齊。」

「那你們幹麼還跟她們玩？」

「我們懷抱希望。」他說。他伸手到她裙子底下，隔著她的白色棉質內褲，開始按摩她的陰唇。「我們希望或許可以瞄到什麼，什麼都行。」

「你看到什麼了嗎？」

他把手縮回來，翻身壓到她身上。他們親吻，他們一邊輕輕接吻，一邊互相頂著對方的胯部。她捏了一下他的屁股。他搖頭說：「沒有，但人總是可以有夢。」

「那是哪裡蠢了？我怎麼不是很懂？」

「因為那相當愚蠢，因為……我不知道妳在想什麼。」

她拉下他的騎士牌短內褲，食指在他陰莖的一側游移。「真的很大，娜塔莉說你那根很大。」

「是嗎？」

「我不是第一個跟你說你很大的人。」

「對。」

她低下頭，親吻他陰莖根部，也就是濃密金毛觸及陰莖之處。然後她滴了幾滴口水在陰莖上，用舌頭緩緩舔過整根陰莖。接著她把頭抬起來，用她棕色的眼睛注視著他藍色的眼睛。

「你不知道我在想什麼？那是什麼意思？在正常情況下，你會知道別人在想什麼嗎？」

他搖搖頭。「嗯，」他說，「不會。」

「繼續保持那個念頭，」她說，「我一下就回來。」

她起身，走進浴室，把身後的門關上，但是並未上鎖。然後有一陣尿液在馬桶裡濺起的聲音，那聲音似乎持續了好久。接著馬桶沖了水，然後浴室裡有些動靜，櫃子打開、關閉，更多動作的聲音。

她把門打開，走了出來。這時的她已經全裸，那是她第一次覺得自己有點在意自己的身體。他坐在床上，也已經全裸。他的頭髮是金色的，剪得很短。當她走近他時，他伸出雙手，摟住她的腰，把她拉過來。他的臉跟她的肚臍齊高，他舔了一下她的肚臍，接著就把頭低到她胯部，把舌頭壓到她長長的陰脣間，舔舐著。

她的呼吸開始急促。

當他舔她陰蒂時，把一根手指伸入她的陰道，那裡已經濕了，那根手指很容易就滑了進去。

他另一隻手從她背部向下滑，落到她臀部的曲線上，停留在那裡。

「那麼，你總是知道別人在想什麼嗎？」

他把頭縮回來，嘴上沾了她的體液。「這有點愚蠢，我是說，我真的不想談這件事，妳會覺得我是怪人。」

她伸手抬起他的下巴，吻了他一下。她輕輕咬著他的嘴脣向後拉。

「你是怪人，但是我喜歡你說話的樣子，我想知道你到底有什麼問題，讀心術先生。」

她坐到他身旁的床上。「妳有超讚的胸部，」他告訴她，「非常漂亮。」

她噘起嘴。「我的胸部沒以前那麼美了。你不要改變話題。」

「我沒有改變話題。」他向後躺到床上。「我其實不會讀心術，但是我稍微會一點，當我跟別人上床時，我知道怎麼做會讓她們覺得爽。」

她爬到他身上，坐在他的肚子上。「你在開玩笑。」

「沒有。」

他用手指溫柔地撥弄她的陰蒂，她顫抖了一下。「舒服。」她向後移動六英寸，就坐在他的陰莖上，壓住陰莖，讓它平俯在他們之間。她在陰莖上移動。

「我知道……我通常……妳知不知道妳這樣我很難專心說話？」

「說話，」她說，「跟我說話。」

「放到妳身體裡。」

她伸出一隻手握住他的陰莖，並且把自己稍微抬起來，蹲在他的陰莖上，把龜頭放到她體內。他弓起背，把陰莖向上推入她體內。她閉上眼睛，然後睜開，注視著他。「怎麼樣呢？」

「就是當我在做愛時，甚至是在做愛之前，我呢……我會**知道**某些事情，某些我其實不會知道或無法知道的事情，甚至是我根本不想知道的事，虐待、墮胎、發瘋、亂倫，不管是祕密虐待狂，還是偷他老闆東西的人。」

「例如呢？」

他已經完全插入她的身體，慢慢地進出。她的雙手放在他的肩膀上，她彎下身子，吻了他的唇。

「嗯，好比說做愛好了，通常我會知道我在床上跟女人搞的表現怎樣，我知道該做什麼，不需要問，我就是知道。我知道她需要的是男人在上的體位，還是女人在上的體位，我知道她需要的是主人還是奴隸；我知道我在幹她以及跟她躺在一起的時候，她是否需要我不斷輕聲說『我愛你』，或者只需要我尿尿到她嘴裡。我變成了她想要的樣子，那就是為什麼……我的天，真不敢相信我居然跟你說，我是說，那就是為什麼我開始靠這檔事討生活。」

「是啊，娜塔莉超推薦你的，她給我你的電話號碼。」

「娜塔莉喔，她很讚。以她那個年紀的人來說，她的身材夠辣的了。」

「那麼娜塔莉喜歡做什麼呢？」

他對她露出微笑。「商業機密，」他說，「發誓了要守密，就要像童子軍一樣守信用。」

「等等。」她說。她爬下他的身體，並翻過身。「從後面來，我喜歡從後面來。」

「我早該知道。」他說。他的語氣聽起來近乎惱怒。他起身，在她後面調整好自己的位置，一隻手指沿著她的脊椎，滑過她嬌嫩的肌膚。他把一隻手放到她兩腿間，然後握住他的陰莖，推入她的陰道裡。

「慢慢來。」她說。

他向前挺進他的臀部，把陰莖滑入她身體。她抽了一口氣。

「舒服嗎？」他問。

「不舒服。」她說。「當你完全進入時，有一點痛。下次不要插那麼深。既然當你幹女人的時候，會知道她們的事情，那你知道我什麼事情呢？」

「沒什麼特別的。我是妳的忠實仰慕者。」

「饒了我吧。」

他一隻手臂抱住她的乳房，另一隻手撫摸她的嘴唇。她吸吮他的食指，並舔一舔。

「嗯，其實並不是什麼超級仰慕者，但是我在賴特曼脫口秀上看過妳，我覺得妳非常出色，非常有趣。」

「謝謝。」

「我不敢相信我們在做這種事。」

「做愛嗎？」

「不是，一邊做愛一邊說話。」

「我喜歡在做愛時說話。這個姿勢已經夠了，我的膝蓋痠了。」

他把陰莖拔出來，坐回床上。

「那麼你知道女人在想什麼，也知道她們要什麼吧？嗯……那對男人有用嗎？」

「我不知道，我從來沒跟男人做過愛。」

她注視著他，把一根手指放在他額頭上，並沿著他臉頰的輪廓，慢慢滑到他的下巴。

「可是你長得這麼漂亮。」

「謝謝妳。」

「而且你又是牛郎。」

「是伴遊。」他說。

「又虛榮。」

「或許吧，妳又何嘗不是呢？」

她咧嘴而笑。「你說對了。現在你知不知道我要什麼呢？」

「不知道。」

她側躺著。「戴上保險套，幹我的屁眼。」

「妳有沒有潤滑劑？」

「在床頭櫃。」

他從抽屜裡拿出保險套和潤滑膠，並把保險套套上他的陰莖。

「我討厭保險套。」他一邊戴保險套，一邊跟她說。「會讓我發癢。我的健康狀況完美無瑕，妳看過我的健康證明。」

「我不管。」

「只是覺得該跟妳說一下，沒別的意思。」

他把潤滑劑抹在她肛門裡面和周圍，然後就把龜頭滑入她的身體裡。

她呻吟了一聲，於是他停了下來。「這……這樣還可以吧？」

「可以。」

他前後擺動，往更深處推進。在他這麼做的同時，她發出有節奏的哼聲。過了幾分鐘後，她說：「夠了。」

他拔出來。她翻身躺下來，把髒了的保險套從他陰莖上取下，丟到地毯上。

「你現在可以射了。」她告訴他。

「我還沒好，我們還可以做好幾個小時。」

「我不管。你就射到我的肚子上吧。」她對他微笑。「你自己射出來，快點。」

雖然他搖搖頭，但是他的手已開始撫摸他的陰莖，前後搓動，直到他射了出來，在她的肚子和乳房上形成一道發亮的痕跡。

她把手伸過來，懶散地把乳白色的精液塗抹在她的肌膚上。

「我想你該走了。」她說。

「但是妳還沒高潮，難道妳不想讓我帶給妳高潮嗎？」

「我已經得到我要的了。」

他困惑地搖搖頭，他的陰莖變軟、縮小。「我早該知道，」他不解地說，「不知道，我不知道，我什麼都不知道。」

「穿上衣服，」她告訴他，「走吧。」

他從襪子開始，很有效率地穿上衣服。然後他彎下身子，想要親吻她。

她移開頭，不讓他的嘴脣碰到。「不要。」她說。

「我可以再見到妳嗎？」

她搖搖頭。「應該不會了。」

他身子開始晃動。「那錢怎麼辦？」他問。

「我已經付給你了，」她說，「在你進來時，我就付你錢了。難道你不記得了？」

他緊張地點頭，好似他記不得了，卻又不敢承認。然後他拍拍自己的口袋，直到他找到裡面裝了現金的信封，於是他又點了點頭。「我覺得好空虛。」他哀愁地說。

她幾乎沒注意到他離開。

她躺在床上，一隻手放在肚子上。他的精液在她肌膚上乾掉、冷卻，而她在心中嘗到了他的感覺。

她嘗到了曾經跟他上床過的所有女人；她嘗到了他跟她朋友所做的事，對娜塔莉小小的變態嗜好露出會心一笑；她嘗到了他失去第一份工作的那一天，她嘗到他那天早上在自己車上醒過來，仍舊醉醺醺的，身處於一片玉米田之中，他覺得害怕，於是發誓要永遠戒酒。她知道他真正的名字，她記得曾經刺在他手臂上的那個名字，也知道為什麼那個名字已經不在那裡了。她發自內心地嘗到了他眼睛的顏色，也因為他所做的惡夢而顫抖，在惡夢中他被迫要用嘴巴銜著多刺的魚，而他每一夜都會因此醒來、喘不過氣。她品嘗了他對食物和小說的渴望，甚至發現了連他自己都早已遺忘的往事：那是在他小時候的一片夜空，當時他注視著群星，對於遼闊無垠的星星感到不可思議。

她發現，即使在最沒有出息的小人物中，你也可以找到真正的寶藏。而他自己也有點天分，不過他不曾了解自己的天分，更不曾把天分用在性交以外的地方。當她在他的記憶和夢裡悠游時，她想知道，如果他發覺自己的記憶和夢想都不見了，他是不是會想念。然後她開始顫抖，陷入忘我之境，在飛馳而過的明亮記憶中，她達到高潮。那些明亮的記憶溫暖了她的心，帶她離開自我，帶領她進入完全稱不上完美的高潮。

外面樓下的巷子裡傳來一陣撞擊聲，有人撞上一只垃圾桶。

她坐起身子，擦去膚上的黏液。然後，她刻意連澡都沒有洗，就開始穿衣服。她先穿上她的白色棉質內褲，最後才戴上她精緻的銀耳環。

嬰兒蛋糕

好幾年前，所有動物都跑光了。

有天早上我們醒過來，牠們全部都不見了，連張字條都沒留，我們根本想不到牠們會跑到哪去。

我們很想念牠們。

有人認為世界末日已經到了，但卻沒有，只是動物不見了，沒有小貓，沒有兔子，沒有小狗，沒有鯨魚，海中沒有魚，天空沒有鳥。

我們孤伶伶的。

不知道該怎麼辦。

我們有段時間四處遊蕩，失了神；然後有人指出，我們不需要只是因為失去了動物，就改變我們的生活，也不需要因此改變我們的飲食，不需要因此停止測試可能會傷害我們的產品。

不管怎樣，我們還有嬰兒啊。

嬰兒不會說話，他們幾乎不大會動，嬰兒不是會思考的理性生物。

我們會生嬰兒。

我們會利用他們。

有些我們會拿來吃，嬰兒的肉又嫩又可口。

我們把他們的皮剝下來，包在我們身上做裝飾，嬰兒的皮柔軟又舒適。

有些我們拿來做測試。

我們用膠帶把他們的眼睛撐開，滴入清潔劑和洗髮精，一次一滴。

我們在他們身上留疤痕，用開水燙他們，用火燒他們，用夾子夾住他們，在他們腦子裡植入電極。我們嫁接他們，冷凍他們，用X光照他們。

讓嬰兒呼吸我們的煙，讓嬰兒的血管裡流著我們的藥品和毒物，直到他們不再呼吸，或是直到他們的血液停止流動。

那當然相當難受，但卻是必要的。

沒人能否定這一點。

動物不見了，我們又能怎麼辦呢？

當然有人會抱怨，不過，那種人永遠都在抱怨。

而一切又因此回歸正常。

只是……

昨天，所有嬰兒都不見了。

我們不知道他們到哪去了，我們根本沒看到他們離開。

少了他們，我們不知道該怎麼辦。

不過我們會想到辦法的，人類很聰明，那就是我們比動物和嬰兒高等的原因。我們會想到辦法的。

謀殺神祕事件

第四位天使說：
我來自這道旨意，
不讓人類進入此地，
罪惡使人類離棄此地而去。
他們背離祂的恩典，
所以必須離開。
否則，我會用我的劍刺他們，
我會成為他們的敵人，
用火燒他們的臉。

——《切斯特神蹟連環劇》[1]

1 神蹟劇（mystery plays）為流行於中世紀的宗教戲劇，題材多取自聖經。眾多劇碼串連在一起便稱之為連環劇組（cycles）。英國神蹟劇在十五世紀時遍及全國，許多城鎮都有演出記錄，目前還有四個城鎮的劇本保存得相當完整，切斯特（Chester）即為其一。

這是真的。

十年前（前後誤差不會超過一年），我的班機中途被迫在洛杉磯停留，那裡離我家還很遠。當時是十二月，加州的天氣既暖和又宜人，英國卻困在濃霧和暴風雪中，沒有飛機可以在那裡降落。每天我都會打電話到機場問，而每天他們都會要我再多等一天。

這種情形已經持續了將近一個星期。

我當時才剛脫離青春期。時至今日，每次回顧那段日子，我都感到不自在，好似我從別人那裡收到不請自來的禮物：房子、老婆、孩子、工作。我可以置身事外地說，那些都不關我的事。要是人的身體細胞確實每七年更新一次，那麼我絕對是從一位死人那裡接收到我的生命。那段日子裡的不良行為，已經受到原諒，也跟著那位死人的骸骨埋葬了。

沒錯，當時我在洛杉磯。

到了第六天，我收到住在西雅圖的前曖昧女友的訊息：她也在洛杉磯，而她透過一連串朋友輾轉得知我也在那裡。可以過去看你嗎？

我在她的答錄機上回覆：當然可以。

那天晚上我走出下榻旅館時，有位矮小的金髮女人朝我走來。當時天已經黑了。

她注視著我，好似想要比對我的長相合不合乎描述，然後遲疑地說出我的名字。

「沒錯，就是我。你是不是汀克的朋友？」

「是的，車子在外面等，走吧，她真的很期待見到你。」

那個女人的車子是那種你只會在加州看到的巨大船形車，聞起來有皮革座墊龜裂和剝落的味道。我們從所在地開車前往目的地。

洛杉磯在當時對我而言相當神祕，到現在，我還是不能說自己比較懂這座城市。我懂倫敦，我懂紐約，我也懂巴黎，你可以在這幾座城市裡四處閒逛，只消一個早上的時間，就能知道什麼地方在哪裡，或許還能搭地下鐵。但是洛杉磯是汽車的城市，當時我還不會開車，即使到了現在，我也不會在美國開車。我對洛杉磯的記憶，都是在搭別人的車子，我感覺不到城市的形狀，感覺不到人和地方的關係。規規矩矩的道路，重複的結構和形狀，意味著當我試著想把城市記下來時，只會看到無窮無盡的小燈光——我第一次到洛杉磯時，有一晚在葛瑞菲斯公園看到這個景象。那個距離之外的風景，是我見過最美麗的東西之一。

「看到那棟大樓了嗎？」我的金髮司機暨汀克的朋友說。那是紅磚式裝飾藝術建築，有魅力，卻又相當醜陋。

「看到了。」

「那是在一九三〇年代蓋的。」她帶著敬意和驕傲說道。

我說了些客套話，想理解為什麼在這座城市裡，即使五十年也會被視為很長的時間。

「汀克真的很興奮，知道你在這裡時，她興奮到了極點。」

汀克的真名是汀克貝爾・里察曼，我可沒說謊。

她跟朋友住在一小叢公寓群裡，距離洛杉磯市區一個小時的車程。

你需要知道的汀克個人資料：她三十出頭，比我大十歲。她有烏溜溜的頭髮，誘人的紅唇，宛如童話故事中白雪公主的潔白肌膚。我第一次見到她時，覺得她是世界上最美麗的女人。

汀克結過婚，有個五歲大的女兒叫蘇姍。汀克住在英國時，我從未見過蘇姍，因為蘇姍留在西雅圖，跟她父親住在一起。

叫做汀克貝爾的人，會將女兒命名為蘇姍。

記憶是厲害的騙子。或許有些人的記憶像錄音帶一樣，會詳細完整地記下每天發生的事，但我不是那種人。我的記憶是由事情拼湊而成，由不連續的事件隨意交織在一起，那些都是我記得的部分，是我準確記得的部分，而其它片段似乎完全消失了。

我不記得曾經抵達汀克的家，也不記得她的室友去哪裡。

我唯一記得的下一件事，就是坐在汀克的客廳。當時燈光昏暗，我們兩人並肩坐在她的沙發上。

我們閒話家常。我們大概有一年沒見面了，不過二十一歲的男孩，根本沒什麼話可以跟三十二歲的女人說，因為我們沒有共同點好聊，所以沒多久我就把她拉到我身上。

她狀似嘆了一口氣，挨在我身上，並嘟起嘴脣要我親吻。在昏暗的燈光下，她的嘴脣是黑色的，我們在沙發上親吻纏綿了一下，我隔著襯衫揉著她的乳房，然後她說：

「我們不能上床，我月經來了。」

「沒關係。」

「如果你願意的話，我可以替你口交。」

我點頭表示同意，她拉下我牛仔褲的拉鍊，低下頭到我的膝上。在我射精後，她起身跑到廚房。我聽到她往水槽吐東西，接著傳來流水的聲音。我記得當時很納悶她既然這麼討厭那種味道，為什麼還要做那件事。

然後她回來，我們並肩坐在沙發上。

「蘇姍在樓上睡覺。」汀克說，「她是我的一切，你要不要看看她？」

「看一下無妨。」

我們上了樓。汀克帶我到一間暗暗的臥室。牆壁上到處都是小孩塗鴉，那是用蠟筆畫出來的翅膀小仙女和小皇宮。有個金髮小女孩在床上睡覺。

「她很漂亮。」汀克說，並吻了我。她的嘴唇依舊有點黏黏的。「她長得像她爸爸。」

我們下樓。沒有其他話可說，沒有其他事可做。汀克打開主燈。那是我第一次注意到她眼角的魚尾紋，跟她完美的芭比娃娃臉孔很不搭。

「我愛你。」她說。

「謝謝。」

「要不要載你回去？」

「要是妳不介意留下蘇姍一個人……」

她聳聳肩，而我最後一次把她拉進懷裡。

夜裡，洛杉磯都是燈光，還有影子。

我的心裡有片空白。我就是不記得接下來發生了什麼事。一定是她把我載到我住的地方，不然我是怎麼回到這裡的？我根本不記得曾跟她吻別，或許我只不過是待在人行道上，看著她開車離去。

或許吧。

不過我知道，我一回到我住的旅館，我就站在那裡，無法進入屋內，無法洗澡，無法睡覺，根本不願做任何事情。

我的肚子不會餓，不想喝酒，也不想讀書或說話。我害怕走得太遠，害怕迷路，害怕被不斷重複的洛杉磯建築花紋所迷惑，搞得暈頭轉向，陷入其中，無法再次找到回家的路。有時候，我覺得洛杉磯市中心只不過是個圖案而已，就像一組不斷重複的街區：一間加油站、幾間住家、一間小購物中心（甜甜圈、相片沖印店、洗衣店、速食店），然後一直重複，直到你被催眠。而小購物中心和房子的細微改變，只會更加強化這種結構罷了。

我想起汀克的嘴脣，然後在外套口袋裡摸索，拿出一包香菸。

我點了一根菸，吸一口，吐出藍色的煙到溫暖的夜空裡。

我住處的外頭有棵發育遲緩的棕櫚樹，我決定出去，在看得到這棵樹的地方走走，我要去抽抽菸，甚至思考一下也好。但是我覺得自己已經疲憊到無法思考，覺得自己性冷感，覺得自己非常孤獨。

走過一個街區後，那裡有張長凳。我走到長凳旁坐下，用力把菸蒂丟到人行道上，看著它濺出橘色的火花。

有人說：「朋友，跟你買根菸。拿去。」

我面前有隻手拿著一枚二十五分硬幣。我抬頭看。

他看起來不算老，不過我也說不出他幾歲。或許將近四十，或許四十五左右。他穿著一件長長的破舊大衣，在黃色的街燈下看不出顏色，而他的眼睛則是深色的。

「拿去，二十五分錢，夠划算了。」

我搖頭，拿出那包萬寶路香菸，遞給他一根菸。「把你的錢收回去，免費的，拿去。」

他接下那根菸。我拿給他一盒火柴（我記得火柴盒上面是色情電話的廣告），讓他點菸。他把火柴盒還給我，但我搖搖頭。「留著吧。在美國最後都會收集到一堆火柴盒。」

「是啊。」他坐在我旁邊，抽著他的菸。菸才抽到一半，他就把香菸的燃端在水泥上一壓，把火撩熄，然後把菸屁股放到耳後。

「我抽得不多，」他說，「丟掉又太浪費。」

有輛車在路上蛇行，從馬路一側拐到另一側。車上有四個年輕男人，前座的兩人同時握住方向盤，還一邊大笑。車窗都開著，我聽得到他們的笑聲，後座兩個人的聲音，（「蓋……瑞，混帳！你他媽的在搞什麼鬼？」）還有搖滾樂的撼動節奏，沒有一首歌是我認得的。那輛車在街角轉個彎後就看不到了。

不久他們的聲音也聽不到了。

「我欠你。」長凳上的那個男人說。

「什麼？」

「我欠你東西，因為你給我香菸和火柴，但你不願收錢，所以我欠你。」

我不好意思地聳聳肩。「沒什麼，只是根香菸而已。我發現，要是我給別人香菸的話，那麼當我沒菸抽時，或許別人也會給我。」我笑了幾聲，好表示我只是在說笑，但我其實是認真的。「不用放在心上。」

「嗯……你想不想聽則故事？真實的故事？很久以前，故事是很好的報恩方式，可是到了現在……」他聳聳肩，「……比較不能用故事報恩了。」

我向後靠在長凳上。那個夜晚相當溫暖，我看了看手錶，當時將近凌晨一點。英國這時已經開始了他們寒冷的一天，那些有辦法打敗風雪、抵達工作崗位的人，他們已經開始工作的一天；還有許多老人及流浪漢已在前夜凍死。

「當然好。」我跟他說，「當然可以，跟我說個故事吧。」

他咳了咳，露出白牙笑了一下（那是黑暗中的一道光），然後開始說故事。

「我記得的第一件事是話語，而話語就是上帝。有時候當我**真的**沮喪時，我會記得腦子裡話語的聲音，那聲音造就我，形塑我，給我生命。

「話語給了我身體，給了我眼睛。我張開眼睛，看到銀色城市的光芒。

「我當時在一個房間裡，一間銀色的房間，房間裡除了我以外，什麼都沒有。我面前有扇高達天花板的落地窗，面朝一片天空。窗外，我看到城市的尖頂，以及城市邊緣的黑暗。

「我不知道自己在那裡等了多久，但我並非沒耐心或怎樣，我記得當時一直在等待，等待召喚，知道自己遲早會受召喚，但如果我等到一切都結束還是沒受召喚，其實也無妨。不過，我還是會受召喚，我很確定。然後，我就會知道我的名字和我的功能。

「透過窗戶，我看得到銀色尖塔，許多尖塔上都有窗戶，我在那些窗內看見我的同類。我便是由此得知自己的長相。

「現在看到我這個模樣，你絕對想不到，但我當時相當美麗，比起那時，我在這世界上的容貌已經大不如前。

「我那時候比較高，還有翅膀。

「又寬大又強壯的翅膀，羽毛的顏色好似珍珠貝。翅膀就從我的肩胛骨伸出，美妙得不得了。

「有時候我會看到我那些同類，他們早已離開自己的房間，早已盡了他們的責任。我會看到他們在空中飛翔，在尖塔之間盤旋，從事我想都想不到的任務。

「城市上方的天空相當奇妙，永遠都有光，不過並不是被陽光照亮，也許是被城市本身照亮。但是光質永遠都在改變，忽而白蠟色，忽而黃銅色，忽而柔柔的金色，忽而柔軟靜謐的紫水晶色……」

那個男人停止說話，他看了看我，頭側向一邊。他眼裡有陣亮光，讓我感到恐怖。「你知道什麼是紫水晶嗎？那是一種紫色的石頭。」

我點點頭。

我覺得胯下不大舒服。

我當時忽然想到，那男人可能沒發瘋，但這想法反而更令人不安。

那男人又開始說起話來。「我不知道我在房間裡等了多久，但是時間在當時沒有任何意義，我們想要多久的時間，就有多久的時間。

「接下來發生的事，就是天使路西法來到我的居所。他比我高，翅膀宏偉，羽毛完美，膚色如海上迷霧，擁有一頭銀色鬈髮，還有美妙的灰色眼睛……

「雖然我使用男性的『他』，但是你應該知道，我們全都沒有性器官。」他指指自己的下體。「不瞞你說，那裡平滑柔順，空無一物。

「路西法當時在發光，我是說真的，他從身體內部發出光芒，所有天使都會這樣，他們會從身體裡發亮。在我的居所裡，路西法天使就像暴風閃電般燃燒著。

「他看看我，然後給了我名字。

「他說：『你是拉古勒，意指上帝之復仇。』

「我低頭行禮，因為我知道那是真的，那是我的名字，那是我的功能。

「他說：『發生了一件……錯誤的事，那是有史以來頭一遭，我們需要你。』

「他轉身，躍入空中。我跟著他躍入，飛在他身後，跨越銀色城市到郊區去，在那裡，城市終結，黑暗伊始。我們就在那裡，在一座巨大的銀色尖塔下，開始降落到街上，然後我見到死去的天使。

「那具屍體躺在銀色的人行道上，垮了，破碎殘缺。背後的翅膀被壓碎，掉落的羽毛被吹到銀色的水溝裡。

「那具屍體幾乎是黑的，裡面不時發出閃光，在胸口或眼睛裡或無性別的膀部裡，偶爾會發出一陣冷冷的火光，因為他的生命之光已經永遠熄滅。

「紅寶石般的一灘血液聚在他胸口，把他白色的翅膀羽毛染成鮮紅色。即使代表死亡，看起來依然相當美麗。

「那會讓你心碎。

「路西法跟我說：『你必須找出這是誰幹的，還要找出行兇手法。然後對那位兇手施予上帝之復仇。』

「他其實什麼都不用說，我早就知道了。獵捕和懲罰，就是我在萬物之初誕生的目的，那就是我的**本性**。

「路西法天使說：『我還有其他事要處理。』

「他再度猛力振翅，飛了起來。那陣風把死去天使掉落的羽毛吹到對街去。

「我彎下身子，檢視那具屍體。這時所有光芒已消失無蹤，變成一塊黑色的東西，好似在嘲諷天使的潔白。他有一張完美、無性別的臉孔，還有一頭銀色的頭髮。一隻眼睛是睜開的，露出一顆溫和的灰色眼睛，另一隻眼睛則是閉著的。胸口上沒有乳頭，兩腿間光滑平順。

「我把屍體抱起來。

「天使的背部一片狼籍，翅膀斷裂彎曲，後腦杓凹陷。那具屍體軟趴趴的，我覺得他的脊椎應該也斷了。那天使的背部全都是血。

「他正面唯一有血的地方是胸膛，我用食指探了探，而我的食指毫不費力地就插入身體裡。

「他是墜落地面的，我心想，*而且他在墜落前已死亡*。

「我抬頭看看排列在街道上的窗戶，朝銀色城市的方向凝望，心裡想著，*這是你做的，不管你是誰，我都會把你揪出來，我會向你施予上帝之復仇*。」

那男人把菸蒂從耳朵上拿下，用火柴點燃。然後我聞到菸灰缸那種香菸殘骸的味道，苦苦的刺鼻味。然後他把還沒燒完的香菸取出，吐出藍色的煙到夜空裡。

「最早發現那具屍體的天使叫做法奴耳。

「我到存在聖殿跟他問話。存在聖殿就是發現屍體處旁邊的尖塔。在聖殿裡掛了這種……或許是為了這一切所製作的……藍圖。」他用拿著短香菸的手指指夜空、停放著的汽車，以及全世界。「你知道的，就是宇宙。

「法奴耳是資深設計師，手下有許多天使為他工作，專注於創世紀的所有細節。我站在聖殿內的地板上看著他，他懸在空中，位於計畫圖下方，而其他天使就往下飛到他那裡，彬彬有禮地輪流等著問他問題，跟他確認事情，詢問他對他們工作的意見。最後他離開他們，降落到地板上。

「他說：『你就是拉古勒，你找我有什麼事？』他的聲音很高亢又裝腔作勢。

「『是你發現屍體的嗎？』

「『你是說可憐的卡拉索嗎？沒錯，是我發現的。那時候我們正在建構許多概念，而我想要好思考其中一個，也就是叫做**後悔**的概念。我打算前往離城市有些距離的地方，我的意思是指飛到城市上空，不是飛往城外的黑暗，我才不會那麼做，不過最近倒是有傳言指出呢……嗯……不過，沒錯，我當時是要飛到高處去好好思考。

「『我離開聖殿，然後……』他停了下來。以天使而言，他算嬌小，光芒也微弱，不過他的眼睛既鮮明又光亮，我說真的，非常光亮。他說：『可憐的卡拉索，他怎麼能對自己**做出**那種事？怎麼會這樣？』

「『你認為他是自殺的？』

「他看起來很困惑，很訝異怎麼可能還會有其他可能性。『不過，當然，卡拉索在我手下工作，他發展出許多概念，那些概念在我們替宇宙命名時，將會至關緊要。他的小組在某些基本概念上，也有相當卓越的表現，例如**尺寸**，以及**睡眠**，當然還有其它的。

「『他的表現相當傑出，他曾建議要利用個人觀點定義尺寸，實在是相當聰明。

「『總之，他原本已經開始著手一項新計畫，一項極為重要的計畫，那種計畫通常都是由我處理，甚至是由塞夫齊負責。』他向上瞄了一眼。『但是卡拉索的表現優秀極了，而且他的前一項計畫**實在**了不起。他和沙那加亞路的擢昇，顯然是相當枝微末節的事……』他聳聳肩。『不過這不重要。就是**這**項計畫使他不存在了，但是我們沒人料想得到……』

「『他死前負責什麼計畫？』

「法奴耳瞪著我看，他說：『我不知道可不可以跟你說，所有的新概念，在進行到即將接受命名的最終型態前，都被視為敏感內容。』

「我感覺到自己在改變，我不知道要怎麼跟你解釋，但是忽然間，我不是我自己了，我變大，變形了，我施展出我的功能。

「法奴耳無法直視我的眼神。

「『我是拉古勒，是上帝之復仇。』我跟他說，『我直接服侍上帝，我的任務就是要找出這件事情的原由，向肇事者施予上帝之復仇，我的問題一定要得到回答。』

「那位小天使開始顫抖，他很快就說出來了。

「『卡拉索和他的同伴當時正在研究**死亡**，也就是生命的停止，存在的終結。他們正在把一切構思湊在一塊，但是卡拉索在工作時，總是會做過頭。當他在設計**激動**時，我們跟他處得不怎麼愉快，因為他那時候正在製造**情緒**……』

「『你認為卡拉索是死於……死於研究那個現象嗎？』

「『或許是因為他對死亡感到好奇，也或許因為他做研究做過頭了，沒錯。』法奴耳彎起他的手指，用他閃閃發光的眼睛注視著我。『我相信你不會跟任何未經授權的人說吧，拉古勒。』

「『你發現屍體時，做了什麼事？』

「『我說過，我剛從聖殿出來，就看到卡拉索躺在人行道上，注視著上面。我問他在做什麼，但他沒有回答我。然後我注意到他身體流出的液體，而且卡拉索似乎是無法跟我說話，而不是不願意。

「『我嚇壞了，不知如何是好。

「『路西法天使在我身後出現，問我是否有什麼問題，我就把事情告訴他，帶他去看屍體，然後……然後他的靈力降臨，他跟上帝交談，他燃燒得明亮極了。

「『然後他說他必須去找個功能吻合這種事件的天使，於是他就走了，我想應該是去找你。

「『由於卡拉索之死已經有天使在處理了，而我其實也沒多關心他的命運，所以我就回來工作，帶著我對**後悔**機制的新觀點，我想那個新觀點相當有價值。

「『我正在考慮從卡拉索暨沙那加亞路合作小組手中取回**死亡**研究計畫，如果我的資深夥伴塞夫齊願意接手，我可能會把這項計畫重新指派給他。他擅長思考性的計畫。』

「此時，已經有一排天使等著要跟法奴耳說話。我覺得自己從他口中應該也套不出什麼來了。

「『卡拉索生前跟誰一起工作？他死前最後見到的有可能是誰？』

「『我想你可以問問沙那加亞路，畢竟他是他的夥伴。好了，請恕我先離開了……』

「他回到他那群助手身旁，給予諮詢、訂正、建議、禁令。」

那男人停了下來。

此刻街上萬籟俱寂，我記得他低沉的悄言聲，某處蟋蟀的唧唧聲。對面街上，有隻小動物（或許是貓，或許是更奇特的動物，例如浣熊，甚至是豺狼）在車子的影子間跳來跳去。

「沙那加亞路待在存在聖殿夾層畫室的最高處。我說過，宇宙位於聖殿的中間，它閃閃發光，而且還上升了一點……」

「你提到的那個宇宙是什麼？是張圖表嗎？」我問。那是我第一次插口。

「不算是，但是有一點像。那是張藍圖，但是它是全尺寸的，就掛在聖殿中，而所有天使隨時都在其周圍忙碌，在上面工作。他們製作的東西包括地心引力、音樂、亮潔等等。但那還不是宇宙，當它完成後，就會是了，那時就可以替它取個合適的名字。」

「但是……」我想找出能夠表達困惑的字眼，不過那個男人打斷我的話。

「別擔心，你可以把它想像成模型，這樣應該比較能理解；或者想像成地圖也好，或者是……那個詞是？……原型，對了，就像是一個福特T型車宇宙。」他咧嘴一笑。「你要知道，有很多我跟你說的事情，我都要先翻譯過，用你能夠理解的字眼跟你說，不然的話，我根本無法說這個故事。你要繼續聽嗎？」

「要。」我才不管那是真是假，我必須從頭聽到尾聽完這個故事。

「很好，那就閉嘴聽下去。

「於是我到最高層畫室跟沙那加亞路見面，那裡沒有別人，就只有他和幾張紙，和一些發光的小模型。

「『我是為了卡拉索才來這裡的。』我這麼告訴他。

「他看看我說：『卡拉索現在不在，我想他不久就會回來了。』

「我搖搖頭。

「『卡拉索不會回來了，他的靈體已經不再存在。』我說。

「他的光輝變得黯淡，睜大了眼睛：『他死了？』

「『我的意思正是如此。你知不知道那是怎麼發生的？』

「『我……這……太突然了，我是說，他之前一直在說……但是我不知道他居然會……』

「『慢慢來。』

「沙那加亞路點點頭。

「他站起來，走到窗戶旁，從他的窗戶看不到銀色城市，只有城市反射的光芒和我們後方的天空懸掛在空氣中，再過去就是黑暗了。沙那加亞路說話時，黑暗吹過來的風輕輕撫摸他的頭髮，我注視著他。

「『卡拉索工作……不對……要說**生前**工作……對不對？他生前工作總是很專心，也很有創意，但是對他而言總是不夠，他總是想了解每件事情，親自體驗他所製作的東西。僅僅創造或僅僅在心裡了解，並不能滿足他，他想要**一切**。

「『那在以前還不是問題，因為我們那時研究的是物質特性。但是當我們開始設計一些有名字的情緒時……他變得過於投入。

「『而我們的最新計畫**死亡**，是一項困難的計畫，我想也是一項重要的計畫，而且有可能會成為所有已創造之物的特徵。如果沒有**死亡**，他們對於能夠存在本身就會感到滿足，但是有了**死亡**之後……他們的生命就會有了意義，那是生物無法跨越的界線……』

「『所以你認為他是自殺的？』

「『我知道他是自殺的。』沙那加亞路說。我走到窗邊向外看，看到**遙遠**的下方有個小白點，那就是卡拉索的屍體，我必須找人處理一下。我納悶我們會怎麼處理屍體，但是一定有人知道，他的功能就是去除我們不要的東西，我知道那並不是我的功能。

「『你怎麼知道？』

「他聳聳肩。『我就是知道，他最近開始問的問題都跟**死亡**有關，我們要怎麼知道做出這種東西到底對不對？制定這種規則對不對？如果我們不自己體驗看看，要怎麼知道呢？他不斷提到這種事情。』

「『難道你不會感到好奇嗎？』

「沙那加亞路轉過身來，那是他第一次轉身過來看我。『不會，這就是我們的功能：討論、即興創作、協助創造和已創造之物。我們現在就要把事情想清楚，這樣在一切開始運作時，萬物就會像時鐘發條一樣運行下去。目前我們在研究**死亡**，所以那顯然是我們會觀察的東西，其物理特性、其情緒特性、其哲學特性……

「『還有其**模式**。卡拉索認為，我們在存在聖殿這裡做的事情會形成一種模式，存在和事件都有一種合適的結構與形狀，一旦開始運作，就必須不斷持續下去，直到終點。對我們是如此，或許對它們而言也是。可想而知，卡拉索覺得那就是他的模式。』

「『你跟卡拉索很熟嗎？』

「『就跟其他人一樣熟。我們每天在這裡碰面，然後一起工作。有時候，我會回到我在城市另一邊的居所去，而他有時候也會回去他的居所。』

「『能不能談一下法奴耳？』

「他嘴角勾起微笑。『他管得多，做得少。他會把事情丟給別人，然後功勞都歸他。』雖然在畫廊裡沒有其它天使在，但是他還是降低了音量。『聽他說話，你會以為**愛**是他獨力完成的傑作，不過值得稱讚的一點是，他會確保事情能好好完成。在那兩位資深設計師中，塞夫齊才是真正的思想家，但是他並不會到這裡來，他留在城市中自己的居所裡沉思，解決來自遠方的問題。如果你需要跟塞夫齊說話，你得先去找法奴耳，再由法奴耳幫你把問題轉達塞夫齊……』

「我打斷他的話。『那麼路西法呢？可以告訴我一些他的事嗎？』

「『路西法？聖靈領導嗎？他不在這裡工作……不過他曾經造訪過聖殿兩次，來視察創世。別人都說他會直接向上帝報告，我從未跟他說過話。』

「『他認識卡拉索嗎？』

「『我不這麼認為。我說過，他只來過這裡兩次，不過我在別的情況中見過他，就是在這裡。』他擺動一側翼端，指指外頭的世界。『他那時正在飛。』

「『去哪裡呢？』

「沙那加亞路似乎想說些什麼，最後卻改變主意。『我不知道。』

「我向窗外看去，看到銀色城市外的黑暗。

「『我以後可能會再回來跟你談談。』我對沙那加亞路說。

「『很好。』我轉身離開。『先生？你知不知道他們是否會再派別人來當我的同伴？跟我一起製作**死亡**的同伴？』

「『不知道，』我跟他說，『恐怕我不知道。』

「銀色城市中央有座供娛樂和休憩之用的公園。我在那裡找到了路西法天使，他正站在一條河邊觀看水流。

「『路西法？』」

「他點點頭。『拉古勒，有沒有任何進展？』

「『我不知道，或許有吧。我需要問你一些問題，可以嗎？』

「『當然可以。』

「『你是怎麼發現屍體的？』

「『嚴格來說，屍體不是我發現的。我當時看到法奴耳站在街上，一臉心煩意亂的表情，我問他是不是出了什麼事，於是他就帶我去看死去的天使。然後我就去找你了。』

「『我知道了。』

「他彎下身子，一隻手放入冰冷的河水中，河水在他手邊旋轉，濺出水花。『問完了嗎？』

「『還沒。你當時在城市的那個地方做什麼？』

「『我想那不關你的事吧。』

「『那是我的事，路西法。你當時在那裡做什麼？』

「『我那時在……散步。我有時候會散步，就是邊走邊思考，並且試著理解。』他聳聳肩。

「『你會到城市邊界散步？』

「他微微一頓，然後說：『對。』

「『好了，目前我只想知道這些。』

「『你還跟誰談過？』

「『卡拉索的上司和同伴，他們兩個都覺得他是自殺，也就是自己結束自己的性命。』

「『你還要跟誰談話呢？』

「我看看上頭，天使之城的尖塔屹立在我們上方。『或許每個人吧。』

「『所有人？』

「『如果有需要的話，我會那麼做，那就是我的功能。要等到我理解發生了什麼事，還要等到兇手被施予上帝之復仇後，我才能休息。但是我會跟你說我能**肯定**的事。』

「『那是什麼事？』路西法完美的手指滴下了鑽石般的水珠。

「『卡拉索不是自殺。』

「『你怎麼知道？』

「我向聖靈領導解釋道：『我是復仇的化身。要是卡拉索是自殺，我就不會被召喚出來了，對不對？』

「他沒有回答。

「我向上飛入永恆晨光。

「你身上還有沒有香菸？」

我在那包紅白相間的香菸盒裡摸索，拿出一根香菸給他。

「感激不盡。

「塞夫齊的居所比我的大。

「那並不是等待的地方，那是居住、工作和**存在**的地方，擺滿了書本、卷軸、紙張，牆壁上還有影像和圖像，那些全都是圖片，我從來沒看過的圖片。

「房間中央有張大椅子，塞夫齊就坐在那裡，眼睛閉起，頭向後仰。

「當我接近他時，他張開眼睛。

「雖然他的眼睛並不會比我見過的其他天使燃燒得還要亮，但是那雙眼似乎見過更多的世面。他的眼神不一樣，我就是無法解釋。而且他沒有翅膀。

「『歡迎，拉古勒。』他的聲音聽起來很疲倦。

「『你是塞夫齊嗎？』我不知道為什麼問他那個問題，我是說，我知道誰是誰，我猜那也是我的功能之一：辨識能力，我會知道你是**誰**。

「『確實如此。你在瞪著我看，拉古勒。我的確沒有翅膀，但我的功能並不需要我離開居所，我留在這裡，沉思。法奴耳向我回報，帶新東西回來給我，詢問我的意見。他會帶問題來給我，讓我好好思考，偶爾我會做點有用的事，給他一點小建議。這就是我的功能，就像你的功能是復仇。』

「『沒錯。』

「『你是為了卡拉索天使之死而來的，對吧？』

「『對。』

「『我沒有殺死他。』

「當他這麼說時，我就知道那是實話。

「『你知道是誰殺的嗎？』

「『那是**你的**功能，不是嗎？找出是誰殺了那個可憐的傢伙，然後對他施予上帝之復仇。』

「『對。』

「他點點頭。

「我停頓了一下，回想我那天聽到的事情。『你知不知道在屍體被發現前，路西法天使在城市的那個區域做什麼呢？』

「那位老天使注視著我。『我可以大膽猜測。』

「『是什麼呢？』

「『他在黑暗中散步。』

「我點點頭，這時我心中浮現一幅影像，那是我幾乎掌握得住的東西。於是我問了最後一個問題：

「『你能不能跟我談談什麼是愛？』

「他回答了我，而我覺得自己已經找到了一切的答案。

「我回到卡拉索的陳屍處，那具屍體已經被清除，血漬清理乾淨，掉落的羽毛也收集起來處理掉了。銀色人行道上沒有任何跡象顯示出那裡曾經躺著一具屍體，而我知道那具屍體原本躺在哪裡。

「我振翅而飛，向上飛到靠近存在聖殿尖塔的頂端，那裡有扇窗戶，我飛了進去。

「沙那加亞路正在那裡工作，把一具沒有翅膀的人體模型放入一只小盒子。盒子的一邊有隻棕色八腳生物的圖像，另外一邊有白色花朵的圖像。

「『沙那加亞路？』

「『嗯？喔，是你啊。你好，你看看這個，如果你死了，而且我們要把你裝進盒子並埋在土裡的話，你會希望你上面放了什麼東西呢？是像這樣的蜘蛛？還是像這樣的百合花？』

「『我想我會選百合花。』

「『對，我也這麼覺得，但是**為什麼**？我真希望……』他用手托著下巴，注視著那兩具模型，他先把第一具模型放到盒子上試試看，然後再嘗試第二具。『拉古勒，我們有這麼多事情要做，這麼多事情要調整，而我們卻只有一次機會，你是知道的。未來只會有一個宇宙，我們沒辦法不斷嘗試下去，直到一切做到正確為止。我真希望我能理解這一切為什麼對祂那麼重要……』

「我問他：『你知不知道塞夫齊的居所在哪裡？』

「『知道啊，我是說，我從未去過，但是我知道在哪裡。』

「『很好，你到那裡去吧，他在等你呢，我會到那裡跟你碰面。』

「他搖搖頭。『我還有工作要做，我不能就這樣……』

「我感覺到我的功能降臨在我身上。我低頭看看他並說：『你必須到那裡去，現在立刻就去。』

「他什麼都沒說，面對著我，退後到窗戶邊，然後他轉身，振翅離去，留下我一個。

「我走到聖殿的中央天井，往下一跳，跌跌撞撞地穿過宇宙的模型，那座模型在我四周閃閃發光，有陌生的顏色和形狀在其中翻騰扭動，沒有任何意義。

「接近底部時，我拍動翅膀，緩和我下降的速度，然後輕輕踩在銀色地板上。法奴耳站在兩位天使之間，兩位都想要取得他的注意力。

「法奴耳正在向其中一位解釋：『我不管那會多麼美觀，多麼賞心悅目，我們就是不能把它放到中心。背景輻射會阻礙任何可能產生的生命類型成形，再說，背景輻射很不穩定。』

「他轉身向另一位說：『好，讓我看看。嗯……那就是**綠色**，對不對？跟我想像的不大一樣，不過……嗯……留著讓我處理，我會再跟你討論。』他從那位天使手中拿過一張紙，毅然而然地把它折起來。

「他轉身面向我，他的姿態很唐突，很瞧不起人。『有何貴幹？』

「『我需要跟你談談。』

「『喔？那有話快說，我有很多事情要做。如果跟卡拉索之死有關，我已經把我知道的都告訴你了。』

「『這跟卡拉索之死有關，但是我現在不會跟你談，也不會在這裡談。你要去塞夫齊的居所，他在等你，我會到那裡跟你碰面。』

「他似乎想要說些什麼，但他只是點了點頭，向門外走去。

「我轉身要走時，忽然想到一件事。我叫住那位帶來**綠色**的天使。『你能告訴我一件事嗎？』

「『先生，我願意盡我所能。』

「『那個東西，』我指著那座宇宙，『那到底是要**做什麼用的**？』

「『做什麼用的？為什麼這樣問呢？那是宇宙啊。』

「『我知道那叫什麼，但是它到底有什麼用途呢？』

「他皺起眉頭。『那是計畫的一部分，都是上帝要的。祂要求我們根據某某尺寸，做出擁有某種特質和某種材料的這種東西和那種東西。而那就是我們的功能：根據祂的旨意，把東西製造出來。我肯定**祂**知道那是做什麼用的，但是祂沒有向我透露。』他的口氣像是溫和的訓斥。

「我點點頭，離開了那個地方。

「在城市的高空中，有群天使在那裡旋轉、繞圈、俯衝。每一位天使都拿著一把烈焰般的劍，在他們身後拖出一道長長的燃燒亮光，讓人目眩神迷。他們在如鮭魚般粉紅的天空中，整齊畫一地移動，他們美麗極了，那就像……像在夏天的傍晚，一整群鳥禽在天空飛舞，你知道嗎？他們來回穿梭、旋轉、齊聚，然後散開。就在你以為自己弄清楚他們的規則時，才發現你根本不了解，而且永遠也不可能了解。就像是那樣，只是美麗多了。

「在我上方是天空，下方是發光的城市，我的家鄉。遠在城市外的是黑暗。

「路西法在那群天使的下方盤旋，觀看他們的動作。

「『路西法？』

「『什麼事，拉古勒？找到你的壞人了嗎？』

「『我想我找到了。你能不能跟我一起到塞夫齊的居所那裡？那裡有其他天使在等我們，我會向你們解釋一切。』

「他停頓了一會，然後說：『當然可以。』

「他抬起完美的臉孔，面對那群天使。他們這時正在天空中緩緩繞圈，每位天使在空中優雅地飛翔，跟下一位天使保持完美的距離，完全不會相互碰觸。路西法說：『阿薩謝勒！』

「有位天使從圈圈裡飛了出來，其他天使則為他的離開做出調整，填補空缺，你幾乎察覺不出他們的動作，事後也看不出阿薩謝勒原本的位置。

「『我必須離開，阿薩謝勒，這裡就由你指揮了。叫他們繼續演練，他們還多加訓練才能更趨完美。』

「『是的，長官。』

「阿薩謝勒盤旋在路西法原本的位置，注視著那群天使。而我則和路西法往城市裡下降。

「『他是我的副官。』路西法說，『他很聰明，很有熱忱。阿薩謝勒會一直效忠你。』

「『你為什麼要訓練他們呢？』

「『作戰用。』

「『跟誰作戰？』

「『你的意思是？』

「『他們要跟誰作戰？還有**誰**在這裡？』

「他看著我，眼神透澈而坦率。『我不知道，但是祂指示我們作為祂的軍隊，所以我們要力求完美，為了祂。拉古勒，上帝永遠正確，永遠公正，永遠睿智，絕無例外，不管發生什麼事……』他停了下來，轉過頭去。

「『你想說什麼？』

「『不重要。』

「『喔。』

「在接下來往塞夫齊居所的途中，我們一句話都沒說。」

我看看我的手錶，已經將近三點了。洛杉磯的街上開始吹起冷颼颼的微風，我打了個顫。那個男人注意到了，於是中斷他的故事，問道：「你還好嗎？」

「我很好，請繼續說，故事相當吸引人。」

他點點頭。

「法奴耳、沙那加路亞都在塞夫齊的居所裡等我們，當然塞夫齊也在，他正坐在他的椅子上，路西法則站在窗戶旁。

「我走到房間中央，開始說話。

「『感謝你們來到這裡，你們都知道我是誰，你們都知道我的功能是什麼。我是上帝之復仇，上帝之手。我是拉古勒。

「『卡拉索天使死了，我的任務是找出他的死因，還有是誰殺了他，而我已經完成我的任務了。是這樣的：卡拉索天使以前是存在聖殿的設計師，他非常優秀，至少別人都是這麼跟我說的……

「『路西法，告訴我當你遇到法奴耳和那具屍體前，你在做什麼？』

「『我已經告訴過你了，我當時在散步。』

「『你在哪裡散步？』

「『我認為那不關你的事。』

「『**告訴我**。』

「他停頓片刻。他比我們所有人都還要高，既高大又驕傲。他說：『好吧，我當時正在黑暗裡散步，我已經在黑暗裡散步好幾次了，我得以用不同的觀點觀看這座城市，也就是從外頭往裡面看。我看到這座城市有多麼漂亮，有多麼完美，沒有什麼能比它更完善，除了這裡，還能希望到哪去呢？』

「『路西法，那你在黑暗中做些什麼？』

「他瞪著我說：『我散步，然後……黑暗中會出現聲音，我聆聽那些聲音，他們會向我做出保證，問我問題，跟我說悄悄話，或是向我祈求，而我一概不予理會。我鍛鍊自己，我凝視這座城市，那是我用來測試自己的唯一方式，也就是讓自己經歷種種的歷練。我是聖靈領導，是天使之首，所以我必須證明自己的能力。』

「我點點頭。『那你為什麼之前不這麼跟我說呢？』

「他低下頭。『因為我是唯一在黑暗中行走的天使，因為我不希望其他天使也到黑暗中行走，我夠強壯，足以抵抗那些聲音，足以測試我自己，而其他天使並不像我一樣強壯，其他天使有可能會跌倒，甚至墜落。』

「『謝謝你，路西法，目前我只想知道這些。』我轉身面對下一位天使。『法奴耳，你搶走卡拉索的功勞已經多久了？』

「他的嘴巴張得老大，卻沒有發出聲音來。

「『**如何？**』

「『我……我才不會搶別人的功勞。』

「『但是你確實把**愛**當作自己的功勞。』」

「他眨眨眼，『沒錯，我是這麼做。』」

「『你能不能向我們解釋一下，**愛**是什麼？』我問道。」

「他不自在地環顧四周，然後說道：『愛是種對其他生物所抱持的深沉情感和吸引力，通常都會伴隨著熱情和慾望，一種需要跟另一位同伴待在一起的感受。』他用教書式的冷淡語調說話，好似在背誦數學公式一樣。『……舉例來說……那是我們對上帝所懷有的感受，對我們的造物主所懷有的感受，那就是**愛**。**愛**是種衝動，不只會激發人心，也會摧毀人心，我們……』他暫停了一下，又繼續說，『……我們非常引以為傲。』

「他的聲音愈來愈小，最後只剩下嘴形，他覺得我們不可能再相信他的話。

「『是誰負責**愛**的主要工作？別說，你不要回答。讓我先問問其他人。塞夫齊，當法奴耳把**愛**的細節送來取得你的認可時，他說是誰負責**愛**的？』

「無翼的塞夫齊輕輕微笑道：『他跟我說那是他的計畫。』

「『謝謝你，先生。現在我要問沙那加路亞，**愛**是誰負責的？』

「『是我，是我和卡拉索負責的。或許他的功勞比較大，但我們兩個是一起研究的。』

「『你之前知不知道法奴耳把它當作是他自己的功勞？』

「『……知道。』

「『而你卻坐視不管嗎？』

「『他……他答應我們，接下來會派給我們一項重大計畫，一項我們可以自己做的計畫。他保證只要我們什麼都不說，我們就會分配到重大計畫，而他也說到做到；他給了我們**死亡**。』

「我轉身面向法奴耳。『你怎麼說？』

「『沒錯，我宣稱**愛**是我做出來的。』

「『但是那是卡拉索做的，他和沙那加路亞做的。』

「『沒錯。』

「『那是他們接下**死亡**前的最後一項計畫嗎？』

「『對。』

「『我問完了。』

「我走到窗戶邊，看看外頭的銀色尖塔，看看黑暗。然後開始說話。

「『卡拉索是位傑出的設計師，如果他有缺點的話，就是他太過於專注工作。』我轉身面向他們。沙那加路亞天使顫抖起來，他皮膚下的光芒開始閃動。『沙那加路亞。卡拉索到底愛的是誰？他的愛人是誰？』

「他注視著地板，然後抬起目光，驕傲而挑釁。他微笑了。

「他說：『是我。』

「『你願不願意跟我說清楚一點？』

「『不願意。』然後他聳聳肩：『可是我想我別無選擇。好，那我就說吧。』

「『我們一起工作，於是當我們開始研究**愛**時……我們就成為愛人，那都是他的主意。只要挪得出時間，我們就會到他的居所去，在那裡，我們會互相撫摸，擁抱彼此，向對方輕聲表達自己的愛意及永恆奉獻的誓言。他的幸福比我自己的幸福還重要，我是為了他而存在的。當我一個人時，我會複誦著他的名字，心裡想的完全都是他。』

「『當我跟他在一起時……』他停下來，低頭說：『……其它事情都不重要了。』

「我走到沙那加路亞站立的地方，用手抬起他的下巴，注視著他的眼睛，然後說：『那麼你為什麼殺他？』

「『因為他不再愛我了，當我們開始著手研究**死亡**時，他……他不再感到興趣，他不再是我的了。他完全屬於**死亡**。再說，如果我無法擁有他，就表示他隨時可能有新愛人。我受不了他出現在我面前，受不了必須待在他身旁，而且還清楚他對我已經沒感覺了，那是讓我最心痛的地方，所以我想……我希望……假如他消失的話，我就不會再關心他了，那種痛楚的感受就會停止。』

「『於是我殺了他，我刺死他，把他的屍體從存在聖殿的窗戶丟出去。但那陣痛楚還是**沒有**停止。』他的聲音幾乎像在哀嚎。

「沙那加路亞伸出手，把我的手從他的下巴格開。『現在你想怎樣？』

「我感覺到我的靈力開始降臨，感覺到我的功能控制了我，我不再是一具個體，我是上帝之復仇。

「我靠近沙那加路亞，抱住他，把嘴唇壓在他的嘴唇上，用力把舌頭伸進他嘴裡，我們親吻，而他則閉上眼睛。

「那時我感覺到身體裡湧起一種感覺，一種燃燒感，一種明亮的光輝。我眼角的餘光可以看到路西法和法奴耳偏過頭去，避免直視我的光芒，我感覺得到塞夫齊凝視的眼神。我的光芒變得愈來愈亮，直到它從我的眼睛、胸口、手指、嘴唇爆發出來：那是道炙熱的白光。

「白色火焰慢慢吞沒沙那加路亞的身體，當他在燃燒時，緊緊地靠著我的身體。

「不久，他的身體消失無蹤，什麼都沒留下。

「我感覺到那道火焰離開，我又再次變回我自己。

「法奴耳在啜泣，路西法則一臉慘白，塞夫齊坐在他的椅子上，靜靜看著我。

「我轉身對法奴耳和路西法說：『你們已經見識了上帝之復仇，就把它當作我對你們的警告吧。』

「法奴耳點頭，『那確實……確實是……我……我要回去了，我要回到我的工作崗位上，不知道你同不同意？』

「『去吧。』

「他一個踉蹌走到窗戶邊，躍入白晝之中，翅膀猛力拍動。

「路西法走到沙那加路亞曾經站過的那處銀色地板上。他跪了下來，拚命盯著地板，好似想找出剛才被我摧毀的天使殘骸，即使是一抹灰燼也好，一點骨頭、一絲燒焦的羽毛，但那裡什麼都沒有；他抬頭看我。

「『那不正確，』他說，『那不公平。』他在哭泣，淚水從他臉上落下，或許沙那加路亞是第一位墜入情網的天使，但路西法卻是第一位流眼淚的天使。我絕對不會忘記。

「我麻木地注視他。『那就是正義，他殺了天使，所以他也要被殺，你召喚我來執行我的功能，所以我執行了我的功能。』

「『但是……他付出了**愛**，他應該得到原諒，應該得到幫助才對。而不是像剛才那樣把他摧毀，那是**錯的**。』

「『那是祂的旨意。』

「路西法站了起來。『那麼，或許祂的旨意並不公正，或許黑暗中的聲音才知道什麼是真相。這怎麼**可能**正確？』

「『這是正確的，這是祂的旨意，我只是執行我的功能而已。』

「他用手背拭去淚水。『不對。』他冷淡地說。緩緩地搖了搖頭，然後說道：『我一定要好好思考此事。現在，我必須走了。』

「他走到窗邊，踏入空中，離去。

「只剩下我和塞夫齊留在他的居所。我走到他的椅子旁，他對我點點頭，『拉古勒，你把你的功能執行得很好。你不是應該要回到自己的居所等候，直到有人需要你時才會再度現身嗎？』」

長凳上的那個男人轉頭看我——我們目光相觸。到目前為止，當他在說故事的時候，我覺得他幾乎很少注意到我，覺得他只是一直瞪著自己的前方看，輕聲說著他的故事，那種音調只比單調好一些。這種感覺就好像他好像忽然發現了我，發現他只對著我一人說話，而不是在對空氣說話，也不是在對洛杉磯市說話。他說：

「我知道他說的沒錯，但是我當時就是**無法**離開，即使我想走也走不掉。我的靈力尚未完全從身上退去，我的功能尚未完全執行完畢。然後我恍然大悟，我看到了這一切的全貌。於是，我就像路西法一樣，跪了下來，把額頭貼在銀色的地板上。我說：『還沒，天主，我還沒要回去。』

「塞夫齊從椅子上站起來。『起來，這不是天使之間該有的行為，那是不對的，站起來！』

「我搖搖頭，輕輕說道：『天父，祢並不是天使。』

「塞夫齊沒說話。有那麼一下子，我的內心充滿恐懼，我很害怕。『天父，我被授予任務，負責找出殺死卡拉索的兇手，現在我知道了。』

「『你已經執行完你的復仇了，拉古勒。』

「『那是**祢的**復仇，天主。』

「然後祂嘆了口氣，再次坐下來。『啊，我的小拉古勒。創造萬物會衍生的問題就是——他們會表現得比你預期的好太多了。我可以問你是怎麼認出我來的嗎？』

「『我……我不確定，天主。祢沒有翅膀，祢在城市的中央等待，直接監控所有的創造。當我摧毀沙那加路亞時，祢沒有轉過頭去，而且祢知道太多事情了，祢……』我停下來思考了一下。『不，我不知道自己是如何知道的。如祢所言，祢把我創造得太好了，但是我只了解祢是誰，但當我看到路西法離去時，我也了解了我們為祢搬演這齣戲碼有何意義。』

「『我的孩子，你了解了什麼？』

「『我了解是誰殺了卡拉索，或者至少了解是誰在暗中操盤。舉例來說，是誰早就知道卡拉索會過度專注於他的工作，卻還安排讓他和沙那加路亞一起研究**愛**。』

「祂那時用幾近逗弄的口吻輕聲跟我說話，好似大人在假裝跟小孩子對話：『拉古勒，為什麼會有人想**暗中操盤**呢？』

「『因為事出必有因，而所有的原因都出自於祢，是祢設計沙那加路亞的。沒錯，卡拉索是他殺死的，但是他之所以殺死卡拉索，是為了讓**我**能摧毀**他**。』

「『那麼你摧毀他這件事，到底有沒有錯呢？』

「我看著祂古老的眼睛，『那是我的功能，而我認為那並不公正，我想，或許我之所以要摧毀沙那加路亞，是因為有此需要，如此才能向路西法展現出上帝不公正的一面。』

「祂微笑，然後說：『我有什麼理由這麼做呢？』

「『我……我不知道，我不了解，就像我不了解祢為什麼要創造出黑暗及黑暗中的聲音，但是祢還是這麼做了，祢讓這一切發生。』」

「祂點頭道：『沒錯，是我做的。路西法必須沉重思考摧毀沙那加路亞的不公正之處，而這種思考，再加上其他種種，會迫使他採取行動。我可憐的、親愛的路西法，他的路途將會是我所有孩子中最艱苦的，因為他在即將上演的劇碼中會扮演一個角色，一個相當重要偉大的角色。』

「我依舊跪在萬物的創造者面前。

「祂問我：『拉古勒，你現在要做什麼事呢？』

「『我必須回到我的居所，我的功能目前已經執行完畢，已經施予了復仇，而且我也找到了行兇者，這樣就夠了，但是……天主？』

「『怎麼，孩子？』

「『我覺得自己很髒，我覺得自己身上有汙點，我覺得我已玷汙了自己，或許所發生的這一切真的都按照祢的旨意呈現，而且是件好事，但有時候祢會在祢的執行工具上留下血漬。』

「祂點點頭，好似祂同意我的話。『拉古勒，如果你願意，你可以忘掉這一切，今天發生的一切。』然後祂說，『不過，不管你選擇記得或遺忘，你都無法跟其他天使說出這件事。』

「『我會記得這件事。』

「『這是你的選擇，但有時候你會發現，遺忘其實輕鬆多了。遺忘有時候會帶來某種自由。好了，如果你不介意的話……』他伸出手到地板上，從一堆檔案夾中取出一個來。『……我還有事情要做。』

「我站起來，走到窗戶邊，我希望祂會叫我回去，向我解釋祂計畫中的每個細節，多少會讓這一切變得更加美好。但是祂什麼都沒說，於是我離開了祂，連回頭看都沒有。」

那個男人這時靜了下來，而且有好長一段時間，他一直保持安靜，我連他的呼吸聲都聽不到，於是我開始緊張，暗想他是不是已經睡著或死掉了。

後來，他站了起來。

「好了，朋友，這就是我要跟你說的故事。你認為這值不值兩根香菸和一個火柴盒呢？」他問問題的方式不帶任何嘲諷意味，好似這對他很重要一樣。

「值得，」我告訴他，「當然值得，但接下來發生了什麼事？你是怎麼……我是說……如果……」我的聲音變小了。

街道上一片晦暗，黎明即將到來。街燈一盞一盞熄滅，而他的身形在曙光下形成黑影。他把手插進口袋。「發生什麼事？我離開家，然後我迷路了，而且這些日子以來，回家的路可變得遙遠極了，有時候你會做出讓你後悔的事，卻束手無策。時代改變了，門會在你身後關上，你只能繼續往前走，明白嗎？

「最後我淪落至此，人們老是說沒有土生土長的洛杉磯人[2]，對我而言，那的確跟地獄一樣真實。」

然後，沒等我反應過來，他便俯身輕吻了我的臉頰。他的鬍渣又粗又刺，但是他的呼吸卻異常地甜美。他在我耳邊輕聲說：「我從未墮落，我才不管他們怎麼說，一遇到機會，我仍舊從事我的工作。」

他在我臉頰上吻過的地方開始發燙。

他站直身子。「可我還是想回家。」

那個男人沿著黑暗的街道離去，而我則坐在長凳上，看著他漸行漸遠。我覺得他好像從我身上帶走了什麼，不過我已經記不得是什麼了。而我也感到有東西回歸到原處：或許是赦免，或許是清白，但到底是什麼被赦免或者什麼是清白，我也說不出來了。

來自某處的一個影像：隨意畫出來的兩位天使，在一座完美的城市上空飛行，而且在那個影像上，有個孩童的完美手印，將白紙染成血紅。那影像沒來由地浮現在我腦海裡，我已經不知道那是什麼意思了。

我站起身。

那時候太暗了，看不到手錶錶面，但我知道那天不可能再睡了。我走回旅館，走回旁邊有棵發育遲緩的棕櫚樹的房子。我回到那裡梳洗，回到那裡等待。我想到天使和汀克，想知道愛和死亡是否結伴同行。

隔天，回英國的班機又開始飛了。

我有種奇怪的感受，睡眠不足使我進入那種悲慘的心神狀態，周遭一切看起來都一片扁平，沒有輕重緩急之別，一切都無關緊要，現實顯得單薄破爛。搭計程車到機場的旅程簡直像夢魘。我感到燥熱、疲倦、不耐煩，我在洛杉磯的高溫下穿著一件汗衫，我的大衣都打包在行李中，就跟我待在洛杉磯時一樣。

---

2 洛杉磯（Los Angeles）本是西班牙語「天使之城」的意思。

飛機擁擠得要命，但是我不在意。

空姐拿著一疊報紙在走道上穿行：《先驅論壇報》、《今日美國報》、《洛杉磯時報》。我拿了一份《洛杉磯時報》，但是報紙上的字在我眼睛掃過後，就流出了我的腦袋。閱讀過的內容，完全沒放在心上。不對，我在說謊。在報紙背面某處報導了一起三屍命案：兩個女人和一個小孩被殺了，報導沒透露死者姓名，而我其實知道為什麼那則報導會留存在我腦海中。

不久我睡著了，我夢到跟汀克上床，血從她閉著的眼睛和嘴脣緩緩留下，血液冰冰冷冷、濕濕黏黏。我被飛機上的冷氣冷醒，嘴裡還有股噁心的味道。我的舌頭和嘴脣都乾乾的，我透過被刮花的橢圓窗戶向外看，注視著下方的雲朵，那時忽然想到（並不是第一次想到），雲朵其實是另外一片國度，在那裡每個人都知道自己在尋找什麼，也都知道要怎麼回到自己出發的地點。

注視下方的雲朵，是我搭飛機時最喜歡做的事情，除此之外，我還喜歡那種瀕臨死亡的感受。

我用飛機上的單薄毯子把自己裹起來，再多睡一會兒。我沒有再作夢，即使有也不記得了。

飛機降落英國後不久，一陣暴風雪來襲，切斷了機場的電力供給。當時我正獨自在機場的電梯裡。電梯裡一片漆黑，還卡在兩層樓之間。黯淡的緊急照明燈亮起，我按下火紅色的緊急按鈕，直到按鈕的電力用盡，不再發出鳴響。然後，穿著洛杉磯汗衫的我，就在小小的銀色房間一角顫抖。我看著自己的呼吸在空氣中結霧，摟住自己以保持溫暖。

那裡除了我，什麼都沒有，儘管如此，我依然感到安全，感到安穩。不久便會有人來拉開門，最後會有人救我出去，我知道不久後就會到家了。

豬身上，再塞入當年秋天的蘋果。我們會把豬拿來烘烤或是用叉子串起架在火上燒，準備盡情享用脆皮烤豬。

她從我手上接過那顆乾蘋果，開始用她黃色的利牙啃咬。

「好吃嗎？」

她點頭。我原本一直害怕這位小公主，但就在那一刻，我突然對她萌生好感，於是我伸手溫柔地撫摸她的臉頰。她看看我，微笑起來（她會微笑，但絕少如此），接著一口咬住我的拇指根部，也就是拇指下方的掌丘。然後她開始吸血。

我尖叫，那是出於痛楚和驚慌的叫聲，但她看看我，於是我靜了下來。

小公主用嘴巴咬住我的手不放，又舔又吸又飲。當她滿足後便離開了我的房間。我眼睜睜看著她咬出來的傷口開始癒合，結痂，復原。到了隔天，它變成一道舊疤，好似我小時候曾經被小刀割傷手一樣。

我受她震懾，為她持有，讓她占領，那使我害怕，更甚於她在我身上吸取的血液。那晚之後，我一到黃昏就把房門鎖上，用根橡木棒拴住，我還叫鐵匠幫我鑄造幾根鐵欄，橫隔在我的窗戶上。

我的丈夫、我的愛、我的國王，他愈來愈少找我，而且每當我去找他時，他都顯得昏亂、無精打采、困惑。他已經無法像個男人一樣做愛了，還不允許我用嘴巴取悅他，有一回我試著這麼做，他卻突然大吃一驚，接著哭了起來。我縮回我的嘴巴，用力抱緊他，直到他不再啜泣，然後他就像小孩一樣睡著了。

他睡著後，我用手指撫摸他的皮膚，他遍體皆是舊疤。然而除了一道他年輕時被野豬獠牙刺傷所留下的疤痕外，我回想不起有任何傷疤是在我們交往前便存在的。

不久，他就成了我先前在橋邊見到且深愛之人的影子，膚下青藍而蒼白的骨頭清晰可見。他嚥下最後一口氣時，我陪在他身旁。他的手冰冷如石，他的眼睛變得粉藍，頭髮和鬍子都褪了色，黯淡無光，毫無生氣。他到死時，仍未受赦免，皮膚受盡摧殘，從頭到腳千瘡百孔，充滿小小的舊疤痕。

他幾乎沒有重量。地面凍得僵硬，我們無法為他挖墳。所以，我們在他遺體上堆了圓錐石堆，聊供紀念罷了，因為他的身體已經所剩無多，毋須多加保護防止飢餓的飛禽走獸來掠食。

於是我成了王后。

而我真笨，也真年輕（自從我出世以來，已經過了十八個夏天），當時我並未做出我現在會做的決定。

要是發生在現在，我一定會把她的心挖出來，沒錯，不過除此之外，我還會把她的頭和手腳也砍掉、派人除去她的內臟；我會在鎮裡的廣場上，看劊子手燃起熊熊的白熱火焰，看著他把她身體所有的部位都丟進火中，眼睛連眨都不會眨一下。我會在廣場四周派駐弓箭手，若有鳥類或動物接近那堆火焰，不管是烏鴉、狗、老鷹、老鼠，都會把牠們射下。而我絕不會閉上我的眼睛，直到公主變成灰燼，直到一道輕風就能把她像雪一樣吹散。

我沒做出那種事，所以我們都因為這個錯誤而付出了代價。

別人都說我被騙了。因為那不是她的心臟，而是動物的心臟，或許是雄鹿或野豬的心臟。別人都這樣說，但是他們都錯了。

還有些人說（不過這是**她的謊言**，不是我的），當我收到那顆心臟後，就把它吃了。謊言和虛虛實實的傳聞像雪片一樣落下，掩蓋了我的記憶，掩蓋了我親眼目睹的事。一片在降雪之後便難以辨識的地景，那就是她對我的人生所做的好事。

當我的愛人（她的父親）死時，身上帶了她的疤痕，在大腿上，在陰囊上，在陽具上。

我並未隨他們一同前往。他們在白天趁她睡覺時，也就是她最虛弱的時候，把她帶走，他們把她帶到森林深處，解開她的上衣，挖出她的心臟，然後把她丟在山溝裡，任憑她死亡，任憑森林將她吞噬。

森林是黑暗的地方，眾多王國的邊界。沒有人會愚笨到把森林納入自己的管轄範圍。亡命之徒住在森林裡，盜匪住在森林裡，野狼也住在森林裡。當你騎馬穿越森林，會有十幾天看不到人煙，但是隨時都會有眼睛盯著你。

他們把她的心臟帶回來給我，我知道那是她的心臟，因為豬或鹿的心臟，在被挖出來後，根本不會繼續跳動，不會像這顆心臟。

我把心臟拿回房。

我沒有把它吃掉，而是把它掛在我床上的那根梁上，用繩子把它跟山梨果和大蒜球莖串在一起，它色呈橘紅，宛如知更鳥的胸部。

外頭正飄著雪，蓋住了手下獵人的腳印，也蓋住了她躺在森林裡的小身體。

我請鐵匠把鐵欄從窗戶上移除。在晝短夜長的冬日裡，我每天下午會在我的房間裡待一段時間，注視那片森林，直到黑夜降臨。

如我先前所述，有人住在森林裡。他們有些人會現身參加春日市集。他們是群貪婪、野蠻、危險的人；有些人發育不良，成了矮人、侏儒、駝背；有些人牙齒巨大、眼神痴呆；還有些人的手指長得像魚鰭或蟹爪。他們每年都會偷偷到森林外參加雪融之後舉辦的春日市集。

我還是小姑娘時，曾經在市集裡工作，那群森林來的人曾經把我嚇個半死。我為參加市集的人算命，用一潭止水占卜；後來，我長大後，改用一片背面塗滿銀漆、磨得光亮的玻璃占卜。那是一位商人送我的禮物，因為我在一潭墨水裡，為他找到他走失的馬匹。

市集攤販都害怕那群來自森林裡的傢伙。他們會把貨品用釘子釘牢在他們攤位的木板上，而大塊薑餅或皮腰帶則用大鐵釘釘到木頭上。他們說，如果沒有把貨物釘起來，那群森林來的傢伙會把東西拿了就跑，還會一邊咀嚼偷來的薑餅，一邊揮舞著皮腰帶。

不過那群森林來的傢伙倒是挺有錢的，有這種錢幣，也有那種錢幣，有些被時間或泥土染綠，錢幣上的人頭，連我們最年長的人都不認得。他們也有可供交易的東西，所以市集每年繼續舉辦，為亡命之徒和矮人服務，為盜匪服務（若他們謹慎一點的話）。那群盜匪經常挑來自森林外國度的旅人下手，挑吉普賽人下手，或是挑鹿下手（在法律上，這也算是強盜，因為鹿是工后的財產）。

幾年慢慢過去，我的子民們都說我以智慧統治他們。那顆心臟依舊掛在我房間裡，在夜裡輕輕跳動。即使有人哀悼那個孩子，我也看不出來。她生前就相當駭人，每個人都認為把她除掉再恰當不過。

一次又一次的春日市集過去了，共五次；而且一次比一次還慘澹、貧窮、乏善可陳。森林裡的傢伙愈來愈少出來買東西，而那些出來買東西的人看起來溫馴多了，變得無精打采。攤販不再把貨物釘在他們攤位的板子上，而且到了第五年，只有寥寥可數的幾個人來自森林，除了一群凌亂可怕的毛茸茸小人外，沒有別人了。

市集結束後，市集總管和他的侍從來見我。我成為王后之前，就跟他略微熟識。

「我來找妳，並非因為妳是王后。」他說。

我什麼話都沒說，靜靜聽著。

「我來找妳，是因為妳很睿智。」他繼續說道，「當妳還是孩子的時候，曾經注視著一潭墨水，找到了一匹走失的小馬；當妳成為少女，曾經注視那面鏡子，找到了從母親身邊走失的嬰孩。妳知道祕密，妳能找到隱藏的事物。」他問道，「我的王后，到底是什麼東西把森林裡的傢伙帶走了呢？明年不會有春日市集了，來自其它國度的旅人愈來愈少，森林裡的傢伙根本就消失無蹤，只要明年的市集再跟今年一樣，我們全都會餓死。」

我命令女僕把我那面鏡子拿來。那是件簡單的物品，一面塗上銀漆的玻璃，我用鹿皮把它包裹起來，放在房間的櫃子裡。

他們把鏡子拿過來後，我注視著鏡子：

她已經十二歲，不再是小孩子。她的皮膚依舊蒼白，眼睛和頭髮黑似煤炭，嘴唇紅如鮮血，依舊穿著她離開城堡那天穿的衣服（那件上衣、那件裙子），不過現在已經變短了，還經過多次縫補。她在外頭又加了一件皮斗篷，而且，在她纖細的腳上，穿的並不是靴子，而是用皮條綁起來的皮囊。

她正站在森林裡，一棵樹的旁邊。

在我觀看的同時，我心中的那隻眼睛看到她像動物一樣，在樹木間緩緩移動，大步大步地移動，焦躁不安地移動，躡手躡腳地移動，就像蝙蝠或野狼。她正在跟蹤某人。

那是位僧侶，穿著粗布衣，打著赤腳，腳上還結了硬硬的痂。他的鬍子和剃光的頭髮都變長了，久未修整。

她從樹後看著他，最後他停下來，開始生火準備過夜。他先把小樹枝擺在地上，再拿知更鳥的巢穴當火引。他從袍子裡掏出火絨盒，把燧石敲在鋼片上，直到火花點燃火絨，火焰開始冒起。他在鳥巢裡發現兩顆蛋，便把蛋拿來生吃了。對這麼一位體型巨大的男人來說，這些東西根本不夠塞牙縫。

他坐在火光下，她則從藏匿處現身，蹲在火堆的另一邊，注視著他。他咧嘴笑了笑，好似他已經很久沒看到人類了。然後他招呼她到他身邊去。

她站起來，沿著火堆走到距他一臂之遙的位置便停步等待。他在袍子裡摸索，掏出一枚硬幣，一枚小小的銅幣，然後把那枚硬幣丟給她。她接過銅幣，點點頭，走到他身邊。他拉動腰間的袍子，袍子頓時敞開，他的身體就跟熊一樣毛茸茸的。她把他往後推倒在苔蘚上，一隻手像蜘蛛一樣，在糾結不清的毛髮中遊走，最後她抓住他的下體，另一隻手則在他左邊的乳頭上畫圈圈。他閉上眼睛，一隻大手探進她裙裡撫摸。她的嘴巴移到她正不斷挑逗的乳頭上，她滑順的白色肌膚，緊貼著他毛茸茸的棕色軀體。

她的牙齒沒入他的胸口。他的眼睛張了開來，接著又閉上。她啜飲起來。

她跨坐在他身上，以他為食，同時她兩腿間開始滴下黑色的稀薄液體……

「妳知道是什麼原因阻止旅人到我們城裡來嗎？森林裡的傢伙到底發生了什麼事？」市集總管問道。

我用鹿皮把鏡子蓋起來，告訴他我會親自處理此事，讓森林重歸安全。

雖然她讓我害怕，但是我必須這麼做，因為我是王后。

只有愚笨的女人才會想立刻進入森林，捉住那隻小生物；我已經笨了一次，可不想再笨第二次。

我花時間鑽研古籍，花時間跟吉普賽女人學習（她們穿越南邊的山脈進入我們國土，而不是穿越北邊和西邊的森林）。

我開始著手準備，取得派得上用場的東西，然後，在那年的第一場雪開始降下時，我已經準備好了。

我赤裸著身子，單獨站在王宮最高的塔裡，暴露在天空之下。風讓我的身子打顫，雞皮疙瘩爬滿我的手臂、大腿、乳房。我帶了一個銀臉盆和一只籃子。籃子裡放了一把銀刀、一根銀針、一把鉗子、一件灰袍、三顆綠蘋果。

我帶著那些東西，一絲不掛地站在塔頂。我在夜空下，在風的面前顯得卑微。要是有人看到我站在那裡，我會把他的眼睛挖出來；但是沒有人在偷看。雲朵急掠過天空，黯淡的月亮時隱時現。

我拿起那把銀刀，在左手臂上劃了三道：一道、二道、三道，血液滴入臉盆，血紅的色澤在月光下顯得烏黑。

我把掛在脖子上小玻璃瓶裡的粉末也加了進去，那是種棕色的粉末，由晒乾的藥草、某種特殊蟾蜍的皮膚，再混入其它幾種東西製作而成。這種粉末可以讓血液變濃，又能防止血液凝結。

我把那三顆蘋果拿起來，一次一顆，用銀針輕輕刺破蘋果皮，然後把蘋果放入銀盆、留在裡頭。同時，那年的第一片雪花緩緩落在我的肌膚上，落在蘋果上，也落在血裡。

當曙光開始照亮天際，我用袍子蓋住身體，小心翼翼地用鉗子從銀盆中取出鮮紅的蘋果，一次一顆，放進籃子裡，小心不碰到。銀盆裡已經沒有我的血，也沒有那種棕色粉末，只留下一種類似銅鏽的黑色殘餘物。

我把那盆子埋進泥土裡，然後在蘋果上施了點魅惑術（多年前，我也曾在橋邊對我自己施了一次魅惑術），讓這些蘋果成為世界上最美妙可口的蘋果，沒有人會懷疑。鮮紅色的蘋果皮，帶有鮮血的溫暖色澤。

我把斗篷頭罩拉低，蓋住了臉，並拿緞帶和美麗的髮飾，放在蘆葦編籃裡的蘋果上，獨自走進森林，一直走到她的住所：高聳的沙岩峭壁，峭壁周圍布滿深入石壁內的洞穴。

懸崖表面有樹木和大圓石，我輕巧無聲地爬過一棵又一棵樹，沒有動到一根樹枝，也沒有落下一片樹葉。最後我找到一處可供躲藏的地點，於是就在那裡等待、觀察。

幾個小時後，有幾位矮人從洞穴前面爬了出來，他們是醜陋、畸形、多毛的小男人，是這國家的古老居民。但現在很少看到他們了。

他們走進樹林裡，不見了身影，沒有人注意到我，不過其中一人停了下來，在我躲藏的岩石上撒尿。

我繼續等待，沒人出來。

我走到洞穴入口，用老邁的沙啞嗓音朝內喊叫幾聲。

當她從黑暗中向我走來，我拇指下方的疤痕隱隱抽痛了一下，她全身赤裸，孤身一人。

我的繼女這時已經十三歲了，她完美的白淨肌膚全然無瑕，只有左乳上有道紫紅色的疤痕，那是許久以前她心臟被挖出來的地方。

她的大腿內側沾滿濕黏的黑色穢物。

她盯著我看，而我則隱身在斗篷裡。她用飢渴的神情看著我。「小姐，要不要緞帶？」我粗聲說，「漂亮的緞帶可以綁在妳的頭髮上……」

她對我微笑，向我招招手。那是一陣拉力，我手上的疤痕正把我朝她拉去，於是我做出早就計畫要做的事情，但我表現得比原先計畫的還得順利：我丟下籃子、尖叫，面無血色地拔腿就跑，一舉一動就如同我想假扮的叫賣老太婆一樣。

灰色的斗篷就像森林的顏色。我跑得很快，她沒抓到我。

我一路跑回王宮。

我沒看到當時的情況，不過我們可以想像一下。小女孩會帶著挫折感和飢餓感，回到她的洞穴，然後她會發現掉在地上的籃子。

我喜歡想像她會先玩弄那些緞帶，把緞帶纏繞在她烏黑的頭髮上，把緞帶圍在她蒼白的脖頸或纖細的腰枝上。

接著，她會出於好奇，掀開那塊布，看看籃子裡還有什麼，於是她會看到紅紅的蘋果。當然那聞起來會像新鮮的蘋果，但聞起來也像鮮血。她肚子餓了，我想像她會拿起一顆蘋果，捧到臉頰上，用肌膚去感受冰冷圓潤的蘋果。

然後她會張開嘴巴，大口咬下去……

等我回到房間後，那顆跟蘋果、火腿、乾臘腸一起掛在梁上的心臟已經停止跳動了，它靜靜懸吊在那裡，沒有動靜，沒有生命，而我再次感到安全。

那年冬天的雪積得又高又深，而且很晚才融化。春天來臨時，我們都餓壞了。

那年的春日市集情況稍微好轉一點。來自森林的傢伙還是很少，但是他們終究出現了，來自森林外國度的旅人也重現蹤跡。

我看到森林洞穴裡那群毛茸茸的矮人，他們在市集裡購買玻璃片、水晶塊、石英塊，還跟商人討價還價。他們用銀幣購買玻璃，那銀幣絕對是我繼女掠劫來的戰利品，無庸置疑。城裡一傳開他們要買什麼東西，大家都趕緊回家，把他們的幸運水晶帶過來，有些人還帶了一整片玻璃來。

有那麼一瞬間，我對那群小矮人動了殺機，但我終究沒下手。只要掛在我房間梁上的那顆心臟沒有聲音、沒有動靜、沒有溫度，我就安全無虞，森林裡的人也安全無虞，鎮上的人也就都安全了。

我生命的第二十五個年頭到來，而我繼女吃下毒蘋果，也是兩個冬天前的事了。這時有位王子來到我的王宮，他很高，非常高，眸色冷綠，皮膚黝黑，跟山頭另一邊的人一樣。

他率領一隊隨扈騎馬到來。那隊隨扈的人數多到足以保護他，但也少到不足以讓身為統治者的我感到威脅。

我相當實際，想到我們兩國間的聯盟，想到國土可以從森林一路延伸到南邊的海洋，也想到我那留著鬍子的金髮愛人已經逝去八年了。我於夜間來到王子的房間。

我並不貞潔，但是不管別人怎麼說，我已故的丈夫（他曾經是我的國王）確實是我的第一位愛人。

剛開始，王子顯得興奮。他要我脫下連衣裙，叫我站在敞開的窗戶前，離爐火遠遠的，直到我的肌膚變得冰冷如石。然後他要我躺下，雙手平放在乳房上，張大眼睛，但是只能瞪著上頭的屋梁看。他叫我不要動，呼吸盡量放輕，他還要求我不要說話。然後他把我的腿掰開。

就在那時候，他進入了我身體。

當他開始插入我身體時，我感覺到自己的臀部抬起來，感覺到我開始配合他的動作，一來一往，一來一往。我呻吟；我已經忍不住了。

他把陰莖拉出我的身體，我伸手撫摸那又小又滑的東西。

「拜託別這樣，」他輕聲說，「妳絕不可以動，也絕不可以說話，只要躺在石頭上，一副冰冰冷冷、漂漂亮亮的樣子就行。」

我試著照辦，但他已失去早先使他勃起的那股力量。不久我就離開了王子的房間，他的咒罵聲和淚水依舊在我耳裡盤旋。

隔天一大早，他就帶著他的人馬離開，騎馬進入森林。

正當他騎著馬時，我想像他的生殖器是一蹶不振的挫折；我想像他蒼白的嘴脣緊閉，然後想像他的小部隊騎馬穿越森林，最後遇見了我繼女的玻璃水晶墳墓，她是多麼蒼白、多麼冰冷，一個含苞待放的女孩，赤裸裸地躺在玻璃內，已經死亡。

在我的幻想裡，幾乎可以感覺得到他褲子裡的陰莖忽然硬了起來，想像得到那股席捲他的性慾，他低聲禱告，感謝自己的好運。我想像他跟那群小矮人協商，願意提供他們黃金和香料，以換取那水晶塚裡的美豔屍體。

他們是否白願收下黃金？還是因為抬頭見到那些騎馬隨扈手裡拿著利劍長矛，才了解自己別無選擇呢？

我不知道。我當時不在場，我不是在占卜，我只能想像而已……

那雙手將那堆玻璃塊和石英塊自她冰冷的屍體上挪開，那雙手溫柔地撫摸她冰冷的臉頰，移動她冰冷的手臂，很欣慰地發現那具屍體依舊新鮮，依舊柔軟。

他是否就在眾人面前上了她？還是先把她帶到隱蔽的角落？

我也不清楚。

他是否把蘋果從她喉嚨裡給搖了出來？還是她的眼睛在他猛力進入她冰冷的身體時，才慢慢張開？她是否張開了嘴巴？那對紅唇是否分開？那黃色的利牙是否咬住他黝黑的脖子？讓血液淌入她的喉嚨，洗淨那團蘋果肉，那團我製作的毒藥？

我只能想像。我不知道。

不過我知道這件事：夜裡，我被她再度搏動的心臟驚醒，鹹鹹的血液從上頭滴了下來，我坐起身子，手在發熱，劇烈地脈動，就像我拿了一塊石頭重擊自己拇指根部似的。

有陣捶門聲傳來，雖然害怕，但我是王后，不能表現出害怕，於是我把門打開。

首先，他的手下走進我的房間，圍在我身旁，手持他們的利劍和長矛。

然後他走了進來，往我臉上吐口水。

最後，她走進我的房間，就像我剛成為王后，而她才六歲時的模樣，她一點改變都沒有，至少本質上沒有。

她把那根懸掛著她心臟的繩子扯下，把山梨果一顆一顆扯下，把歷時多年、早已風乾的大蒜球莖扯下；然後她拿起自己的心臟，撲通撲通跳的心臟。她的心臟小小的，不會比母山羊或母熊的心臟還大。那顆心臟的血溢了出來，注入她的手。

她的指甲一定跟玻璃一樣銳利，因為她用指甲沿著那道紫色的疤痕，把自己的胸口撥開。她的心口忽然敞開，卻沒有血液流出來。而心臟溢出的血則流得她滿手鮮血淋漓，她舔了舔自己的心臟，然後放入胸口深處。

我看著她這麼做，看著她把胸口上的肉再次合上，看到那道紫色疤痕開始變淡。

有那麼一瞬間，她的王子看起來很擔憂，但他還是摟住她。他們並肩站著，等待。

而她的身體冰冷如昔，死亡的紅花依舊停留在她脣上，所以他的性慾並未因此褪去。

他們告訴我他們要結婚，兩個王國將結合；他們說，在他們結婚那天，我要出席。

就是在這裡，一切都熱了起來。

他們向大家說我的壞話。在故事裡用了一點實話增添滋味，卻摻入了許多謊言。

我被綁起來，關在王宮底下的石砌小牢房裡，在那裡度過整個秋天。今天，他們把我帶出牢房，脫掉我身上的破爛衣衫，洗去我身上的穢物，然後剃光我的頭髮和陰毛，用鵝脂塗抹我的皮膚。

當他們搬運我的時候，雪正下著。兩人拉我的手，兩人拉我的腿，讓我冰冷的身體完全敞開，像隻展翅的老鷹。他們扛著我穿越隆冬時節的人群，把我帶到這座窯裡。

我的繼女跟她的王子站在那兒。她看著我，任我受辱，而她一句話也沒說。

當他們一邊取笑我，一邊把我推到窯裡，我看到一片雪花降落在她潔白的臉頰上，就此停留，未曾融化。

他們把我身後的窯門關上。窯裡面熱了起來，窯外，他們唱歌、歡呼、敲打窯的側壁。她沒有大笑、沒有嘲弄、沒有說話。她沒有譏諷，也沒有轉頭，反倒凝視著我，有那麼一瞬間，我在她眼底看到自己的倒影。

我不會尖叫，我不會讓她嘗到那股滿足。他們會擁有我的身體，但我的靈魂和故事都是我自己的，會隨著我死去。

鵝脂開始融化，在我皮膚上發亮，我不會發出任何聲音，不會再想到這一切。

我想著她臉頰上的那片雪花。

我想到她黑似煤炭的頭髮，紅逾鮮血的嘴脣，瑩白如雪的肌膚。

繆思系列 022

煙與鏡：尼爾・蓋曼短篇精選 1
Smoke and Mirrors: Short Fictions and Illusions

作者　尼爾・蓋曼（Neil Gaiman）
譯者　林嘉倫
執行長　陳蕙慧
主編　張立雯
行銷　闕志勳、廖祿存
電腦排版　極翔企業有限公司

社長　郭重興
發行人兼出版總監　曾大福
出版　木馬文化事業股份有限公司
發行　遠足文化事業股份有限公司
地址 231新北市新店區民權路108之4號8樓
電話 02-2218-1417　傳真 02-8667-1065
email: service@bookrep.com.tw
郵撥帳號 19588272 木馬文化事業股份有限公司
客服專線 0800221029
法律顧問　華洋國際專利商標事務所 蘇文生 律師
印刷　成陽印刷股份有限公司
初版3刷　2022年4月
定價　新台幣350元

ISBN 978-986-359-562-5

國家圖書館出版品預行編目(CIP)資料

煙與鏡：尼爾・蓋曼短篇精選. 1 / 尼爾・蓋曼(Neil Gaiman)著；林嘉倫譯. -- 初版. -- 新北市：木馬文化出版：遠足文化發行, 2018.06
面；　公分. --(繆思；22)
譯自：Smoke and mirrors : short fictions and illusions
ISBN 978-986-359-562-5（平裝）

873.57　　107009325